DANSER FACE À L'OCÉAN

LAURENCE PINATEL

DANSER
FACE À L'OCÉAN

roman

ALBIN MICHEL

« L'oubli est un gigantesque océan sur lequel navigue un seul navire, qui est la mémoire. »

Amélie Nothomb, *Hygiène de l'assassin*

1

Biarritz, 2006

La vie en vaut la peine. Julie se le répète chaque matin, après chaque nouvelle nuit d'insomnie et de cauchemars. C'est devenu son mantra. De ceux que l'on rabâche devant le miroir avec l'espoir d'y croire enfin. Mais les miroirs, elle les fuit désormais. Elle a trop peur d'y voir ses yeux gonflés, ses cernes violets et ses joues creuses, ou pire, d'y croiser les regards vides de ses fantômes. Elle se lève difficilement et s'habille, tee-shirt noir, pantalon noir, chaussures noires et casquette noire, puis sort de sa minuscule chambre en rasant les murs. Situé à côté des Halles, l'hôtel Saint-James est le moins cher du centre-ville. Il accueille essentiellement des touristes bruyants, sans aucun savoir-vivre et dotés d'une envie viscérale d'engager la conversation avec le tout-venant. Heureusement, ce matin, la voie est libre. Elle se faufile dans le hall.

Les rues se remplissent déjà malgré l'heure matinale. Hors saison, Biarritz est une ville de lève-tôt assoiffés d'océan et d'air marin. Des bataillons de sémillants retraités se précipitent vers les plages, les ports et la montagne. En été, c'est une tout autre histoire. Julie s'en souvient. Les locaux continuent leur immuable routine et les touristes vivent en décalage horaire, se couchant lorsque les aînés s'éveillent, commençant leur journée peu avant midi, migrant vers le sable pour y étendre leurs serviettes à l'heure où le soleil grille la peau, ne tardant pas à les transformer, jour après jour, en monstres rouges ou en pruneaux desséchés. Des marées de chapeaux de paille, robes blanches et costumes en lin inondent les places en un bal monochrome, à la recherche d'une glace à déguster ou d'une vitrine à lécher. Elle-même originaire de Biarritz, Julie préfère sa ville débarrassée des envahisseurs saisonniers.

Le printemps fait déjà fleurir les tamaris, elle les voit depuis la place Bellevue. Les yeux rivés sur le phare, elle descend à longues enjambées les allées sinueuses jusqu'à la Grande Plage. Elle accélère l'allure, passe devant les grilles impériales et s'engage dans l'avenue de l'Impératrice, appréciant l'effet du dénivelé sur son rythme cardiaque. Le luxe des villas Belle Époque, plus majestueuses les unes que les autres, la laisse totalement indifférente, mais elle envie leur vue – celle-là même qui a incité tous les aristocrates, locaux ou de passage, à s'enraciner au bord des falaises de la côte basque. Enfin, le phare apparaît. Elle y est presque. Elle sait qu'au détour de l'hôtel Regina, elle pourra rejoindre l'esplanade jusqu'au banc face à l'océan. Enfin.

Le bruit des vagues qui s'écrasent contre la roche, le cri des goélands, l'écume qui éclate, pétille et sème ses embruns dans l'air, la voilà sa paix. Du bout des doigts, elle caresse la peinture verte que les vents marins effritent inlassablement, et s'assoit sur le bois humide. Elle ferme les yeux et laisse l'air iodé purifier ses poumons. Puis arrive le moment. Son moment. Lentement, elle ouvre les paupières et se laisse submerger par son éden.

Le ciel dégagé et le vent du sud semblent grandir les Pyrénées à l'horizon. Les montagnes enflent et se déversent dans l'océan, comme nées des profondeurs rocheuses. La silhouette reconnaissable des Trois Couronnes découpe les cieux, entourée des autres sommets. Un peu plus à gauche, la Rhune est à moitié cachée par les tamaris et les bâtiments. Le point culminant du Pays basque est plus visible depuis le phare. D'un blanc éclatant jusqu'à la salle de la lanterne, peinte en noir, il domine la baie du haut de ses soixante-treize mètres et guide les marins à bon port depuis près de deux siècles. Elle aussi, d'une certaine manière. Elle l'aime, ce phare. Mais ce qu'elle préfère, c'est cet horizon entre civilisation et nature, passé et présent. Parce que ici, son cœur s'apaise et son esprit se libère, son visage se détend, son corps se laisse gagner par une douce chaleur, une agréable torpeur. Ici, la vie en vaut la peine.

2

Biarritz, 1943

L'effervescence parisienne lui manquait. L'Opéra et ses camarades de l'école de ballet aussi. Là-bas, elle ne s'ennuyait jamais. Hélas, à cause des raids aériens de plus en plus fréquents, des alertes à répétition et de l'approche de Noël, la direction leur avait donné des vacances anticipées sans préciser la date de rentrée. À peine de retour à Biarritz, elle étouffait déjà. On entendait les couverts tinter, racler la porcelaine, les vêtements frôler la nappe, et les bouches aspirer la soupe. Ce brouet insipide dans lequel flottaient des légumes trop cuits avait le goût de la disette. Elle s'y était habituée, c'était comme ça depuis l'arrivée des Allemands. Et à la table familiale, ce silence immuable, épais et inconfortable. Ça ne lui avait pas manqué. Sa sœur l'observait, et lorsque leurs regards se croisèrent, elles partagèrent un sourire entendu. Enfin, son père se leva, marmonnant qu'il se rendait dans son bureau et qu'il ne voulait pas être dérangé. Sa mère invita d'un signe de tête la domestique à débarrasser, puis se tourna vers ses filles.

– Il vous faut une robe pour le bal du nouvel an. Nous irons chez Leonora demain. Au moins, là-bas, la qualité est au rendez-vous et les Allemands ne sont pas les bienvenus… D'ailleurs, il y en aura sûrement au bal. Je vous interdis de leur adresser la parole.

Elle se tapota les lèvres avec sa serviette.

– Bien, je dois me rendre chez Mme Lartigue. Vous pouvez sortir de table.

Les deux sœurs se retranchèrent aussitôt dans le salon. Elles bavardèrent longtemps, se racontant tous ces longs mois pendant lesquels elles avaient été séparées. Quand l'horloge sonna trois heures, l'après-midi était déjà bien entamé. Colette prit congé, chaussa ses pointes et enchaîna les exercices techniques dans sa chambre, face au vieux miroir. Hélas, l'exiguïté de la pièce lui interdisait de répéter les chorégraphies qu'elle avait apprises. Elle ouvrit la fenêtre et laissa pianoter ses doigts dans l'air pour en deviner la température. Il faisait doux pour un dix-huit décembre. Elle décida d'aller s'entraîner sur le plateau de l'Atalaye, qui n'était qu'à une douzaine de minutes à pied. La petite esplanade face à l'océan serait parfaite pour danser. Ayant revêtu une jupe longue par-dessus son collant, elle quitta discrètement la maison et s'enfonça dans l'étroit jardin. Mieux valait escalader les murs que de passer le portail : ni elle ni sa sœur n'avaient le droit de sortir sans escorte depuis l'arrivée des Allemands.

Le soleil entamait déjà sa descente. Elle avait une demi-heure devant elle, tout au plus. Elle remonta l'avenue de la République, puis évita les rues principales pour croiser le moins de monde possible. Une fois arrivée au-dessus du port des Pêcheurs, elle bifurqua derrière la villa Le Goéland et contourna l'aquarium en direction de la cloche de l'Atalaye. Le vent soufflait à pleins poumons, l'horizon était dégagé. Le froid lui mordait la peau, mais Dieu, que c'était beau ! Malgré le bunker à quelques mètres d'elle, et les dizaines d'autres qui avaient poussé sur la côte, Biarritz restait Biarritz. Sublime.

Elle pivota sur elle-même pour vérifier qu'elle était seule et se mit en position. Se remémorant la musique, elle entama la variation de l'acte deux de *Raymonda*. Le sol irrégulier heurtait ses orteils et entravait ses mouvements, mais peu importe. Face à l'océan, elle se sentait l'âme d'une créature mystique en plein rite païen, une nymphe protectrice des marins et des pêcheurs. C'était grisant. Elle enchaîna les pirouettes sur pointes en traversant la petite place à toute allure et s'arrêta pile devant le muret. Elle baissa lentement les bras, prête à saluer son public aquatique. Soudain, des applaudissements retentirent dans son dos. Sidérée, Colette fit volte-face.

Perché sur les marches, un jeune homme en uniforme de la Wehrmacht l'observait, tout sourire. Le sang de Colette se glaça. Elle devait s'échapper à tout prix. Par où ? Il avançait vers elle. Elle était coincée. Le cœur battant, elle l'observa. Jeune, la vingtaine, il était aussi beau qu'un jeune premier de cinéma. Mais il était allemand.

– Bravo, mademoiselle ! C'était magnifique ! Merci, lança-t-il dans un français sans accent.

– Vous êtes français ?

– Ma mère l'était. Je suis ici depuis deux semaines. Je m'appelle Adrian.

– Vous êtes allemand alors ?

– Autrichien... même si maintenant c'est plus ou moins la même chose.

– Je dois rentrer.

– Souhaitez-vous que je vous raccompagne ? La nuit va bientôt tomber...

– Non merci. Je connais le chemin.

– Dites-moi au moins comment vous vous appelez.

– Pourquoi ? l'interrogea Colette en le voyant s'approcher.

– Parce que vous... J'aimerais... Je vous en prie !

Il s'arrêta brusquement, l'air défait.

– Je suis désolé, je ne voulais pas vous faire peur… À cause de l'uniforme sans doute. Ou alors parce que je suis un homme ? Ne répondez pas, je m'en vais, dit-il en levant les mains en signe d'apaisement. Mais je n'oublierai jamais cet instant, vous regarder danser était ce que j'ai vu de plus beau depuis très longtemps. Alors merci pour ce moment, conclut-il en faisant demi-tour.

Elle le regarda remonter l'escalier, marche après marche.

– Colette ! cria-t-elle.

Il se retourna, surpris.

– Je m'appelle Colette, répéta la jeune femme.

Et sur ces mots, elle prit ses jambes à son cou, traversa la petite place jusqu'au second escalier, situé en miroir du premier, le gravit à toute vitesse avant de filer en direction de l'aquarium pour disparaître du champ de vision du soldat.

3

Biarritz, 2006

Sa tête est en ébullition. La douleur, les souvenirs, les sons assourdissants, tous ces bruits emprisonnés dans des acouphènes se pressent contre ses tempes, comme des taulards avides de liberté contre des barreaux. Le soleil n'est pas encore levé, mais Julie refuse d'attendre. Se mettre en mouvement pour ne pas sombrer, pour couper court à ses supplices. Elle s'habille et sort de l'hôtel. Aucun risque d'y croiser le moindre client, cinq heures, c'est trop matinal pour eux. Dans la rue, quelques groupes éméchés hurlent en boucle les mêmes paroles. On est samedi. La jeunesse naïve s'enivre. Elle envie son innocence.

Elle court à en perdre haleine. Elle a besoin de voir l'horizon, les montagnes. Lorsqu'elle arrive devant l'esplanade et rejoint son banc, seuls les embruns et la musique apaisante de l'océan sont là pour l'accueillir. Le ciel est noir, la côte, à peine éclairée. Elle a moins mal à la tête. Le remède agit vite. Heureusement. Elle s'allonge sur le banc, appréciant la fraîcheur du bois contre sa joue, la dureté des lattes contre son flanc. Cette rusticité est rassurante. Bercée par le ressac, Julie sombre dans un sommeil sans rêves ni fantômes.

*

Quelque chose d'humide lui chatouille le visage. Elle se redresse en grognant. Où est-elle ? Ses yeux ensablés s'habituent peu à peu à la lumière du petit jour. Le dos douloureux, elle s'étire, commençant par le bras droit, puis le gauche, le cou… Elle pousse un cri de surprise en l'apercevant. Un petit chien roux l'observe. Il répond par un aboiement étonnamment grave pour son gabarit. Avec ses grandes oreilles et sa tête de renard perchée sur un corps de saucisse, il n'a pas l'air bien féroce. Elle se passe une main sur le front et le découvre collant. C'était donc ça, cette sensation d'humidité.

– T'as rien de mieux à faire que de réveiller des inconnus avec ta langue qui traîne partout ?

Le corgi aboie à nouveau, puis vient poser sa tête sur ses genoux.

– Toi aussi, tu veux un peu d'amour ?

Jusqu'à présent elle avait toujours trouvé les chiens de salon sans intérêt, mais celui-là est touchant. Il a débarqué au bon moment. Elle le caresse, les yeux perdus sur l'horizon. Se réveiller ici n'a pas de prix. C'est quand même fou d'être accro à une vue, pense-t-elle. « Souffre d'addiction au littoral basque », voilà ce qu'on risque de lui diagnostiquer bientôt ! Mieux vaut ça qu'autre chose après tout.

– Et tes maîtres, ils sont où ? Tu es bien trop chic pour ne pas avoir d'attaches… Ou alors tu fuis, toi aussi ?

Un aboiement en réponse. C'est déjà mieux que de parler à un mur. Soudain, le corgi se dirige vers la route, faisant frétiller son arrière-train au rythme de ses pas. Intriguée, Julie se lève et le suit. Elle qui se laisse rarement attendrir éprouve une étrange tendresse pour cette boule de poils venue troubler sa solitude de bon matin. Il tourne à droite et redescend l'avenue sur le trottoir, puis s'arrête devant un portail ouvert sur une allée pavée. Derrière, une villa des années 1930, de style néobasque, bordée d'arbres immenses. Julie, époustouflée, imagine déjà la vue à l'étage. Sans doute la même que depuis le banc. *Sa* vue.

Le chien remue la queue et se retourne pour vérifier qu'elle le suit. Elle hésite un instant, c'est une propriété privée, mais sa curiosité est trop forte et elle avance. La porte d'entrée s'entrouvre. Julie se fige. Le corgi aboie et trottine joyeusement vers le perron.

– Ah ! Te voilà, Charlemagne ! s'exclame une voix de femme âgée.

Charlemagne ? Sérieusement ? Pour une bestiole aussi minuscule ? Julie étouffe un rire. Le chien ne bouge pas, attendant que sa maîtresse sorte. Celle-ci finit par ouvrir en grand et s'avancer dans la lumière. Julie découvre une vieille dame aux longs cheveux blancs tressés, menue, mais l'air beaucoup plus féroce que le corgi. Leurs regards se croisent et, malgré la distance, Julie est frappée par la clarté de ses yeux bleus.

– Qui êtes-vous et que faites-vous chez moi ?

– Votre chien est venu me trouver. J'étais sur l'esplanade à côté. Je souhaitais le ramener à bon port.

– C'est chose faite. Je ne vous raccompagne pas, vous connaissez le chemin.

– Cette maison a une vue dégagée sur la baie, n'est-ce pas ? demande Julie, sans bouger.

– Oui, mais elle n'est pas à vendre. Et encore moins à une inconnue.

– Je m'en doute, mais pourrais-je, s'il vous plaît, voir la vue depuis votre jardin ?

La phrase est sortie toute seule. Comment a-t-elle pu demander une chose pareille ?

– C'est la même que sur l'esplanade. Au r…

– Je vous en prie… Cette vue compte beaucoup pour moi.

– Eh bien allez-y, faites le tour.

– Merci.

– Tsss, siffle la propriétaire avant de rappeler son chien et de claquer la porte derrière elle.

Quelle vieille peau désagréable ! pense Julie en contournant la maison. Le terrain est en pente. Un muret percé d'un portail en bois pourri surplombe quelques marches qui descendent vers l'océan. Elle l'ouvre avec précaution. Tout à coup son cœur s'emballe. Pas de barrière, rien pour protéger le chemin du vide, l'ancrage du plongeon. Il lui suffirait d'un pas pour basculer et s'écraser sur les rochers. Elle s'approche, les yeux fixés sur le remous fendu de lames de calcaire qui apparaissent et disparaissent au fil des vagues. Julie distingue les coquillages et les nummulites incrustés. La surface marbrée d'écume semble se rapprocher à chaque seconde. Les montagnes sont-elles encore visibles d'en bas ?

4

Biarritz, 2006

Mme Heusser remonte le couloir sombre de son entrée en ruminant contre cette jeune inconnue froissée et mal fagotée. Pour qui se prend-elle ? Et surtout, pourquoi le portail était-il ouvert ? Se pourrait-il qu'elle ait appuyé sur la commande par inadvertance ? Voilà que sa mémoire aussi se met à lui faire faux bond ! Un frisson d'angoisse la prend à l'estomac. Sa poitrine se creuse et se remplit de néant. Son cœur accélère, terrifié lui aussi. Chaque signe lui rappelant sa vieillesse ravive son anxiété. Elle a peur de mourir. L'oubli, la pourriture et le rien. Cesser d'exister. Ne plus être. Sa plus grande phobie. Chaque jour qui passe la rapproche un peu plus de la tombe. Implacable réalité contre laquelle elle ne peut lutter. Son impuissance est insoutenable. Elle se bat contre des moulins à vent. Et surtout, elle se bat pour maintenir à flot quelque chose qui ne mérite même plus d'être qualifié de vie. D'une certaine manière, elle est déjà enterrée, dans cette immense maison aux allures de mausolée, froide, vide, pleine de souvenirs heureux qui sont un rappel constant de son malheur présent.

Plus les années passent, plus sa solitude lui pèse, plus elle devient irréversible. Certains liens ne se réparent pas. Pas après une fin aussi abrupte. Elle n'a plus personne à part Charlemagne. À son âge, on ne fait plus de rencontres. Cette femme aussi avait l'air perdue, esseulée. Mais elle est jeune, elle. Rien n'est encore joué, le monde lui offre encore un éventail de possibilités. Mme Heusser l'envie.

Charlemagne trotte vers le salon, celui qui donne sur la falaise et la baie. Celui dans lequel elle ne va plus. Mais aujourd'hui, elle le suit. Son cœur se serre devant la vue panoramique. Elle aperçoit la silhouette de la jeune femme s'approcher du bord, passer le muret et s'engager sur le vieux sentier grignoté par l'érosion. Qu'elle est étrange ! Pourquoi a-t-elle le regard tourné vers le sol et non vers l'horizon ? L'inconnue se met à bouger, dans une très légère fuite en avant. La respiration de Mme Heusser se bloque. Elle va sauter ! Mue par un réflexe, elle ouvre aussitôt la baie vitrée et sort en trombe du salon.

– Arrêtez !

Julie s'immobilise. Elle s'ébroue, puis recule en hâte. Livide, elle se tourne vers la vieille femme, aussi pâle qu'elle.

– Petite écervelée ! Vous auriez pu vous tuer !

– Je… Excusez-moi. Je m'en vais.

Elle s'empresse d'enjamber le muret et de se mettre à l'abri du vide.

– Hors de question ! Venez boire un thé le temps de vous calmer.

– Je ne voudrais pas abuser…

– C'est déjà fait, mais peu importe. Je n'ai aucune envie d'expliquer à la police pourquoi un suicide a eu lieu depuis mon jardin ! Allez, dépêchez-vous, je ne chauffe pas l'extérieur !

5

Biarritz, 1943

En tant qu'adjoint au maire, le père de Colette était invité au bal du nouvel an à l'hôtel du Palais. Toute l'élite locale y participait. Refuser de s'y rendre aurait été pris comme un affront par les représentants du Reich. Bien qu'hostile aux envahisseurs, Jean Elissalde tenait suffisamment à sa place dans la société et à sa carrière politique pour y aller, accompagné de sa femme et de ses filles. Mme Elissalde, droite comme un *i*, le visage crispé, balayait la salle d'un regard mauvais, et retenait fermement la main de son aînée au creux de son coude. Cette soirée constituait un devoir, pas un amusement.

Colette trépignait. Elle aimait les bals, la musique, les belles tenues et les bulles de champagne. Dans sa superbe robe bleu nuit, elle avait l'allure d'une reine, et espérait que tous les yeux seraient braqués sur elle. Elle se tourna vers sa sœur et lui murmura à l'oreille :

– Il faut éloigner mère. Je veux danser.

– Et avec qui ? Pas avec un Allemand tout de même !

– Mais non, ils sont en minorité, et ce ne sont pas les cavaliers qui manquent. Beaux, laids, maigres ou chauves, je les accepte tous du moment qu'ils savent danser et n'ont pas une haleine de chacal.

– C'est déjà beaucoup demander, pouffa Claire. Oh ! Voilà M. Pradels avec sa femme, mère s'est complètement entichée de lui. Dès qu'il ouvre la bouche, elle n'a d'yeux que pour lui. Elle aura vite fait de nous oublier ! Tiens, j'ai une idée ! Leur plus jeune fille a ton âge.

– Tu es un génie !

Sans plus attendre, Claire leva la main et fit signe à la fille des Pradels. Celle-ci les repéra et son joli visage se fendit d'un grand sourire. Les deux amies coururent l'une vers l'autre, et les familles suivirent, avec un certain empressement en ce qui concernait Mme Elissalde. Les salutations faites, Colette dégagea sans difficulté son bras de l'étau maternel et s'enfonça dans la foule. Autour d'elle, des femmes qui rivalisaient d'élégance, des hommes en costume ou en uniforme, des rires et des éclats de voix, de la joie pure. Plus de guerre ce soir. Ni d'occupation. Du champagne et des paillettes. Voilà ce qu'il lui fallait.

Colette se fraya un chemin jusqu'à l'orchestre et observa quelques rares couples danser sur un rythme lent. Trop lent. C'était une danse d'un autre temps. Il n'y avait plus que cela désormais. Tous les rythmes américains avaient été prohibés, et toute manifestation musicale devait être autorisée au préalable. Colette avait déjà participé, la peur au ventre, à des bals clandestins à Paris, où l'on jouait des swings et du charleston. On risquait gros si l'on se faisait surprendre. Mais c'était une forme de résistance, danser librement.

Un quadragénaire en civil, moustachu et dégarni, lui proposa de le rejoindre sur la piste. Elle accepta avec entrain, et dansa à petits pas. Une fois le morceau terminé, elle s'excusa lorsqu'il lui suggéra de l'accompagner chercher un rafraîchissement. La discussion ne l'intéressait pas. Un deuxième cavalier l'entraîna devant l'orchestre. Elle l'abandonna pour les bras d'un autre dès que les notes d'une java retentirent. On la regardait, l'admirait. Elle le sentait, et aimait séduire son public, le charmer. Leur faire tout oublier, voilà le pouvoir absolu, songea-t-elle.

Lorsqu'une musique de chambre résonna, elle s'éclipsa sur la terrasse, inspirant de longues bouffées d'air iodé. Plusieurs hommes avaient voulu l'escorter, mais elle les avait congédiés. Heureusement. Soudain, des pas retentirent derrière elle.

– Et moi qui n'osais plus espérer vous recroiser ! Quelle agréable surprise !

Cette voix ! Le Boche de l'Atalaye ! Elle se retourna et s'adossa à la rambarde. Toujours dans son uniforme, il semblait encore plus beau, ses cheveux clairs plaqués en arrière.

– Quel heureux hasard ! Dire que je n'aurais pas dû venir.

– Comment ça ?

– Le chauffeur du Brigadeführer a eu un accident, j'ai dû le remplacer. Il m'a proposé de rester.

– Profitez du champagne alors ! conclut Colette en le contournant.

– Dansez avec moi.

– Et puis quoi encore ?

– S'il vous plaît ? Colette…, insista-t-il avec un air timide et gêné.

– De toute manière, ils ont coupé court aux valses viennoises.

Adrian s'approcha d'elle, et cette fois, elle ne bougea pas.

– Venez ! dit-il en posant sa main dans la sienne.

Son corps réagit avant son esprit et elle le suivit dans l'ombre. Les voix et la musique leur parvenaient par bribes, emportées par des rafales glacées. Colette frissonna.

– Que voulez-vous danser ?

– Quelque chose qui m'enverra en prison.

Avec un sourire entendu, la tenant du bout des doigts, il entama quelques pas maladroits entre le swing et les claquettes. Colette le suivit aussitôt dans des mouvements rapides et endiablés. Ils en oublièrent jusqu'au froid mordant de l'hiver. Adrian trébucha, Colette le rattrapa en manquant de tomber à son tour. Un fou rire les gagna.

– Où avez-vous appris le swing ? demanda-t-elle, les joues rouges.

– À Londres. J'y ai passé trois ans pour mes études secondaires, puis je suis rentré à Vienne quand la guerre a éclaté.

– Pourquoi êtes-vous devenu soldat ?

– Je n'ai pas eu le choix. C'était mon frère ou moi. Au moins ai-je pu éviter le front.

– Je suis désolée.

– Pas moi. Je n'aurais pas pu vous rencontrer sinon.

– Beau parleur ! rit Colette en le poussant légèrement.

– Peut-être, mais sincère.

Il allait lui attirer des problèmes. Colette le sentait. Et pourtant, elle ne parvenait pas à lutter contre cette étrange connexion. Une attirance teintée d'une confiance absolue. Comme si leurs âmes s'étaient déjà mises à nu. Il l'observait avec une intensité qui l'embrasait. Une fois, elle avait embrassé un danseur, mais elle n'avait pas aimé. Avec lui, l'expérience serait-elle différente ?

6

Biarritz, 2006

– Thé noir ou thé vert ? beugle Mme Heusser depuis la cuisine.

– Ne vous donnez pas tout ce mal, je vais vous laisser…, réplique Julie, terriblement mal à l'aise.

– Thé noir ou thé vert ? répète-t-elle.

– Thé noir, marmonne Julie, encore tremblante.

– Parlez plus fort ! Bon sang, les jeunes…

– Thé noir !

Julie se laisse tomber dans le canapé moelleux, le regard fixé sur la vue. Que s'est-il passé ? Son esprit s'est déconnecté suffisamment longtemps pour qu'elle perde tout contrôle. Si la vieille folle n'avait pas été là, on repêcherait son cadavre désarticulé à l'heure qu'il est. Elle se sent nulle. Une cause perdue. Une constante déception. Et en colère. Cela fait longtemps qu'elle n'a pas ressenti cette rage en elle, qui lui donne envie d'avancer. Elle éprouve tout à coup le besoin de se détacher de son passé, de cette enclume qui l'attire vers les profondeurs. C'est cette nécessité qui l'a amenée à Biarritz. Ici, elle se sent vibrante, vivante. Elle veut aller mieux, ne plus jamais se laisser happer par le vide. C'est terrifiant de perdre à ce point la maîtrise de soi. C'est terrifiant de ne plus être là lorsque son corps veut mourir. Et pourtant, que reste-t-il pour elle dans ce monde amoché ? Elle n'est qu'une épave qui continue de dériver malgré les horreurs, les catastrophes et les massacres. Elle a vu l'enfer, et ne pourra jamais s'en défaire.

Mme Heusser revient avec un plateau. Ses mains à elle ne tremblent pas. Elle a un regard d'immortelle, de celle qui a traversé les âges et tout vu. Elle a dû être très belle autrefois. Ce que Julie ne sera jamais. Jolie quand elle est apprêtée, et encore. Et elle ne s'apprête pas. D'ailleurs, elle fait tache dans ce beau salon. Mme Heusser s'installe dos à la vue et remplit leurs tasses.

– Buvez.

Julie s'exécute. Elle a l'impression d'être maternée par un colonel aigri. Le contraste est troublant.

– Pourquoi avez-vous voulu sauter ?

– Je ne l'ai pas voulu... J'ai perdu le contrôle.

Mme Heusser la toise en plissant les yeux. Cette réponse ne lui convient pas.

– Vous êtes du coin ? J'entends une pointe d'accent.

– Oui. J'ai grandi à Arcangues, mais je n'ai plus de famille ici.

– Vous êtes revenue seule ?

– C'était nécessaire.

– Vous n'êtes pas si jeune. Je vous pensais à peine sortie de l'adolescence avec vos vêtements, mais maintenant que je vous vois de près...

Julie manque de s'étrangler. Quel culot ! Elle trempe ses lèvres dans l'eau brûlante pour reprendre ses marques et calmer son rythme cardiaque.

– J'ai trente et un ans, et la mode ne m'intéresse pas.

– C'est un euphémisme.

Julie se lève brusquement.

– Asseyez-vous ! l'interrompt Mme Heusser avec son air de duchesse sévère.

– Écoutez, il n'est plus question de me jeter du haut d'une falaise, et je ne viendrai plus troubler votre sacro-saint calme ! Mainten…

– J'ai quelque chose à vous proposer.

Allons bon…, pense Julie en se rasseyant, crispée.

– Où résidez-vous pour le moment ?

– Pardon ?

– Où ?

– Au Saint-James. L'hôtel près des Halles.

– Que diriez-vous d'une chambre avec vue sur mer à bas prix ?

– Je ne comprends pas…

– Je peux vous proposer la chambre à l'étage, celle qui donne sur la falaise et la côte.

– Vous voulez que j'habite chez *vous* ?

– Personne ne l'utilise, je vis seule et la bonne ne vient pas tous les jours. Je vous la loue. Charlemagne ne sera pas contre quelques promenades supplémentaires.

En entendant son nom, le chien pousse un soupir de roi fatigué. Plus perdue que jamais, Julie pèse le pour et le contre. Elle qui a toujours pris les décisions pour les autres, sans rien montrer de sa vulnérabilité, en sachant où elle allait, se sent différente désormais, fragile, indécise. À force d'enfouir ses émotions et de refermer le couvercle, on provoque une explosion. Et le temps que toutes les névroses ressortent, que toutes les peurs et les peines se matérialisent, la frustration, la haine et la colère envahissent et gangrènent l'esprit. Jamais Julie ne s'est sentie autant à la dérive. Pourtant, depuis qu'elle est assise dans ce salon, une agréable chaleur l'enveloppe. Une impression de sécurité. Ici, tout est beau. Les meubles en noyer, le canapé molletonné, les murs clairs, décorés d'œuvres contemporaines, les poutres apparentes, peintes en blanc, et cette baie vitrée qui apporte lumière et modernité. On dirait un havre de paix. La propriétaire n'est pas particulièrement sympathique, mais cette chambre a une fenêtre avec *sa* vue. Est-elle là, sa seconde chance ?

– Je peux voir la chambre ?

Une ombre de sourire se dessine sur le visage ridé de Mme Heusser. Pour la première fois depuis bien longtemps.

7

Paris, 2006

À son retour, l'appartement est vide. Cinq jours plus tôt, Abel a pris le train pour Lyon, pour suivre une formation chez Paul Bocuse. Il l'a laissée seule, sans trop de scrupules, puisque visiblement c'était ce dont elle semblait avoir besoin. Cette fichue solitude qu'elle réclamait à cor et à cri ! Il n'aurait jamais imaginé qu'elle en profiterait pour partir. Ses tiroirs sont vides. Ses affaires et sa valise ont disparu. Une fois encore, elle a choisi la fuite. Comme à chacun de ses retours, elle fuit pour aller mieux. Il cherche dans la cuisine un mot, une lettre. Rien sur le frigo. Rien dans le salon, rien dans la chambre, rien dans la salle de bains. Une vive angoisse lui soulève l'estomac. Où est le Post-it habituel sur lequel elle griffonne quelques lignes pour qu'il ne s'inquiète pas ? Il prend son téléphone et l'appelle. Messagerie. Une fois, deux fois. Elle a tout coupé, elle est partie sans un regard en arrière, elle a enfoui son passé derrière elle en pensant que cela suffirait à faire table rase. Elle l'a quitté.

Il y a dix jours, elle est rentrée de mission un mois plus tôt que prévu. Elle s'est jetée dans ses bras en pleurant. Il l'a récupérée brisée. Il s'est occupé d'elle, lui a préparé à manger, l'a chouchoutée, sans attendre de confession de sa part. Elle ne parle jamais de ce qu'il se passe là-bas, et il ne sait même pas où est ce « là-bas ». Le vivre une fois suffit, répétait-elle, pas besoin de le raviver par la parole. La nuit, elle s'est réveillée en hurlant, se débattant comme si sa vie était en jeu, l'air possédée. Pour la calmer, il a bravé les coups, accepté d'en prendre. Ça n'a pas été une partie de plaisir. Lui aussi a accumulé la fatigue, entre ses journées au Meurice et ses nuits d'insomnie à veiller sur elle. Si au moins elle lui donnait quelque chose... Il a eu l'impression de vivre avec une bête sauvage, une panthère qui partait chasser des mois, puis rentrait le ventre vide, accablée de fatigue et de désillusions.

Son départ aurait dû le soulager. Pourtant, il est inquiet. Parce que, malgré ses longues absences, ses fugues précipitées, ses retours de plus en plus difficiles, ses silences de plus en plus pesants, il l'aime. Il l'aime depuis le premier instant. Il aime celle qu'elle était autrefois, joyeuse, pétillante, celle qui portait un regard dur sur le monde tout en espérant un avenir meilleur, celle qui se réjouissait toujours de le retrouver. Aujourd'hui, c'est un fantôme qu'il aime. Heureusement, son métier est exigeant et lui laisse peu de temps pour se morfondre, songe-t-il. Sa passion pour la cuisine le porte au quotidien, grâce à sa carrière de sous-chef au Meurice.

Quelque chose ne va pas. Il le sent. Il le sait depuis qu'il a vu, l'autre soir, au journal de vingt heures, les obsèques de trois Français tués lors d'une opération en Afghanistan. Et puis il a cru la reconnaître, malgré le foulard qui dissimulait sa bouche et son nez, debout à côté des cercueils recouverts d'un drapeau français, figée dans un salut militaire. La France entière l'a appris en même temps que lui, l'homme qui l'aime. Qu'elle ne se soit pas confiée le blesse, mais cela fait longtemps qu'elle s'est murée dans une souffrance silencieuse. Elle est la personne la plus forte qu'il ait jamais rencontrée, mais aucun être, si fort soit-il, ne peut endurer indéfiniment sans soutien ce qu'elle endure. Abel réfléchit. Où a-t-elle bien pu partir ?

8

Biarritz, 2006

Dans le large escalier en acajou, Mme Heusser monte avec lenteur. Elle n'a pas de difficulté à se déplacer, ni de douleurs particulières, mais elle fait attention. À son âge, si elle glisse et se brise un os, elle en aura pour des mois de convalescence. Derrière elle, Julie adopte son pas, observant les tableaux qui ornent les murs. Des peintures architecturales de style Renaissance, des successions de voûtes, de galeries et de perspectives en clair-obscur. Arrivée au deuxième étage, Mme Heusser contourne le palier et pousse la dernière porte.

– Voilà, dit-elle en s'effaçant sur le côté.

Julie entre seule dans la pièce. La lumière brassée par les deux fenêtres, l'une au sud, l'autre à l'ouest, inonde le parquet et les murs beiges. La charpente apparente et sablée ajoute au charme de l'endroit. Elle a toujours aimé être sous les toits. Le lit, large et nu, trône face à la vue. Elle s'approche, et l'horizon apparaît derrière les vitres. *Sa* vue, plus étendue, plus majestueuse, plus aérienne que jamais.

– Je la prends, affirme-t-elle sans hésiter.

– Bien, je vous laisse revenir avec vos affaires et vos papiers. En attendant, je prépare un contrat en bonne et due forme.

Julie hoche la tête et la remercie avant de repartir, la démarche plus légère qu'à l'arrivée. La perspective d'un contrat ne l'ayant pas effrayée, Mme Heusser est rassurée. Pas question d'accueillir n'importe qui sous son toit ! D'autant qu'elle se demande soudain si héberger cette hurluberlue est la meilleure solution contre sa solitude. La porte d'entrée claque. Mme Heusser redescend au rez-de-chaussée et se dirige vers son bureau. À mi-chemin, elle s'arrête, rebrousse chemin et ouvre la première porte à sa droite. Une odeur de renfermé et de cuir emplit la pièce, assombrie par les épais rideaux. Elle allume la lumière. Un trench Burberry pend sur le portemanteau, elle le frôle de ses longs doigts déformés par l'arthrose, puis s'approche du grand bureau verni et s'y assoit. Un stylo Montblanc, à côté d'un carnet relié, attend d'être utilisé. Elle l'ouvre, puis le referme et le repose. Face à elle, dans la vaste pièce, deux gros fauteuils, une table basse et un lecteur vinyle. Et partout, des photos. L'émotion la saisit à la gorge. Les souvenirs affluent. Sa présence l'envahit, comme s'il était encore là après toutes ces années. Elle se lève brusquement et quitte les lieux pour reprendre, chancelante, le chemin de son propre bureau.

9

Biarritz, 1944

Avec la menace qui pesait sur la capitale, les parents de Colette avaient refusé qu'elle poursuive son semestre à l'opéra de Paris. À la place, une ancienne danseuse étoile russe lui donnait des cours quatre jours par semaine. Cet arrangement lui convenait parfaitement. Ce matin, elle avait commencé à travailler sur une variation du *Lac des cygnes*. Le cours terminé, elle se hâta de rejoindre le parc du lac Marion. Le mois de mars était bien entamé, et le printemps semblait déjà éclore. Elle longea les berges et remonta en direction du kiosque dissimulé par les bosquets. Elle ralentit le pas, scrutant les environs avec attention. Personne. Alors qu'elle s'apprêtait à s'asseoir sur les marches, deux bras lui enserrèrent la taille. Un cri lui échappa, suivi d'un gloussement lorsqu'elle sentit des lèvres chaudes s'aventurer dans son cou. Elle se retourna et captura la bouche de son assaillant.

– Bonjour, toi, murmura Adrian contre sa joue.

– Tu m'as manqué.

– Toi aussi. Deux jours sans te voir, c'est trop ! Viens.

– Attends, il fait si bon. Tu ne veux pas… rester ici ?

Surpris, il se laissa gagner par un sourire entendu.

– Te voilà bien intrépide.

– J'ai peur que ça ne soit pas très confortable en revanche, avoua-t-elle en observant les dalles en pierre trouées par des mauvaises herbes.

Adrian enleva son épais manteau et l'étala sur le sol. Quand il fut assis, Colette s'installa entre ses jambes, le dos contre son torse, et lui raconta sa matinée. Son estomac gronda, il était treize heures passées et elle n'avait toujours pas déjeuné. Adrian sortit de son sac du pain, du fromage et de la charcuterie, pour lui préparer un sandwich. Ces pique-niques improvisés étaient devenus leur rituel, un de leurs précieux moments volés à la réalité. Une bulle hors du temps, un cocon d'amour éphémère.

Ils s'étaient embrassés le soir du nouvel an, peu avant minuit, et ça avait été magique. Impossible de lutter contre l'attirance qu'il lui inspirait, il l'obsédait. Ils s'étaient revus dès le lendemain, et ils avaient déniché ce kiosque à l'abri des regards pour leurs rendez-vous secrets. Puis un jour, les baisers volés ne lui avaient plus suffi. Colette aspirait à sentir sa peau contre la sienne, ses lèvres sur son corps. Alors il l'avait emmenée dans sa chambre de bonne, au dernier étage d'une villa aux colombages rouges, haute comme un bout de paradis, et c'était devenu leur nid. À ses côtés, les heures s'écoulaient si vite. Quelques semaines plus tôt, il lui avait déclaré son amour en rougissant. Il avait mis des mots sur une évidence. Ils s'aimaient. Aussi simplement qu'ils respiraient. En plus de ressembler à un prince, il était drôle, attentionné, gentil. Mais il était autrichien, et sa nationalité les obligeait à vivre cachés. Tous deux rêvaient d'un après sans oppresseur ni opprimé, où ils pourraient être ensemble sans craindre les regards.

Ils déjeunèrent en riant, blottis l'un contre l'autre pour se protéger du vent frais. Alors qu'Adrian époussetait une miette sur la joue de Colette, il se perdit dans ses yeux.

– Mon étoile…

Elle embrassa sa paume.

– J'aimerais tant pouvoir t'aimer en plein jour.

– Moi aussi, Colette, moi aussi… Mais à défaut, je peux déjà te faire l'amour en plein jour, ajouta-t-il en l'attirant contre lui.

Colette s'abandonna à son étreinte. Alors qu'ils roulaient sur le dallage, une alarme retentit, suivie de peu par un lointain vrombissement de moteur.

– Que se passe-t-il ? balbutia-t-elle, paniquée.

– Des avions alliés… Ils doivent être là en reconnaissance.

Toutes les sonneries d'alerte hurlaient en même temps, et deux avions passèrent au-dessus d'eux, faisant vibrer le sol. Adrian blêmit.

– À couvert !

Il l'entraîna dans les fourrés, où ils se tapirent dans un fossé. Le bruit des moteurs s'éloigna. D'autres se rapprochaient. Les alarmes rugissaient toujours. Et puis ce fut le glas. Le grincement d'une trappe, le sifflement d'un corps lourd dans l'air, la chute vers l'effroi. Une première explosion, proche de leur cachette, ébranla la terre, suivie de peu par une deuxième, puis une troisième, et enfin une cacophonie de détonations, toujours plus aveugles et acharnées. Un siècle sembla passer, un siècle de vacarme épouvantable, un siècle d'angoisse, d'impuissance et de prières. Leurs corps soudés l'un contre l'autre, ils attendaient, effrayés. Tant que leurs cœurs battaient, tout irait bien. Mais ils étaient terrifiés. Sous le feu des bombes, les rêves d'avenir s'évanouissaient, seule la seconde d'après comptait, celle de la survie.

Les explosions cessèrent soudain, les moteurs s'éloignèrent. L'alarme continua de rugir, puis s'éteignit à son tour, aussi brusquement qu'elle s'était réveillée. Le silence du chaos. Le calme après la tempête. Colette se rendit compte qu'elle pleurait lorsque Adrian embrassa chacune de ses larmes. Peu à peu leur respiration retrouva un rythme acceptable, leurs pensées, que l'instinct de conservation avait tues, reprirent leur cours.

– Claire…, gémit-elle soudain. Ma sœur, mes parents ! Adrian, je dois les sauver !

– Restons cachés, les bombardiers pourraient revenir !

– Non, hors de question, ma famille est en danger !

– Alors je viens avec toi. Et si je te dis de fuir, tu fuis, d'accord ?

Colette l'embrassa avec fougue.

– Je t'aime, tu le sais ?

– Oui, et moi aussi je t'aime, mon étoile têtue. Allons-y !

Pour la première fois, ils dévalèrent les rues main dans la main, en direction du centre-ville. Au loin, des volutes de fumée assombrissaient le ciel. L'odeur de destruction leur parvenait déjà, et leur estomac se nouait à mesure qu'ils approchaient. Ils croisèrent des camions remplis de gendarmes, un bâtiment éventré et un tas de gravats les forcèrent à faire un détour. Autour d'eux, les Biarrots désorientés, couverts de poussière, ensanglantés, claudiquaient vers les forces de l'ordre, hurlaient de douleur, de peine ou de peur. Adrian accéléra l'allure pour épargner ces visions cauchemardesques à Colette. Ils remontèrent l'avenue de la République le souffle court, le sang battant à leurs tempes. À chaque pas, Colette craignait de découvrir sa maison réduite en cendres. Heureusement, devant le numéro cinq, il n'y avait ni fumée ni décombres. Elle poussa un cri de soulagement et entraîna Adrian dans le jardin. Elle martela la porte de coups de poing jusqu'à ce que la gouvernante l'ouvre.

– Où sont mes par…, commença-t-elle, avant d'apercevoir la

longue silhouette de son père dans l'escalier, suivie de celle de sa mère.

Elle se jeta dans leurs bras. Ils l'étreignirent avec force, puis son père la saisit par les épaules et planta son regard perçant dans le sien.

– Où est Claire ? demanda-t-il, plus pâle que jamais. Elle n'est pas avec toi ?

Colette secoua la tête. Son père aperçut Adrian dans l'encadrement de la porte. Ses parents le toisèrent du regard, laissant leurs questions sans réponses flotter dans un air saturé.

– Elle m'avait dit que tu la rejoignais pour déjeuner avec les sœurs Pradels, balbutia sa mère.

– Je... j'ai eu un empêchement.

– Nous avons envoyé le chauffeur à votre recherche, mais...

– Je crois que je sais où elle est ! l'interrompit Colette en attrapant le bras d'Adrian et en l'entraînant dehors.

Les deux amants reprirent leur course folle. Plus ils approchaient de la place Clemenceau, plus les dommages étaient impressionnants. Adrian la stoppa net.

– Cela peut être dangereux, certains bâtiments semblent à peine tenir debout !

– Ma sœur et son amie vont toujours au Port Vieux. Elles doivent être là-bas !

Adrian la suivit, le ventre noué. Aux abords de la rue Mazagran, l'odeur de brûlé et d'explosif devenait insoutenable, la fumée obscurcissait l'horizon et des flocons de cendres dansaient en apesanteur. De la fumée s'échappait de l'aile gauche de l'hôtel d'Angleterre, qui servait d'hôpital militaire. Des briques, des débris de charpente jonchaient le sol troué. Des volets pendaient lamentablement, des balcons à moitié emportés menaçaient de s'écrouler. Un geyser inondait les pavés, les bombes avaient dû toucher une conduite d'eau. Ils poursuivirent vers la plage. Au loin, les façades aux colombages basques étaient éventrées. Le verre des vitrines et des fenêtres laissées béantes craquait sous leurs pieds. L'intérieur des rares bâtiments encore debout avait été soufflé, et certains étages s'étaient effondrés.

Une cacophonie de cris de douleur, de peur, d'incompréhension se mêlait aux gémissements désespérés et aux pleurs exténués. Des pompiers les bousculèrent, des gendarmes dans leur sillage. Des habitants transportaient des seaux d'eau. À chaque pas, le brouillard de cendres s'épaississait. Ils découvrirent l'horreur en ombres chinoises. Des silhouettes étaient courbées au-dessus de corps immobiles, des âmes en peine erraient parmi l'agitation, des volontaires de la Croix-Rouge s'affairaient auprès des blessés. Des membres carbonisés parsemaient le sol. Les fières villas de naguère avaient laissé la place à un épouvantable charnier. Biarritz n'était plus qu'un champ de bataille, un théâtre de désolation. L'impuissante victime d'un massacre.

Colette n'avait jamais vu pareil chaos. Son corps avançait seul, son esprit se perdait entre les ruines. Ses yeux piquaient et ses poumons brûlaient. Elle passait en revue chaque corps que l'on sortait des décombres, la gorge nouée par la terreur de découvrir sa sœur parmi les cadavres. Soudain, on la bouscula si violemment qu'elle manqua de tomber.

– Faites attention ! cria Adrian, furieux.

Le couple indélicat se retourna et Colette reconnut les visages épouvantés de Louise et Charles Pradels. Sans un mot, elle les suivit jusqu'au Port Vieux. La jolie crique avait été défigurée, il n'en restait plus grand-chose. Seule la villa Belza tenait encore, intouchable sur son rocher. L'esprit de Colette était en surchauffe. Elle voulait remonter le temps, s'arracher à ce cauchemar. Un cri déchirant résonna, et Louise Pradels tomba à genoux, rejointe aussitôt par son mari. Adrian tenta de retenir Colette, de la tirer en arrière, mais elle lui échappa. Sur les gravats, couvertes de poussière et de plaies, gisaient la plus jeune fille des Pradels et, à ses côtés, Claire. Ses jambes étaient ensevelies sous un pan de mur, son abdomen, transpercé par une barre de métal. Du sang coulait encore de sa bouche, et ses yeux grands ouverts ne fixaient plus rien. Son beau visage était figé dans la mort. Colette hoqueta et hurla à son tour, s'effondrant contre sa sœur, sa meilleure amie depuis toujours, sa plus grande alliée, son éternelle complice. Elle n'aurait pas dû mourir. Pas si jeune. Pas avant elle. Pas par sa faute. Colette aurait dû être là.

10

Biarritz, 2006

La chambre est agréable, le lit confortable, et la vue réconfortante. La veille, Julie a réglé les formalités avec Mme Heusser, puis s'est retirée dans ses nouveaux appartements, bien plus luxueux et moins chers que les précédents. Elle a mis les draps parfumés à la lavande, s'y est blottie en respirant cette odeur d'ailleurs, et s'est endormie aussitôt. À huit heures du matin, elle se réveille, plus reposée que jamais. Elle n'a pas autant dormi depuis son entrée à Saint-Cyr. Là-bas, on lui a appris à être matinale, efficace, à serrer les dents, à endurer toujours, endiguer ses émotions, oublier sa féminité, accepter des ordres absurdes sans ciller. Si ce n'avait été que ça… Mais c'est fini pour l'instant. Elle revêt un vieux sweat-shirt à capuche « I love New York » et descend pour se faire un café.

Au bout de la table de la salle à manger, Mme Heusser se tient droite, tirée à quatre épingles face à un service en porcelaine et au journal du jour. À ses pieds, Charlemagne bave en lorgnant son assiette. Dès que l'hôtesse aperçoit Julie, elle pose sa loupe en hâte et la toise.

– Qu'est-ce que c'est que cette horreur ? demande-t-elle.

– Pardon ?

– Cet accoutrement est immonde ! C'est américain, n'est-ce pas ? New York… Il n'y a que les Américains pour manquer à ce point de goût !

– Si vous le dites…, réplique Julie, en se retenant de lever les yeux au ciel.

Elle se sert un grand bol de café et y plonge une tranche de cake. Un soupir de plaisir lui échappe en mordant dedans. Il a un goût d'enfance. Un cake de grand-mère, avec une bonne dose de beurre, une pointe de vanille et une généreuse rasade de rhum. Ce n'est certainement pas Mme Heusser qui l'a préparé. Elle n'a pas l'air d'apprécier le beurre. Elle n'a pas l'air d'apprécier grand-chose d'ailleurs.

– Vous savez ce qu'ils ont encore fait, ces imbéciles d'Américains ?

Pour la tranquillité matinale, elle repassera.

– C'est une idiocratie ! Une vraie. Avec un président stupide au service d'une nation encore plus stupide ! Voyez ici, un homme est mort à une compétition de… où il devait manger le plus de hot dogs en deux minutes. Eh bien, il s'est étouffé avec une saucisse !

Julie considère sa deuxième part de cake, écœurée par l'image que la vieille vient de faire naître dans sa tête.

– En effet… Mais ils ne sont pas tous comme ça.

– Pas tous comme ça ? Ils sont attardés et mal éduqués, voilà ce qu'ils sont ! Et ils nous inondent de leur patriotisme écœurant. America par-ci, America par-là…

– Je ne vois pas en quoi c'est mal d'aimer son pays.

– Eh bien cela dépend du pays. Le leur est en déclin intellectuel. Ce n'étaient déjà pas des lumières en quarante-cinq ! Alors maintenant…

– Vous connaissez beaucoup d'Américains ?

– Non, réplique Mme Heusser en la foudroyant du regard. Je les évite comme la peste.

– Ah...

Julie ne relance pas la conversation. Elle savoure d'autant plus le silence qu'elle sent qu'il va se faire rare entre ces murs. Pourtant, contrairement aux autres personnes âgées qu'effraye l'oubli et qui racontent leur vie dans un monologue incessant, Mme Heusser n'a encore rien dit de personnel. Julie ne connaît ni son âge, ni son histoire, ni même son prénom. En revanche, elle commence à comprendre que Mme Heusser déteste beaucoup de choses.

Une femme sort de la cuisine et débarrasse la table. Elle se présente, Mme Gentil, gouvernante, présente quatre jours sur sept, parfois cinq. Son visage est aussi affable que son nom, son sourire a quelque chose d'apaisant. L'antithèse de la maîtresse des lieux. Elle informe Julie qu'elle fera le ménage dans sa chambre si elle le souhaite et s'occupera de son linge. Jamais encore elle n'a connu ça. Elle n'a pas l'habitude d'être servie, mais ne doute pas de s'y habituer rapidement. C'est plutôt agréable.

– Je vais aller me promener. Je peux prendre Charlemagne avec moi si vous voulez, propose-t-elle en se levant.

– Faites donc, approuve Mme Heusser en agitant la main sans la regarder. Ça ne peut pas lui faire de mal.

Julie enfile ses chaussures de sport et, Charlemagne au bout de la laisse, décide d'aller courir. L'exercice physique lui permet de faire le vide. Étonnamment, le corgi galope devant elle, ventre à terre, ravi. La bête est rapide. Julie accélère, dépasse le centre, longe la Côte des Basques et fait demi-tour avant d'atteindre Ilbarritz. Elle est en nage, mais enchantée par ce footing improvisé avec son nouveau compagnon. Charlemagne finit par fatiguer et ralentit l'allure. Côte à côte, ils cheminent maintenant au pas, profitant de la brise marine et du cri des goélands. Lorsque Julie entreprend de remonter la rue Mazagran jusqu'au cœur de la ville, des passants attendris l'arrêtent pour caresser Charlemagne. Une fois. Puis deux, puis trois, quatre, cinq fois ! Ce chien a autant de succès que Britney Spears ! Pour échapper au fan-club, elle presse le pas et pousse la porte d'une jolie boutique à l'angle de la place Clemenceau.

Les murs sont tapissés de livres, il y en a partout. L'ensemble constitue un chaos organisé. Elle distingue une seconde salle au fond à gauche, et face à elle, un escalier se sépare, après un palier rempli d'étagères, en deux branches menant à un étage. Le tout orné de boiseries et de fioritures rappelant les vieilles boutiques anglaises. Si elle devait associer cet endroit à un imaginaire, ce serait celui d'Harry Potter. Il y a quelque chose de magique dans ces rayonnages sinueux et ces piles chancelantes, dans cette odeur de livres neufs et de papiers anciens. À sa droite, une petite cabine est réservée à la vendeuse, qui la salue avec un sourire, avant de remarquer le chien à ses pieds.

– Je peux…, demande Julie en désignant Charlemagne.

– Normalement non, mais il n'y a pas grand monde ce matin, et puis il est vraiment mignon !

– Oui… C'est ce que la moitié de Biarritz m'a fait comprendre…

– Victime de son succès alors ! s'amuse la vendeuse en sortant de son cagibi.

Elle a moins de trente ans et le visage rieur. Plus ronde et pulpeuse que Julie, elle a un style beaucoup plus affirmé. Jupe rouge soulignant sa taille et ses hanches, chemisier à dentelle près du corps, foulard aux allures de jabot et mocassins à plateforme. À cela s'ajoutent une frange en rideau et des lunettes qui lui mangent la moitié du visage. Ses cheveux roux, tressés autour de sa tête, lui donnent une allure d'un autre siècle. Elle semble tout droit sortie d'un roman fantastique.

– Cet endroit est merveilleux, n'est-ce pas ?

– C'est le mot, murmure Julie, les yeux perdus parmi les rayons bien remplis. Je viens ici pour la première fois. Cela faisait longtemps que je n'étais pas retournée à Biarritz. Cet endroit n'existait pas encore quand j'étais adolescente.

– Je vous aurais bien fait la visite, mais je suis toute seule aujourd'hui… Le stagiaire est malade et ma collègue m'a lâchement abandonnée pour partir à l'aventure avec un surfeur australien rencontré sur la plage… Et en basse saison, autant vous dire que les gens ne se pressent pas ici avec leur CV, se plaint-elle avant d'écarquiller les yeux et de se frapper le front. Oh, zut ! C'est ma faute ! Quelle idiote alors ! J'ai oublié de coller l'offre en vitrine. Zut, zut et zut ! La patronne va me tuer !

– Vous cherchez quelqu'un ? Je…

– Vous cherchez un travail ? la coupe la rouquine, le regard plein d'espoir.

Julie hésite. Elle aime cet endroit. Comme la chambre chez la vieille, elle s'y sent bien.

– Je n'ai jamais travaillé dans une librairie. Ni dans… dans la vente.

– Que faisiez-vous avant ?

Une angoisse la saisit. Comme à chaque fois qu'elle pense au front, à ces années passées au service de son pays. Au service d'hommes qui la considéraient comme un demi-officier et ne cessaient de le lui rappeler. Sa vie était automatisée, bloquée en position « avancer », avec interdiction de se poser des questions. Les questions, c'est pour les faibles. Ces années ont été un défi lancé à elle-même. Elle l'a relevé haut la main. Capitaine, ce n'est pas rien pour une femme de son âge. Mais à quel prix…

– La guerre… Je faisais la guerre.

11

Afghanistan, 2006

Cela fait quelques jours qu'elle est arrivée à l'aéroport international de Kaboul avec Marc, son copilote. Ils sont deux du 4e RHFS[1] à avoir été envoyés en Afghanistan. Les autres pilotes d'hélicoptères viennent du 1er et du 5e RHC[2]. Pour cette fois, l'état-major a demandé la présence des forces spéciales. Elle a été débarquée avec des hommes du 1er RPIMa[3] et du 13e RDP[4]. En rang sur le tarmac, ils ont tous attendu que le général Le Bot les passe en revue et les salue, avant de prendre la direction de leurs quartiers et d'attendre les ordres. Le lendemain, on lui apprend que Marc et elle, ainsi que les autres militaires des forces spéciales, vont se rallier à l'opération Enduring Freedom, sous contrôle américain. Julie comprend ce que cela signifie. Ils ne resteront pas à l'arrière. Elle savait qu'elle partait pour une mission de combat, mais une fois sur

1. Régiment d'hélicoptères des forces spéciales.
2. Régiments d'hélicoptères de combat.
3. Régiment de parachutistes d'infanterie de marine.
4. Régiment de dragons parachutistes.

place, la pression monte. Le risque devient réel. Lors de sa précédente campagne, elle avait été déployée au Kosovo. Ça n'avait pas été de tout repos, mais il n'était pas question de risquer sa vie. Encore avant, c'était au Tchad, et ce qu'elle a vécu là-bas, elle espère ne plus y être confrontée car, depuis, la peur ne l'a plus jamais quittée.

Ce matin, ils ont rencontré le général américain Karl Eikenberry, qui les a félicités et remerciés de leur engagement. « *Long live freedom*[1] », a-t-il ajouté à la fin de son discours digne d'un blockbuster d'Hollywood. Tellement cliché, lui a glissé Marc à l'oreille. Puis ils ont rompu et sont repartis chacun de leur côté. Après le déjeuner, Marc et Julie suivent un adjudant dans le hangar des hélicoptères, qui leur explique tout sourire qu'une livraison de l'État français est arrivée la veille, et qu'elle va leur plaire. Au milieu de deux Gazelle et de plusieurs Kiowa Warrior américains, un Caracal flambant neuf les attend. Julie et Marc échangent un regard excité. Ils en ont piloté un pour la première fois à Pau le mois précédent. Depuis, Julie a effectué un second vol d'entraînement, sans Marc. Cet hélicoptère blindé est un petit bijou de technologie et un véritable atout sur le terrain par sa capacité à transporter des charges lourdes.

– Il est canon ! s'exclame Marc, une fois que l'adjudant les a laissés seuls avec les mécaniciens.

– Ouais. Notre gouvernement s'est enfin décidé à envoyer du matériel, et il n'a pas lésiné !

– Nous deux plus cette beauté égale danger, si tu veux mon avis.

– Vu les mitrailleuses des deux côtés, on ne va pas enfiler des perles, c'est sûr…, raille Julie en lui donnant un coup de coude.

---

1. « Longue vie à la liberté ».

– Ils préparent quelque chose, tu penses ?
– J'en sais rien… Mais ça va castagner à mon avis.
– J'adore ce métier !
– T'es con !

Ils s'apprêtent à visiter l'appareil quand on leur annonce qu'ils sont attendus au bâtiment de l'état-major. Leur mission : récupérer des soldats du 13e RDP en pleine montagne dans le sud-est du pays. Envoyés en opération de renseignement à proximité d'un village contrôlé par les talibans, les hommes ont été contraints de se replier à la suite d'un échange de tirs. Julie et Marc partent aussitôt se mettre en tenue avant le briefing. Le départ est fixé à midi. Chaque minute compte. À tout moment leurs collègues pourraient être rattrapés par des talibans. Ils ont beau être équipés et entraînés, cinq hommes ne font pas le poids face à cinquante monstres. Marc et elle prennent place dans le Caracal, accompagnés d'un médecin et de quatre soldats chargés d'assurer la sécurité et l'extraction. Un avion de chasse décolle de la piste. Il est envoyé en éclaireur.

Une fois dans le ciel, Julie regarde l'aéroport rapetisser, puis disparaître derrière les nuages. C'est son moment préféré. Enfant, elle observait les nappes cotonneuses en se demandant si elles étaient aussi confortables qu'elles en avaient l'air. Si le monde était plus beau vu d'en haut. La réponse est oui, à chaque fois. Vu du ciel, le monde révèle ce qu'on ne prend pas le temps de regarder sur terre, ce qu'on ne peut distinguer. Ses reliefs, ses nuances, son dessin, ses contrastes, son immensité, sa petitesse. Un tableau de lilliputiens. Tout en Afghanistan est en nuances de beige. Sauf la cime des montagnes, immenses, blanchie par des neiges quasi éternelles. Les nuages sont épais et chargés. L'hélicoptère essuie quelques turbulences.

– *Ladies and gentlemen*, attachez vos ceintures, nous entrons dans une zone de turbulences, s'amuse Marc en jouant les chefs de cabine.

En réalité, il est tout aussi alerte qu'elle. C'est sa manière de détendre l'atmosphère et c'est l'une des raisons pour lesquelles elle l'a tout de suite adoré. Il est son grain de folie. Ce qui n'est plus le cas d'Abel. Elle se remémore sa tristesse lorsqu'elle lui a annoncé son départ. C'était encore plus dur cette fois. Ils se voient moins depuis qu'il a quitté, il y a deux ans, le restaurant Ruffet, près de Pau où est basé son régiment, pour rejoindre la prestigieuse cuisine du Meurice. Elle passe ses week-ends à Paris. Il est stressé, elle est irascible. C'est compliqué. Il faut qu'ils aient une discussion à son retour. Leur équilibre, déjà instable, penche désormais du mauvais côté. Elle en a parlé à Marc, la veille. Il lui a dit ce qu'elle savait déjà. Elle est dure avec Abel. Beaucoup trop. Ce n'est pas un soldat sous ses ordres, mais son compagnon. Elle doit faire attention.

– Tu cogites…

– Et alors ?

– Hou là ! Range tes griffes, Duchesse !

– On entre dans la zone dans cinq minutes, prépare la descente.

– Bien, mon capitaine !

Elle lève les yeux au ciel.

– Merci d'être là, avoue-t-elle après un temps.

Il suspend sa procédure, choqué.

– T'as la frousse ?

– Non ! J'applique ce que tu m'as dit hier ! J'essaye d'être plus gentille.

– Ah ! On s'en reparle après la mission, ok ?

– Ok, acquiesce-t-elle avant de se concentrer sur sa tâche.

Ils s'approchent des coordonnées transmises par le signal de détresse des soldats. À l'arrière, les hommes positionnés aux mitrailleuses confirment ne rien avoir de suspect en visuel. Elle poursuit sa descente, prête à virer en cas d'attaque. Parmi les cavités rocheuses, enneigées par endroits, des silhouettes en treillis se détachent. La corde leur est lancée. Ils la réceptionnent, passent le harnais, y attachent leur mousqueton et font signe. Ils sont prêts à partir. L'altitude est déjà élevée, et pour leur permettre de respirer pendant la remontée Julie ne doit pas dépasser quatre mille cinq cents mètres, ce qui fait d'eux une cible facile. Ses passagers sont sur le qui-vive : deux aux mitrailleuses, deux prêts à superviser le hissage des parachutistes dans l'hélicoptère. Elle s'éloigne en vitesse.

– Tir à cinq heures ! crie le sergent Desplat.

Julie adapte sa trajectoire. Les mitrailleuses ripostent.

– Cible neutralisée ! Ils étaient trop loin pour nous toucher avec des fusils d'assaut !

– Ok. Restez en alerte, réplique Marc.

– On fonce droit dans un orage ! Dépêchez-vous de les remonter ! ordonne Julie.

– Encore cinq minutes, capitaine !

Ils ne les ont pas. Julie bifurque en direction du soleil, là où le ciel est encore dégagé, pour gagner du temps. Une prise de risque, mais ça ne peut pas être pire que les épais cumulonimbus sillonnés d'éclairs.

– C'est bon ! Adjudant-chef Vernier, vous pouvez fermer la trappe ! annonce le sergent Desplat.

Marc s'exécute. Julie vire à droite, en direction des nuages noirs, tout en prenant de l'altitude pour passer au-dessus.

– Attention, ça va secouer !

L'appareil est ballotté dans tous les sens. Marc et elle serrent les dents, crispés pour maintenir la trajectoire. Plus personne ne parle. La foudre meuble le silence. La montée est interminable, mais enfin ils retrouvent la lumière et le bleu apaisant d'un ciel serein. Vingt minutes plus tard, ils se posent à l'aéroport de Kaboul. Sains et saufs. Julie se sent encore portée par l'adrénaline. Marc lui donne l'accolade. Ils l'ont fait !

12

Biarritz, 1944

Claire était morte depuis deux mois. La douleur ne faiblissait pas. La culpabilité non plus. Si Colette avait été avec elle plutôt qu'avec Adrian, elle aurait peut-être pu la sauver. Elle voulait croire qu'elle aurait pu faire quelque chose... Deux jours après le bombardement, une cérémonie funèbre en grande pompe avait été organisée au jardin public. Quatre-vingt-seize cercueils. Tous civils. Les Boches avaient eu la décence d'organiser des funérailles à part pour leurs soldats tués sous les bombes américaines. Personne ne voulait entendre parler d'eux en cet instant. C'était leur faute si Biarritz avait été bombardée. S'ils ne s'étaient pas approprié leurs maisons, leurs hôtels, leurs bâtiments publics, leurs rues, leur liberté, les Biarrots n'auraient pas été en danger.

Colette se souvenait des fleurs qui tapissaient le sol, des couronnes du maréchal Pétain, de Pierre Laval et de tous les autres. Les fleurs du mal. Les fleurs des faibles qui mangeaient dans la main de l'occupant. Elle se souvenait de l'immense croix noire drapée de ténèbres et des couleurs de la cocarde devant laquelle un autel avait été installé. De part et d'autre, d'immenses candélabres brûlaient tristement. Les cercueils avaient été installés en contrebas. Ils prenaient trop de place. Chacun représentait une vie sacrifiée. Trop de morts. Assise à côté de l'autel avec sa famille, Colette n'avait pas quitté des yeux le cercueil de sa sœur tout au long de la cérémonie. Et après, comme si ce n'était pas suffisamment douloureux, ils avaient dû attendre que les morts soient entassés dans des camions en fonction des cimetières choisis par les familles. Puis il y avait eu l'enterrement. Une journée entière consacrée au deuil. Une journée entière d'hommages si douloureux qu'à la fin les larmes ne coulaient même plus. Elle s'était sentie vide. Encore plus lorsque le cercueil avait été descendu. C'était fini. Elle ne la reverrait plus jamais.

Depuis, elle n'allait pas mieux. Elle ne dansait plus et restait enfermée toute la journée. Son père s'efforçait d'assurer ses fonctions, sa mère sanglotait à longueur de temps. Elle n'avait pas revu Adrian et, écrasés par le chagrin, ses parents ne lui avaient jamais reparlé de ce soldat aperçu après les bombardements. Elle l'avait chassé de sa vie. Au fond, elle le jugeait aussi responsable qu'elle-même. Et cette culpabilité était son fardeau. Elle ne voulait plus être heureuse. Elle ne voulait plus aimer ni être aimée. Pas alors que sa sœur en serait à jamais privée. Et pourtant, elle rêvait de pleurer dans ses bras à lui. D'entendre sa voix grave la réconforter. Sa peine était double. Leur séparation forcée la déchirait.

Et puis, lors d'une visite chez le médecin, elle découvrit que sa fatigue, ses nausées, le retard de ses règles, n'étaient pas seulement dus au bouleversement qu'elle avait subi. Elle était enceinte. Juin tout juste entamé, elle en était à bientôt trois mois de grossesse. Le médecin l'observa d'un œil désapprobateur. À peine dix-huit ans et déjà dépravée, devait-il penser. Il lui demanda qui était le père. Elle lui répliqua que ce n'étaient pas ses affaires. Elle se rhabilla et sortit du cabinet toute tremblante. La bonne l'attendait devant. Colette fit comme si de rien n'était, mais sans s'en rendre compte, sa main se crispait sur son ventre encore plat. Un bébé y grandissait. Celui d'Adrian. Tous deux étaient vierges avant leur première nuit. Ils ne savaient pas comment faire pour éviter ce genre de désagrément. Et maintenant, c'était trop tard… À moins que… Il fallait qu'elle le voie.

– Marie, je dois passer à la boutique de Mme Meletski récupérer une commande, rentrez sans moi.

– Mais, mademoiselle…

– Je ne serai pas longue. Voilà longtemps que je ne suis pas sortie, et sa boutique est à côté de… de l'endroit où Claire… Les traces du bombardement…

L'émotion la prit à la gorge. Ce mensonge était une punition. Malgré tout, Marie accepta. Colette partit en direction de la villa où il résidait, attrapant l'omnibus au passage pour aller plus vite. Une fois arrivée, elle resta un long moment devant l'immense maison à trois étages, au toit asymétrique et à la façade aux colombages rouges. Un soldat en uniforme en sortit et lui parla en allemand. Ne comprenant rien, elle lui expliqua chercher Adrian. Le soldat tourna les talons et revint avec un officier supérieur, qui s'adressa à elle en français.

– Il est en permission. Son père a eu une attaque. Il sera de retour dans quelques semaines.

Le père d'Adrian était peut-être mort et elle ne pensait qu'à son propre désespoir. Elle était seule. Désespérément seule. Et s'il ne revenait pas, elle était perdue.

*

Tous les jours, elle se rendait à la villa, et posait chaque fois la même question : « Est-il de retour ? » Cela faisait bientôt un mois qu'elle attendait. Juillet et ses soirées ensoleillées, et avec lui, les prémices de la chute. La Normandie avait été envahie un mois plus tôt, les journaux avaient parlé d'un massacre, d'un crime contre le patrimoine. Une si belle région, entièrement détruite par les troupes alliées. Colette avait bien voulu les croire, elle avait vu de ses propres yeux les Américains réduire à néant ce qu'elle avait de plus cher. Elle les haïssait autant que les Allemands. Quant au reste, il se murmurait que les Alliés gagnaient du terrain, qu'Hitler ne tarderait pas à rendre les armes, que c'était une question de semaines avant que la France ne recouvre sa liberté. Six mois plus tôt, elle en aurait été ravie. Maintenant qu'elle portait l'enfant d'un Boche, cette perspective la terrifiait. Qu'allait-elle devenir ? Comment avait-elle pu se laisser tourner la tête au point d'oublier ses rêves de scène et de gloire ? Comment avait-elle pu penser qu'elle échapperait à ce qui avait brisé le destin de millions de femmes avant elle ? Une grossesse non désirée et hors mariage. La société les condamnait encore, c'était injuste et archaïque. Tant que les mœurs ne changeaient pas, tant que les femmes n'avaient pas le droit de voter pour leurs propres droits, son destin serait celui d'une paria.

Son ventre s'était arrondi, pas assez pour qu'on le remarque, mais suffisamment pour que cela devienne réel à ses yeux. Et toujours aucune trace d'Adrian. Elle approchait des quatre mois de grossesse. Bientôt elle serait obligée de porter des chemisiers larges, et peut-être même des corsets. À mesure que les jours s'égrenaient, son angoisse décuplait. Ses parents ne remarquaient rien. Sa mère baignait dans la mélancolie, son père passait le plus clair de son temps ailleurs. Heureusement. Ils ne l'apprendraient jamais. C'était impensable. Trouver une faiseuse d'anges tournait à l'obsession. Ne plus vivre avec une bombe à retardement dans l'utérus.

Un matin, elle décida d'agir. Adrian ne saurait jamais rien de cet enfant dont elle ne voulait pas. Il y avait trop de facteurs inconnus dans cette guerre. Il pouvait mourir ou ne jamais revenir. Elle en aurait le cœur brisé. Cette simple évocation lui mettait les larmes aux yeux et creusait un trou dans sa poitrine. Mais elle devait rester pragmatique et penser à son avenir. Elle ne devait compter que sur elle-même. Sa réussite prévalait, sa carrière de danseuse était son rêve de petite fille. Rien ne devait l'en détourner. Cet enfant la mettait en danger plus que quiconque. C'était terriblement injuste, mais elle n'avait pas d'autre choix. Si seulement le monde avait été différent…

La fille cadette des Hiriart, amis proches des Pradels, suivait des études de médecine. Élevée par une mère suffragette, Giselle Hiriart défendait haut et fort le droit des femmes à disposer de leur corps. Elle écouta Colette avec attention, la réconforta, l'informa, lui rappela les risques d'une telle opération, et vérifia qu'elle était bel et bien certaine de son choix. Colette n'avait pas le moindre doute. À aucun moment Giselle ne lui demanda qui était le père, et elle s'abstint de poser la moindre question intrusive. Colette lui en sut gré. Trois jours plus tard, Giselle l'accompagna à Bayonne, au dernier étage d'une étroite maison médiévale aux colombages verts, sombre et humide, dans laquelle vivait une femme qui pratiquait des avortements clandestins. Elle devait rester deux jours là-bas, davantage en cas de complications. Grâce à Giselle, elle avait trouvé un mensonge crédible à raconter à ses parents pour justifier son absence. Avant l'intervention, la sage-femme s'assura une dernière fois qu'elle était sûre de sa décision. Et là, Colette prit brusquement conscience de ce que cet acte signifiait. Elle s'effondra en sanglots, réalisant ce qu'elle perdrait à jamais. Leur bébé. Si Adrian ne revenait pas, elle s'en voudrait à vie. Car elle n'aurait plus rien de lui. Mais c'était nécessaire pour ses rêves et son avenir, alors, la voix tremblante et les joues baignées de larmes, elle confirma sa volonté.

La douleur lui déchira les entrailles. Ses cris rebondirent contre les murs. Elle purgeait sa peine. Dieu la punissait d'avoir mal agi, se dit-elle avant de sombrer. Ironie du sort, elle qui n'avait jamais été pieuse crut voir dans cette souffrance ultime une punition divine. Lorsqu'elle émergea, au bout de plusieurs heures, l'esprit nébuleux et le ventre écorché, elle entrevit l'assistante de la sage-femme en train d'éponger le sol couvert de sang. Elle perdit pied à nouveau. Le reste lui apparut sous forme de tableaux flous. Des silhouettes indéfinies qui défilaient à son chevet. Un plafonnier chancelant. Des voix lointaines. Une odeur de fer et de maladie. Des ombres menaçantes qui la maudissaient. Des flammes dans lesquelles elle brûlait. Quand elle se réveilla enfin, le crâne en ébullition et la bouche sèche, elle aperçut Giselle qui lui tenait la main, assise sur une chaise à côté du lit.

– Je ne suis pas morte ? marmonna-t-elle avec difficulté.

– Tu n'es pas passée loin. Cela fait quatre jours que tu es là… J'ai pu prévenir tes parents. Ne t'inquiète pas, je ne leur ai rien dit, j'ai juste inventé une raison à ton absence prolongée. Mais hier soir, j'étais à deux doigts de les faire venir en vitesse. Ta fièvre a atteint des niveaux très inquiétants. Et puis elle a baissé pendant la nuit, te voilà sortie d'affaire maintenant.

– Ah…

Colette leva le bras. Un éclair de souffrance irradia tout son corps, mais elle poursuivit son geste et le posa sur son ventre. Il était plat et douloureux. Vide. Il n'y avait plus de bébé. Elle avait tué leur enfant. Un sentiment de honte l'envahit, mêlé à celui plus familier de la culpabilité. Elle pleura en silence.

– Ne t'en veux pas. Si les femmes avaient la possibilité de se protéger contre une grossesse non désirée, si les hommes se renseignaient de leur côté et faisaient plus attention, si l'avortement était légal, tout cela serait plus simple. Un enfant non désiré est rarement un cadeau divin. Il brise plus souvent la vie de sa mère qu'autre chose… C'est notre société qui est coupable, pas toi. Tu as pris la bonne décision. Tu as sauvé ta propre vie.

– Je ne sais pas…

– Tu… Si ça peut t'aider à moins culpabiliser, le fœtus montrait des signes de malformation… Il n'aurait probablement pas survécu. C'est aussi pour cela que l'opération a été plus compliquée que prévu… Et même si ça n'avait pas été le cas, tu n'aurais aucune raison de culpabiliser !

– J'ai mal, Giselle…

– Je sais. Tu vas rester une nuit de plus ici. Nous rentrerons demain. Tu vas continuer de saigner abondamment pendant quelques jours. Il faudra que tu limites tes déplacements et que tu te reposes au maximum. Aussi… je… Je sais que ce n'est pas facile à entendre, mais… Il se peut que l'opération laisse des séquelles. Nous en avions déjà parlé, mais… Tes chances d'avoir des enfants plus tard seront peut-être réduites…

– Je m'en fiche… Je n'ai jamais voulu d'enfant de toute manière. Est-ce que je peux avoir quelque chose contre la douleur ? demanda Colette en serrant les dents, incapable de réfléchir.

Ses souffrances étaient autant physiques que psychiques. Pendant près d'une semaine, son ventre continua de la torturer, et ce ne fut pas une mince affaire de cacher son mal derrière un rhume et une migraine. Il lui fallait à tout prix éloigner le médecin et rassurer ses parents. Elle prit sur elle et serra les dents au cours du dîner pour faire croire à un rétablissement, alors que son estomac se rebellait et que son utérus la martyrisait. Pendant ses longues nuits de sueurs froides, elle pensa à sa sœur, à son bébé jamais né, à Adrian. Ils lui manquaient. Lorsque son corps commença à aller mieux, son esprit, lui, demeura à la dérive, alourdi par un vague à l'âme qui ne la quittait pas. Elle n'avait jamais cessé d'espérer le revoir. Même si elle ne lui avouerait pas ce qu'elle avait fait. Ce secret serait son fardeau, indicible et honteux. Elle le porterait jusqu'à sa mort. Mais vivre en se taisant lui paraissait plus facile que vivre loin de lui. Même si, désormais, rien ne serait plus pareil.

Aussi, quand elle fut sur pied et suffisamment robuste pour marcher, elle décida de partir à sa recherche. Août s'annonçait chaud et pluvieux. Elle n'avait pas vu Adrian depuis la mort de sa sœur. La séparation lui pesait. Elle se sentait stupide de lui en avoir voulu. Elle éprouvait le besoin viscéral de s'excuser. Pour tout. Sans qu'il sache ce que ce « tout » cachait réellement. Sur le chemin encore humide de l'orage de la veille, aux abords de la villa, elle crut à un mirage. Un homme courait vers elle. Il ne portait pas de veste militaire, mais une chemise blanche rentrée dans un pantalon kaki. Un pantalon de soldat de la Wehrmacht. Il était grand et svelte. Enfin elle distingua ses traits affirmés, ses yeux verts, son air de prince. Adrian. Avant même qu'elle eût le temps de crier son nom, il la prit dans ses bras et la fit tournoyer, la serra si fort que leurs cœurs semblaient battre à l'unisson.

– Ils m'ont dit que tu venais tous les jours depuis mon départ. Et puis que tu avais cessé du jour au lendemain… J'ai craint qu'il ne te soit arrivé quelque chose ! Moi qui croyais que tu ne voulais plus me voir. Je… je n'ai jamais cessé de penser à toi. J'ai compris que tu me tenais pour responsable de… Je suis tellement désolé pour ta sœur. Si j'avais pu faire quoi que ce soit, crois-moi… Mais ne pas pouvoir te voir pendant si longtemps ! J'étais désespéré. Je ne veux plus jamais te quit…

Elle l'interrompit d'un baiser passionné. Oublieux des regards dédaigneux des passants, ils s'embrassèrent pendant de longues minutes. Du bout des doigts, il essuya les larmes qui perlaient sur ses joues.

– Mon étoile…

– Je t'aime tellement, Adrian ! Je m'excuse de ne pas être venue plus tôt… Je… je suis désolée pour tout.

– C'est moi qui suis désolé ! Viens, ne restons pas au milieu de la rue. Je rêve tellement de te serrer dans mes bras plus longtemps.

Colette eut un mouvement de recul.

– Je… Pas aujourd'hui. Je suis… J'ai… Je ne peux pas.

– Oh, je vois ! Pas de souci. Je ne suis pas un sauvage, tu sais, s'amusa-t-il avec un sourire en coin. Te tenir simplement contre moi serait mon plus grand bonheur.

Elle hocha la tête. La sage-femme et Giselle lui avaient intimé d'attendre une dizaine de jours avant d'avoir des relations intimes. Cela faisait presque deux semaines que l'opération avait eu lieu, mais elle ne se sentait pas encore prête. Ils gravirent l'escalier en bois verni, main dans la main, et elle salua d'un sourire les soldats qu'elle connaissait sans ressentir le besoin de se cacher. C'était étrange, cette sensation de craindre moins l'ennemi que le regard de ses proches. Au dernier étage, ils traversèrent le palier et rejoignirent la chambre d'Adrian, tout au bout du couloir.

– Quand es-tu rentré ? lui demanda-t-elle en refermant la porte derrière eux.

– Il y a quatre jours. J'ai dû me faire violence pour ne pas débarquer à l'improviste chez tes parents. Je suis tellement rassuré de te voir !

– Et comment va ton père ?

– Il se remet tranquillement. Il a eu un accident vasculaire cérébral… Il… il ne sera plus jamais comme avant, mais il va aussi bien que possible.

Pour seule réponse, elle lui serra les doigts, lui baisa les phalanges et l'attira sur le lit. Une fois allongés l'un contre l'autre, il lui murmura :

– Est-ce que tu m'épouseras ?

– Quand ? demanda-t-elle en se retournant pour lui faire face.

– Quand tout ça… Après.

– Je ne suis pas certaine qu'il y ait un après. Le murmure de votre défaite imminente se répand. Si c'est avéré, tu devras fuir. Tout soldat sera une cible. Tu en deviendras une. L'après dont nous rêvions risque d'être un purgatoire pour toi et tes concitoyens.

Quelque chose dans ses yeux alerta Colette. Il en savait plus qu'elle sur la situation du front. Il ne dirait rien, mais sa mine parlait d'elle-même. Le départ des Boches n'était plus qu'une question de temps.

– Quoi qu'il se passe dans les prochains mois, cela ne m'empêchera pas de te retrouver. Jamais.

– Qu'en sais-tu ?

– Je ne peux pas te promettre de ne pas mourir, mais je ferai tout ce qui est en mon pouvoir pour l'éviter. Et, vivant, je remuerai ciel et terre pour que nous soyons un jour réunis !

– Je veux t'épouser, Adrian. C'est mon vœu le plus cher. Mais le monde est contre nous. Pour l'instant, ce que tu me proposes est une chimère.

– Peut-être… Mais j'ai envie d'espérer.

– Alors serre-moi fort. Ne pensons pas à l'après. Seuls tes bras autour de moi comptent, ton souffle sur ma nuque, ma peau contre la tienne, ta bouche sur la mienne. C'est tout ce qui importe.

13

Biarritz, 2006

Julie repart de la librairie avec cinq livres et une promesse d'emploi en main. La tête lui tourne de s'être replongée dans certains souvenirs difficiles. Son corps y réagit encore, comme si elle revivait les événements à chaque fois. Les sons, les images sont imprimés au plus profond de son esprit. Elle aurait dû accepter d'être suivie plus longtemps par les psychologues du CISPAT[1]. Ils lui ont conseillé de rester entourée de ceux qu'elle aime, de s'appuyer sur ses proches pour se reconstruire, de libérer sa parole autant que possible. Au lieu de quoi, elle a fui les siens et s'est murée dans le silence. Les seules recommandations qu'elle respecte sont la pratique régulière d'une activité physique et l'alimentation équilibrée. Non que cela lui demande beaucoup d'efforts. Mais depuis la veille, sa nouvelle routine s'est retrouvée sens dessus dessous. Voilà qu'elle cohabite avec une vieille chouette désagréable et un corgi trop populaire. Et surtout, voilà qu'elle a la possibilité d'exercer un emploi « normal » pour la première fois de sa vie. Elle doit d'abord vérifier

1. Cellule d'intervention et de soutien psychologique de l'armée de terre.

qu'elle en a le droit auprès du ministère des Armées. Leur dire que ce ne sera pas pour longtemps. Que c'est pour aller mieux. Qu'un jour elle y retournera.

Elle a longtemps bavardé avec Laurea, la libraire. Cette conversation lui a fait du bien. Comme un vent de normalité bienvenu. Une brise de simplicité. Elle a hâte de retourner au Bookstore, et cet enthousiasme qu'elle avait perdu l'habitude d'éprouver lui semble presque étranger. Peu à peu, elle se sent plus légère. Elle flâne. C'est nouveau pour elle d'observer des couples main dans la main, des goélands planer face au vent, des enfants se courir après en piaillant, des voitures de collection entrer à la queue leu leu dans une villa voisine, des surfeurs planche sous le bras ou des nageurs palmes à la main. Découvrir une certaine poésie dans un tableau du quotidien ne lui ressemble pas, mais ça lui plaît. De retour chez Mme Heusser, Julie se dirige vers le salon ouvert sur l'océan. Aucun signe de la propriétaire. Elle ne semble pas aimer la vue. Quel intérêt d'acheter une telle maison si c'est pour se tourner vers la terre ? Julie rebrousse chemin, se douche et revêt une tenue plus « correcte » selon les critères de sa logeuse. Jean slim et chemise blanche. Elle ne s'est pas sentie aussi apprêtée depuis longtemps.

Elle la croise dans l'entrée. Mme Heusser la dévisage bizarrement. Le silence s'étire, et Julie se sent mal à l'aise.

– C'est mieux, juge-t-elle. Comment était votre balade ?

– J'ai rapporté des livres du Bookstore. Vous connaissez cette librairie ?

– Oui.

– Elle est très belle. Je vais peut-être y travailler quelques mois.

– Allons dans le salon, je déteste discuter debout.

Julie n'est pas certaine d'avoir envie de parler, mais elle la suit dans une autre pièce qu'elle n'a encore jamais vue, qui donne sur le jardin et les villas de l'autre côté de la rue. De la musique classique se diffuse parmi le mobilier ancien et les moulures arrachés à un autre siècle. Elle connaît mal ce genre musical. Ce n'est pas sa culture. À part les chants militaires et quelques morceaux, elle n'a jamais prêté attention au répertoire traditionnel. Elle préfère le rock. La vieille s'assoit, saisit une clochette et l'agite. Aussitôt, Mme Gentil apparaît. Dans ce cadre suranné, Julie a l'impression d'avoir changé d'époque. Le thé commandé, Mme Heusser avance son fauteuil.

– Je ne vous ai pas questionnée à ce sujet hier, mais parmi les papiers que vous m'avez montrés, j'en ai vu plusieurs de l'armée. Est-ce là que vous travaillez ?

– Oui.

– Eh bien ! Racontez-moi !

– Que voulez-vous savoir ?

– Ce qu'une femme a pu trouver d'attrayant dans cette institution, par exemple.

– Parce que, selon vous, une femme n'est pas capable de défendre son pays ?

– Loin de moi cette idée ! Les femmes sont deux fois plus capables que les hommes, si vous voulez mon avis. De nombreux massacres auraient été évités si des femmes dirigeaient le monde !

– Je l'ai pensé aussi… jusqu'au jour où j'ai compris que le pouvoir corrompait les hommes et les femmes de la même manière. Enfin… Pour en revenir à votre question, je suppose que j'avais envie de servir une cause qui me dépassait. D'être utile. Et puis, je voulais prouver qu'une femme en était capable. C'était un défi personnel. Entrer dans l'armée m'a semblé être une évidence.

– Et visiblement, y poursuivre votre carrière n'en est plus une.

Perspicace la vieille, songe Julie qui profite de l'interruption de Mme Gentil, les bras chargés d'un service à thé et de macarons, pour réfléchir à sa réponse. Charlemagne entre en trottinant et se couche à ses pieds. Elle lui caresse la tête. Ce chien lui plaît.

– Il vous aime bien, et c'est un excellent juge de la nature humaine. C'est bon signe.

Julie se retient de lui raconter que Charlemagne a léché les mains de la moitié de la ville ce matin et ferait sûrement de même face à Kim Jong-il… Mme Heusser la relance sur sa carrière.

– Ce n'est pas si simple. Je fais partie du 4e régiment d'hélicoptères des forces spéciales. J'ai été envoyée à plusieurs reprises dans des zones de conflit. Et… je ne suis pas sûre d'avoir envie d'y retourner. Je ne sais plus trop non plus en quoi je crois. J'ai parfois l'impression d'être un pion sur un immense échiquier dont je ne distingue pas l'extrémité. C'est pour cela que je suis ici. Pour retrouver un semblant de normalité et savoir si ce mode de vie me convient. Si l'armée me manque, alors je repartirai.

– Si c'est l'armée qui vous a menée au bord de cette falaise, je ne suis pas certaine qu'y retourner soit une si bonne idée.

– Et vous, que faisiez-vous, avant ? demande Julie, mal à l'aise devant la tournure que prend la conversation.

– Avant… vous voulez dire quand j'étais jeune et belle ?

– Euh, oui, si vous voulez…

– Cela n'a pas toujours été ainsi, mais j'ai eu la chance d'être heureuse… Terriblement heureuse, murmure Mme Heusser avec un sourire nostalgique. Mais c'est une autre histoire ! Qu'avez-vous acheté comme livres ?

– *L'Occupation*, d'Annie Ernaux. *Attentat*, d'Amélie Nothomb. *Fuir*, de Jean-Philippe Toussaint. *Histoire d'une vie*, d'Aharon Appelfeld. Et *Falaises*, d'Olivier Adam.

– C'est un rébus de votre propre détresse ? raille Mme Heusser en levant un sourcil blanc.

– Pardon ?

– *Falaises…* Vous pouviez difficilement faire plus subtil.

– Je n'ai pris que ce que m'a conseillé la libraire ! s'amuse Julie.

– Alors méfiez-vous d'elle, elle a un troisième œil. Quoi qu'il en soit, je n'ai jamais lu *Histoire d'une vie*, la chronique littéraire en dit le plus grand bien. Ce n'est pas très joyeux comme récit, mais pourriez-vous m'en faire la lecture ? Je n'y vois plus clair et lire est devenu laborieux. D'autant que votre voix est étonnamment agréable.

Dans sa bouche, tout compliment sonne comme une insulte. Mme Heusser n'est pas aimable, mais sous son air revêche se cache un soupçon de bienveillance. Un intérêt pour l'autre. Peut-être même une vague tendresse. C'est une énigme que Julie espère résoudre.

14

Paris, 2006

Personne ne sait. Abel a écumé les différents services des Armées, depuis la cellule psychologique jusqu'à l'état-major, et personne n'a su lui dire où est Julie. Son angoisse pour elle s'est muée en colère sourde. De quel droit le plonge-t-elle dans de tels états ? De quel droit part-elle sans rien lui dire ? Il a l'impression d'être un jouet entre ses mains. Elle n'a aucune considération pour ses désirs, ses sentiments, ses aspirations et ses peines. Pour la première fois, il a envie de ne penser qu'à lui-même. D'arrêter de s'inquiéter pour elle. L'aimer ne lui suffit plus, cela le ronge à petit feu. Il lui faut quitter cet appartement qui renferme trop de souvenirs, décider pour lui-même, par lui-même. Il s'élance dans le vide sans savoir où atterrir. Il entre dans la première agence immobilière qu'il croise, et demande à trouver un locataire. Pendant ce temps, il met de l'ordre dans ses affaires, place les objets de valeur en sécurité et range dans un carton les vestiges d'autrefois. Ces photos où ils posent devant la fontaine de Trevi à Rome, devant les pyramides en Égypte, en combinaison et gilet de sauvetage, avec une pagaie à la main, prêts à dévaler un torrent ardéchois en kayak. Celles où elle lui sourit et prend la pose, celles où il tient l'objectif à bout de bras, tourné vers eux, et qu'ils enchaînent les grimaces. Les Photomaton pris dans chaque gare traversée. Les petits bibelots qu'elle lui rapportait toujours de ses missions. Sauf les deux dernières fois.

Ils ne viennent pas du même milieu. Elle a grandi au Pays basque dans une petite maison de campagne, lui, en Seine-Saint-Denis, dans un appartement trop petit pour six. Il est l'un des seuls de sa famille à avoir osé rêver d'ailleurs, et n'a gardé contact qu'avec sa petite sœur et sa mère. Avec ses frères, c'est plus compliqué. Quant à son père, il est en prison. Aucun de ses amis parisiens n'est au courant. Et les amis des quartiers, il ne les a pas gardés. Il le regrette parfois. Surtout aujourd'hui, car désormais, il n'y a que Julie qui le connaît réellement. Et elle l'a quitté. L'autre jour, sa mère l'a appelé pour demander de ses nouvelles. Elle adore Julie. Il pensait que c'était réciproque. Julie venait de perdre sa mère lorsqu'ils se sont rencontrés. Et elle avait enfin pris la décision de rompre avec son père, qu'elle ne voyait qu'une fois tous les deux ans. Il jouait alors la comédie des pères absents, fier et aimant l'espace de quelques heures, curieux et attentif en façade, mais il oubliait son anniversaire, posait toujours les mêmes questions, se perdant dans des mensonges pour justifier son absence. Le masque du narcissique qui veut briller auprès des autres. Abel l'a compris dès qu'elle lui a raconté sa relation avec lui. C'était la même histoire avec son propre père. Leurs plaies se ressemblaient, ils espéraient les panser ensemble. Finalement, ils n'ont fait qu'en ouvrir de nouvelles.

Il veut quitter Paris. Changer d'appartement ne suffira pas. Il a besoin de nouveauté sur tous les plans. Son inquiétude pour elle continue de le hanter, il aimerait l'oublier, mais en est incapable. Ils se connaissent depuis sept ans. Un quart de sa vie. Ça ne s'oublie pas. Il faut trouver un moyen de ne plus souffrir. Ailleurs. Il explique sa situation au chef du Meurice. C'est un homme bien, qui a été l'un des premiers à croire en son talent et à son ambition. Un jeune des quartiers dans un étoilé, ça ne court pas les rues. Ce manque de méritocratie jusque dans les cuisines les plus prestigieuses ne devrait pas exister, clame souvent le chef. La cuisine rassemble, efface les clivages, crée de la beauté là où on ne s'y attend pas. La cuisine est universelle. Chaque culture la façonne selon ses traditions, s'inspire des réussites des voisins, des rencontres, crée sa propre identité. Elle est la perpétuation d'un héritage, une modernisation permanente dans le respect du travail des ancêtres. Depuis toujours, elle réunit les hommes et les femmes de toutes les classes, de tous les âges, elle permet des rencontres et des débats, des échappatoires à des conversations difficiles, des moments de joie et de peine. Elle est tout. Et désormais, pour lui aussi, elle doit le redevenir.

Quelques jours plus tard, le chef du Meurice lui annonce que le sous-chef de la section gastronomique de l'hôtel du Palais, à Biarritz, vient de partir pour un étoilé à Fontarrabie. Ils en cherchent un nouveau.

– Je n'ai aucune envie de te voir quitter ma brigade, mais tu peux difficilement faire mieux loin de Paris. Alors je te repose la question : tu es sûr de toi ? Tu veux vraiment partir ?

– Oui, chef.

– Bien, je vais appuyer ta candidature auprès de l'hôtel du Palais. Les choses devraient se faire assez vite.

– Merci, chef.

Biarritz n'est pas son premier choix. Il a l'impression d'avoir déjà visité cette ville au travers des récits d'enfance de Julie. Elle lui en a toujours dressé un tableau magnifique. L'océan, les montagnes, les plaines et collines du Pays basque, les piments séchés accrochés aux corniches des maisons traditionnelles, l'odeur du jambon de Bayonne, l'accent chantant des locaux, le béret des anciens, le makila des bergers… Un petit bout de paradis. Une bulle dans l'espace-temps. Ses récits de là-bas l'ont toujours fasciné, si bien qu'il a parfois l'impression d'y avoir pris part. Il espère pouvoir se réapproprier l'endroit, sans être pollué par son regard à elle ni être hanté par des souvenirs recréés. Les souvenirs de Julie. Il n'a pas le choix, il doit y aller. Ne serait-ce que pour s'émanciper de son influence. Pour vivre et expérimenter par lui-même. Pour apprendre à l'oublier.

15

Biarritz, 1944

– Hirigoyen est de retour ! s'écria le père de Colette en arrivant dans le salon. Les Allemands vont rentrer dans leur pays de déséquilibrés ! La rumeur dit que de Gaulle va bientôt débarquer à Paris. Enfin, cette mascarade va prendre fin.

Sa mère leva la tête de son ouvrage.

– Quel gâchis…, murmura-t-elle.

Le front de Jean Elissalde se plissa. La libération ne ramènerait pas Claire, mais il n'avait jamais été du genre à s'épancher sur ses peines. Contrairement à Colette et à sa mère, son deuil était fait. Seule la suite de sa carrière comptait. Toujours. Colette fouilla dans sa mémoire. Hirigoyen était l'ancien maire de Biarritz, celui qui avait été élu avant que la ville ne soit envahie par les Allemands. Colette s'étonna de la confiance montrée par son père. Il perdrait sa place d'adjoint quand Hirigoyen reviendrait. À moins qu'il n'ait déjà sécurisé un poste ailleurs. Ce ne serait pas surprenant de sa part.

Adrian et elle en avaient discuté quelques jours plus tôt. Il savait que le décompte final avait commencé. Leur temps ensemble touchait à sa fin. Pour l'instant, promettait-il. Colette, plus pessimiste, n'osait pas espérer. Elle posa son livre et se leva. Converser avec ses parents, ou plutôt subir le monologue assommant de son père, n'était pas une partie de plaisir. Elle sortit du salon, attrapa un chapeau et emprunta l'entrée de service. Dehors, la chaleur envahissait les rues. Il lui fallut se rapprocher du cœur battant de la ville pour comprendre que quelque chose clochait. Une colonne de camions ouverts remplis de soldats quittait la rue Mazagran, sûrement en direction de Bayonne, et plus loin encore. La place Clemenceau était remplie de militaires, de la SS et de la Wehrmacht, qui hurlaient des ordres en allemand. Elle les contourna pour vérifier si ce convoi partait de l'hôtel d'Angleterre, et passa devant une maison à moitié effondrée. Un frisson lui parcourut l'échine. Les stigmates du bombardement. Ils étaient partout autour d'elle. Voilà pourquoi elle ne revenait jamais en centre-ville. Pour éviter de repenser à toutes les horreurs dont elle avait été témoin. À ces corps coupés en deux devant l'église Sainte-Eugénie. Aux membres déchiquetés qu'il avait fallu enjamber… À sa sœur…

– Ne restez pas là, mademoiselle ! Rentrez chez vous, il n'y a rien à voir ! cria un soldat, la main sur son arme.

Elle s'enfuit, bouleversée. Elle évita le jardin public, dont la vision s'accompagnerait à jamais de celle des quatre-vingt-seize cercueils alignés sur l'herbe, face à la Gare du Midi. Puis elle emprunta les routes sinueuses bordées de petits chalets, au toit en pignon, aux volets rouges et à la façade simple, typique du siècle précédent. À plusieurs reprises, elle croisa des voitures pleines d'hommes en uniforme. Dans la cour de la villa, elle repéra la haute silhouette d'Adrian, occupé à charger un camion. Il l'aperçut et s'excusa aussitôt auprès de son supérieur. Il l'entraîna vers le jardin, sur un banc à l'ombre des arbres et à l'abri des regards.

– Tu pars.

– Les FFL[1] sont à la frontière, Hendaye a déjà été reprise. Paris ne va pas tarder à être évacuée aussi. Si je reste, je serai fait prisonnier. Garde-le pour toi, mais tout est terriblement désorganisé… Cette guerre touche à sa fin.

Il tira un morceau de papier de sa poche et y griffonna quelques mots avant de le lui donner, serrant sa paume entre les siennes.

– Voici l'adresse de notre maison familiale, à Vienne. Si jamais…

– Tu ne reviendras pas ?

– J'y compte bien, mais je ne sais pas quand j'en aurai le droit. Je suis encore un soldat. Et si la France est libérée, je redeviendrai un ennemi. J'ignore quand ils me laisseront quitter l'armée, mais je suis jeune et en bonne santé, je crains de ne pas échapper aux combats.

– Tu penses ?

– J'espère me tromper…

– Et si tu meurs ?

– Je mourrai heureux d'avoir été aimé par une femme extraordinaire. Je mourrai en sachant que cette femme deviendra la plus grande danseuse de sa génération. Je mourrai avec la certitude qu'un jour, elle trouvera à nouveau son bonheur.

Elle lui caressa la nuque, la gorge nouée par l'émotion. À cet instant, elle eut envie de lui parler de cet enfant qu'ils auraient pu avoir. Tout aurait peut-être été différent si elle l'avait gardé… Avait-elle fait le bon choix ? Elle se tut. Leurs derniers moments devaient être parfaits.

– Je ne pourrai jamais t'oublier. Jamais. Montons. Je veux te faire l'amour une dernière fois.

1. Forces françaises libres.

Perdus dans les vertiges du plaisir, ils oublièrent le temps. La nuit tomba, et l'on frappa à la porte de la chambre d'Adrian. Une voix étouffée leur parvint. Les ordres étaient en allemand. Le jeune homme devint blême et répondit avec difficulté. Il se leva, attira Colette contre lui et l'embrassa avec la fougue d'un condamné.

– C'est le moment. Je reviendrai te chercher, je te le promets.

Le cœur brisé, la jeune femme l'accompagna jusqu'au camion dans lequel il prit place. Elle lui donna un dernier baiser au vu et au su de tous, et l'observa s'éloigner, ne le quittant du regard que lorsque la rue obliqua et dissimula le convoi. Il était parti. Et avec lui tous les Allemands. La France allait bel et bien recouvrer sa liberté, mais elle, elle venait de perdre l'homme de sa vie. Tiendrait-il sa promesse ? Elle voulait y croire, car sans cela, elle sombrerait, et ne le lui pardonnerait jamais.

Le lendemain, le maire reprit son poste, et avec lui les adjoints et élus du précédent mandat. Colette apprit que son père avait été nommé directeur de cabinet. Une fois encore, il avait su se placer. Les réjouissances s'enchaînèrent. La libération de Paris fut célébrée. L'arrivée du général de Gaulle fut acclamée et décortiquée dans ses moindres détails par la presse et la radio. Alors que l'euphorie gagnait le peuple français, que tous célébraient la liberté, l'égalité et la fraternité, un vent contraire, sombre et vengeur, envahit chaque rue, chaque foyer, chaque esprit. Les collabos devaient être punis. Ils devaient payer pour leur pacte avec le diable. Ils devaient être traînés sur la place publique et montrés du doigt, pour que tous se souviennent de leurs visages corrompus. Et parmi ces traîtres, celles que l'on surnommait les putes à Boches occupaient une place de choix.

16

Biarritz, 2006

Mme Heusser se réveille en sursaut. En un geste réflexe, elle passe une main sur sa tête. Tout va bien. Elle se détend. Sur sa table de chevet, son verre d'eau est vide. Elle se lève pour le remplir, pestant contre ses muscles endoloris. Être vieille, quelle plaie ! Elle allume et cherche son chien des yeux. Inquiète, elle aperçoit la porte ouverte et s'engage sur le palier. Par le puits de lumière du toit, la pleine lune éclaire la maison jusqu'au rez-de-chaussée. Elle s'avance et s'aide de la rampe en bois. Un pressentiment la mène au deuxième étage, où loge sa locataire. Lorsqu'elle arrive devant sa chambre, la porte est entrouverte. Elle la pousse. Personne. Le lit est défait. Par la fenêtre, elle découvre Charlemagne et Julie assis sur la pelouse, face à l'océan. Son cœur se serre. Toutes ces nuits qu'elle a passées au même endroit, les yeux rivés sur l'horizon, en espérant l'y voir. Mais il n'est jamais revenu. Il l'a abandonnée. Une vie s'est écoulée depuis. Et malgré tout, elle a continué, elle a essayé pendant des années, mais le chagrin est trop fort.

L'émotion la prend à la gorge, elle a besoin de se réfugier dans son bureau à lui. Celui qu'elle garde à l'identique depuis la veille de son départ, comme prêt à l'accueillir de nouveau. À son retour. À petits pas, elle descend l'escalier, essayant de ne pas penser à ce qui adviendrait si elle trébuchait. La mort. Son ennemie de toujours. Une fois en bas, un aboiement. Elle n'a pas le temps de s'éclipser. Le chien débarque en remuant la queue, suivi de peu par Julie. La jeune femme s'immobilise en reconnaissant Mme Heusser dans l'ombre.

– Je vous ai réveillée ? demande-t-elle.

– Ne vous inquiétez pas, je ne vous ai pas attendue pour devenir insomniaque. Et vous, que faisiez-vous ?

– Je n'arrivais pas à dormir non plus, alors je suis sortie prendre l'air. Charlemagne m'a accompagnée.

– Bien.

– Voulez-vous une tisane ?

– Non… Je préfère rester seule. Gardez Charlemagne avec vous. Bonne nuit.

Et sans attendre sa réponse, elle tourne les talons en claudiquant. Ses tendons la font souffrir. Elle va devoir en parler à son aide-soignant. Une fois enfermée dans le bureau, elle répète le même rituel. Elle caresse le trench, en hume l'odeur musquée, qu'elle devine encore malgré les années. Elle s'assoit au bureau et touche chaque objet, le pèse, le fait rouler entre ses doigts. Elle ressort les maquettes en bois, dont la splendeur ne cesse de l'émerveiller. Un travail d'orfèvre. Il était si doué… Son homme de l'ombre.

17

Biarritz, 2006

Après un footing vivifiant en compagnie de Charlemagne, Julie regagne la villa, un journal sous le bras et le sourire aux lèvres. Malgré sa légère insomnie de cette nuit, elle se sent mieux. L'air marin a apaisé ses maux. Cet après-midi, elle doit retourner au Bookstore, Laurea l'attend avec la patronne pour lui expliquer les rouages du métier. Elle ne sera qu'une petite main, et c'est ce qu'elle recherche. Les responsabilités, elle en a déjà eu. Être directement garante de la vie d'hommes et de femmes lui paraît parfois plus intimidant que de connaître les codes nucléaires. À côté, classer des livres, s'occuper du stock et clôturer la caisse promet d'être plus reposant.

Charlemagne s'agite. Il se faufile dans la maison en aboyant dès qu'elle entrouvre la porte d'entrée. Une voix masculine, profonde et grave, lui parvient. Elle presse le pas vers le salon de Mme Heusser et y découvre la vieille dame assise dans un fauteuil, son bras mince enserré par le brassard d'un tensiomètre. À ses côtés, un homme agenouillé caresse le petit chien en riant. Il a des cheveux châtains, délavés aux pointes, témoignage manifeste d'un goût prononcé pour le surf. Il relève la tête et déplie sa longue et large silhouette. Il a la carrure d'un parachutiste. Ou plutôt d'un rugbyman. Déformation professionnelle. Il s'avance vers elle, la main tendue. Ses dents sont très blanches, et son nez légèrement tordu. Des pattes-d'oie au coin des yeux indiquent une trentaine bien passée.

– C'est toi la locataire de Mme Heusser ? demande-t-il avec son accent du coin. Elle ne parle que de toi depuis ce matin !

– Taisez-vous donc, Bixente ! Vous dites n'importe quoi, réplique Mme Heusser.

Julie lui serre la main, mal à l'aise. Elle empeste la transpiration. Quelle première impression !

– Je vais aller prendre une douche, marmonne-t-elle en tournant les talons.

– Ah non ! Ne m'abandonne pas avec elle ! Maintenant que j'ai découvert qu'elle aimait bien un autre être humain, elle risque de me tuer pour me faire taire ! Et tu seras la prochaine sur la liste.

Julie fait volte-face, curieuse de la réaction de Mme Heusser, et amusée malgré elle.

– À ce rythme-là, c'est moi qui vais mourir à cause de votre négligence ! Venez donc terminer ce que vous avez commencé.

– Tu vois, elle est impitoyable, lui glisse-t-il avec un clin d'œil avant de retourner auprès de Mme Heusser. Tout va bien, vous avez le cœur d'une jeune femme et le tempérament d'une despote, vous nous survivrez tous !

– Finissez-en, Bixente, et déguerpissez avant que j'ordonne à Charlemagne de vous mordre les fesses !

– Vu la taille de votre cerbère, mon auguste séant ne risque rien.

Julie se mord l'intérieur des joues pour ne pas rire. Cet homme immense à l'accent des terres est plus fin qu'il n'y paraît, bien loin du cliché du rugbyman ayant abandonné ses derniers neurones sur le gazon. L'air pincé de Mme Heusser contraste avec l'éclat dans ses prunelles bleues. Elle s'amuse autant que Julie.

– Tu es d'ici ? l'interroge Bixente, tout en auscultant sa logeuse.

– Oui, d'Arcangues. Je suis partie faire mes études à Paris.

– Ah ! Moi je suis d'Urrugne. Tu as de la famille dans le coin ?

– Plus maintenant..., répond Julie avec nostalgie.

Il comprend aussitôt.

– Pardon... Je...

– Voilà pourquoi on tourne sa langue sept fois dans sa bouche avant de parler, le sermonne Mme Heusser.

– Il n'y a pas de mal, il ne pouvait pas savoir.

– Eh bien parfois, il ferait mieux de se taire ! Ça nous ferait des vacances à tous !

– *Il* est là. Je suis désolé... Comment tu t'appelles d'ailleurs ?

– Julie. Et toi c'est Bixente. Surfeur, rugbyman et aide-soignant, c'est ça ?

Les yeux écarquillés, il se tourne vers Mme Heusser.

– Vous lui avez envoyé mon CV ?

– Mon pauvre vieux, il est inscrit sur votre tête...

– Je prends ça comme un compliment, conclut-il en souriant.

Julie le soupçonne d'être également comédien à ses heures perdues. Pendant qu'il range ses affaires, elle s'éclipse pour prendre une douche. Cinq minutes plus tard, elle se tient dans l'entrée, les cheveux mouillés et les joues rougies par l'eau chaude. En la voyant, il écarquille les yeux.

– Quelle rapidité ! Tiens, puisque tu es là, ça te dirait de venir boire un verre avec mes potes dans le centre un de ces quatre ?

– Euh...

– Samedi en huit, tu es dispo ?
– Peut-être…
– Tu n'es pas obligée de me répondre maintenant, je passe tous les lundis et vendredis. Allez, *adio* !

Après son départ, Mme Heusser la rejoint dans le hall, un châle en cachemire Hermès sur les épaules. Elle lui fait signe de la suivre dans la salle à manger, où la table a été dressée. Des toasts, des fruits, des confitures, des yaourts et des céréales les attendent. Julie sert le café. Mme Heusser mange deux yaourts et quelques fruits. Comme chaque matin. Elle a un appétit d'oiseau, songe Julie. Pas étonnant qu'elle soit si menue ! À côté, Julie a l'impression d'être un ogre.
– Bixente est un gentil garçon. Un peu exubérant parfois, mais les cœurs comme le sien, c'est rare.
Voilà un vrai compliment, se dit Julie, surprise.
– Il est… amusant.
– N'est-ce pas, confirme-t-elle, avant de reprendre après un silence : Vous n'avez pas de petit ami, si ?
– C'est compliqué.
– Ça l'est toujours, voyons ! Mais si vous en retirez plus de douleur que de joie, plus de peine que d'espoir, alors c'est une perte de temps ! Au revoir ! *Arrivederci !* Mais si c'est compliqué et que la majorité des moments passés avec lui sont une invitation au paradis, que vous frissonnez de passion, que les hauts sont tellement beaux qu'ils éclipsent les bas, qu'il vous traite comme la reine et la Walkyrie que vous êtes, qu'il vous respecte et vous pousse vers les étoiles, même lorsqu'il est en colère contre vous, alors il en vaut la peine. Et vous ne regretterez jamais une seule seconde de vous être battue pour passer votre vie à ses côtés.
Abel en vaut-il la peine ? se demande Julie. Il a toujours été

présent. Dans les pires moments comme dans les meilleurs. Et elle ? Elle secoue la tête, résignée. Si elle était restée, elle l'aurait détruit. Elle est dangereuse pour son entourage.

– Vous l'avez vécu, n'est-ce pas ? demande-t-elle pour couper court à ses pensées.

– Oui. Quand il était là, j'étais entière. Non, c'est plus que ça… J'étais invincible, et lui aussi.

– Est-il…

– Il est décédé, oui. Cela fait plusieurs années déjà. Mais certaines émotions sont gravées dans nos veines… Et nous hanteront pour toujours.

Elle s'essuie la bouche et lui demande tout à coup :

– Qu'avez-vous vu en mission ?

– Des choses qu'une personne saine d'esprit n'oserait pas imaginer…

– Alors dans ce cas, je ne suis plus saine d'esprit depuis fort longtemps.

18

Afghanistan, 2006

Depuis leur arrivée, Marc et elle ont effectué plusieurs missions de reconnaissance et de sauvetage. La situation est tendue, mais ils n'ont pas encore eu d'accrochage. Trois semaines plus tôt, un officier commando marine est tombé lors d'une opération à Kandahar. Un véritable héros. Julie et Marc ont été mobilisés pour récupérer sa dépouille. Marc n'a pas prononcé un mot pendant tout le vol. C'était dur. La base militaire de Kaboul était en deuil. Et à peine la cérémonie d'adieu achevée, la vie a repris son cours, il n'y a pas de pauses dans la guerre.

Quelques jours plus tard, lors d'un briefing, Julie visionne une vidéo effroyable captée par des caméras de surveillance dans un village du Sud. Deux camionnettes remplies de talibans déboulent toutes armes dehors, exécutent un vieil homme d'une balle en pleine tête, arrachent les enfants des mains de leurs parents, abattant les filles et embarquant les garçons. Ceux qui essayent de résister sont tués sans distinction. Ils repartent aussi vite qu'ils sont arrivés. En l'espace de dix minutes, ils ont semé la terreur et la désolation. Julie en a la nausée. Une rage bouillonne au fond de ses entrailles, de la haine pure. Des missions de reconnaissance sont aussitôt mises en place avant de riposter. Les talibans doivent payer. Au fond, Julie a l'impression que ces opérations militaires ne sont qu'un pansement sur une jambe de bois. Plus les années de guerre passent, plus les talibans s'organisent. C'est effrayant.

Les jours s'écoulent et, vol après vol, Julie prend conscience de la gravité de la situation. Si les Nations unies échouent, ce sera de nouveau la dictature, et les femmes seront les premières à en souffrir. Leur nouvelle mission : récupérer huit hommes du 1er RPIMa envoyés pour un « nettoyage ». Julie et Marc se préparent. À l'arrière du Caracal, quatre soldats, le même équipage que d'habitude.

– Quand je pense que ma fiancée bosse de neuf heures à dix-huit heures dans des bureaux, je ne l'envie pas, confie Marc alors qu'ils prennent de l'altitude.

– Toujours chez L'Oréal ?

– Oui, elle s'est encore plainte de sa patronne ce matin… Enfin, tout ça pour dire que je m'estime très heureux de faire ce boulot plutôt qu'un autre.

– Moi, parfois je les envie. Pour eux, il n'est jamais question de vie ou de mort.

– Sauf quand tu travailles aux pompes funèbres !

– Tu me fatigues, adjudant-chef Vernier.

– Bientôt, major !

– Ne vends pas la peau de l'ours avant de l'avoir tué, d'accord ? Je peux encore te balancer dans les airs.

– Moi aussi je t'aime, mon capitaine.

Julie sourit à son meilleur ami et se recentre sur le tableau de bord. Une heure plus tard, ils survolent la zone, repèrent les soldats et jettent la corde dans le vide. L'aéroportage se prépare. La voie est libre. Les agents du 1er RPIMA sont attachés et remontés. Mais au moment de repartir le sergent Desplat s'écrie :

– Missile à trois heures !

Julie l'évite de justesse. Un deuxième apparaît sur les radars, le Caracal plonge pour l'esquiver.

– On voit d'où ils tirent ? demande Marc.

– Pas encore ! Prêts à riposter en cas de besoin ! réplique Desplat.

Soudain, des tirs. Trois autres missiles apparaissent sur les radars. Julie se prépare à piquer, Marc est aux aguets. Le premier les frôle par la gauche. Le deuxième se perd dans les airs pendant que les mitrailleuses détruisent le troisième. Mais des tirs fusent depuis le sol.

– Merde !

L'appareil est blindé et Julie parvient à reprendre le cap. De nouveaux missiles les prennent aussitôt en chasse. Le Caracal n'est pas particulièrement léger, ni fait pour les acrobaties. Les manœuvres sont fastidieuses.

– Où ont-ils trouvé toutes ces munitions ? marmonne-t-elle, les dents serrées et les mains crispées sur le manche.

– Ils ont pas pris le premier prix en tout cas ! réplique Marc, tout aussi concentré. Accélère dès que tu peux, on est trop lents ! On risque de décrocher à tout moment !

– Ok ! On vire à gauche !

L'appareil tremble, ils perdent de l'altitude. Un bruit d'explosion suivi d'un impact ébranle l'habitacle. Tous les voyants se mettent à clignoter.

– Merde ! On est touchés !

– L'hélice ! Ils ont foutu en l'air l'hélice !

– Attachez-vous ! annonce Julie. On va devoir atterrir comme on peut. Vite !

Ils chutent à une allure vertigineuse. Tous retiennent leur

souffle. Julie, tendue, parvient à redresser l'hélicoptère avec l'aide de Marc et à recouvrer un semblant de stabilité à une cinquantaine de kilomètres du camp ennemi. Mais impossible d'atterrir dans ces montagnes, il n'y a qu'un relief hostile et escarpé. Marc transmet un message de détresse et leurs coordonnées. Julie positionne le Caracal face à la pente, espérant la dévaler et non s'y écraser. Le pari est risqué, mais elle n'a pas d'autre choix. Au premier contact avec la roche, l'hélicoptère rebondit avant de retomber, et les trains d'atterrissage explosent sous le choc. Julie déclenche les freins comme elle peut, étourdie par une douleur à l'épaule. Ils ralentissent, mais pas suffisamment vite, et prennent de plein fouet un amoncellement de roches qui les font basculer sur le côté droit. La vitre explose. Marc hurle. La tête de Julie cogne violemment contre le fuselage, elle perd connaissance tandis que l'appareil termine sa course dans les arbres en contrebas.

Lorsque la pilote reprend ses esprits, un liquide chaud coule sur son front. Elle a mal partout. Sa vision est brouillée. D'un geste maladroit, elle s'essuie les yeux, et comprend qu'ils sont sur le flanc. Elle tourne la tête vers la droite, où le sol l'attire, et aperçoit Marc, inerte. Son cœur manque un battement. Elle se détache et se laisse tomber à ses côtés. Un bout d'hélice est planté dans son bas-ventre. Tout tourne autour d'elle. Pas Marc, pas lui ! Des larmes d'effroi la menacent, elle les ravale et prend son pouls. Il bat. Elle grimpe sur le siège et ouvre la porte qui donne sur l'arrière. Les parachutistes et les soldats se sont détachés et sont accroupis autour d'un corps. Celui du caporal Payet. Le major Mahiou du 1er RPIMa se retourne vers elle. D'un non de la tête, il lui signifie qu'il est mort. Il n'a pas eu le temps de se fixer. Julie pose une main sur l'épaule du sergent Desplat, son coéquipier et ami.

– Major Mahiou, j'ai besoin de votre aide pour dégager mon

copilote. Il est blessé au ventre par un morceau d'hélice, il est inconscient. Il faut le sortir de l'appareil au plus vite. Et nous aussi !

En portant munitions, radios et vivres dehors, elle prend conscience des dégâts. Heureusement, le moteur ne fume pas. Mais le risque d'explosion n'est pas nul, ils doivent s'éloigner. Ils sont protégés par cette forêt rachitique, encore décharnée malgré les premiers jours du printemps. Le corps de Payet est allongé sur le sol, Marc à ses côtés. Julie sent son cœur se serrer, il ne peut pas mourir. Cette seule idée lui coupe les jambes. Marc est son frère d'une autre mère. Sa moitié amicale. Julie tombe à genoux à ses côtés. Le major Mahiou découpe son uniforme pour inspecter la plaie.

– La pale contient l'hémorragie. Ça a l'air profond… Si le foie est touché, il va falloir l'évacuer rapidement.

– Merde…

Marc gémit de douleur. Il a encore son casque sur la tête.

– Ça va aller, ça va aller, lui murmure Julie en serrant sa main.

– Putain ! Ça fait mal ! Qu'est-ce qu'il s'est passé ?

Julie continue à lui parler, il sue à grosses gouttes et souffre le martyre. Au bout d'un moment, le major Mahiou l'interrompt.

– Le matériel a été endommagé, on n'a plus qu'un signal faible. Vous aviez envoyé un signal de détresse ?

– Vernier l'a fait alors qu'on s'approchait des montagnes. Laissez-moi vérifier !

Elle retourne dans le cockpit et prend connaissance des coordonnées.

– C'est à dix-huit kilomètres de l'autre côté de la montagne.

– Ok, pas besoin d'y être exactement. Mais on doit grimper pour être visibles.

– Il ne va pas pouvoir bouger, objecte Julie en désignant Marc.

– On va le porter. Allons-y ! Merci, capitaine.

– Ces remerciements tombent mal, major. Un homme est mort, mon copilote est gravement blessé et nous nous sommes écrasés en pleine montagne.

– Vous avez sauvé treize personnes, vous compris, sur quatorze. Pour être honnête, je ne pensais pas survivre à ce crash. C'est rarement le cas dans ce type de relief. Vous avez été formidable ! Je n'aurais pas pensé dire ça un jour à une femme, mais vous en avez une sacrée paire, capitaine.

Elle le remercie d'un bref signe de tête avant de tourner les talons, de peur de montrer son émotion. Le corps de Payet a été emmailloté dans un linceul et recouvert de pierres. Après quelques mots et un silence pesant, ils allongent Marc sur une civière et entament leur ascension. Ses gémissements de douleur sont insupportables. Ils sont pratiquement arrivés au sommet lorsque les rafales d'une mitraillette retentissent au loin. Les tirs fusent vers eux, Desplat est touché à la jambe. Ils courent se mettre à couvert. Au loin, des têtes enturbannées brandissant des fusils d'assaut gravissent l'autre flanc de la montagne. Ils sont nombreux. Trop nombreux…

19

Biarritz, 2006

– En bas, tu as les polars. Il y a des petits fauteuils pour se poser, c'est sympa. Tout autour de la galerie en mezzanine, tu as les livres de poche. Là, dans le petit espace, tu as un second ordinateur, et puis on revient dans la salle principale. À l'étage, les beaux livres, les essais, le théâtre et les nouveautés, et surtout l'espace dédicace ! Qu'est-ce que j'oublie ? Ah, oui… si un client te demande un livre, vérifie d'abord qu'on l'a en stock sur l'ordi. Et pour commencer, on va lancer un rayon dédié à la littérature féministe, donc je vais te laisser regarder les commandes qu'on a reçues, celles qui manquent, et mettre en rayon ce qu'on a. C'est clair pour toi ? lui demande Laurea en replaçant ses lunettes sur son nez.

– Limpide.

– Parfait ! Ton premier jour commence officiellement… maintenant !

Julie hoche la tête, étonnamment anxieuse, et encore un peu sonnée par sa discussion avec Mme Heusser, qui a ravivé ses souvenirs. Quand elle est rentrée après sa mission, elle a pris tout ce qu'elle a pu d'Abel. Les premiers jours, elle était comme tétanisée, trop choquée pour réagir, trop fatiguée pour ressentir. Abel l'avait maintenue en vie. Il lui offrait tout, elle, rien. Elle était devenue une sangsue, qui pompait l'énergie des autres, déversait son chaos sur eux, le temps de se remettre sur pied avant de prendre la fuite. C'était injuste, abject. Son attitude la dégoûtait. C'est cette culpabilité qui l'a poussée à couper les ponts, et à la certitude qu'Abel mérite mieux qu'un ours mal léché qui broie constamment du noir. Si elle pouvait réécrire le passé, elle se serait confrontée à lui avant de partir, lui aurait donné les explications qu'il méritait, mais elle n'avait pas les idées claires à cette période. Le courage l'avait désertée. La joie aussi. Quand elle l'a quitté, elle a failli sombrer. C'était la goutte d'eau.

Depuis qu'elle s'est installée chez Mme Heusser, elle se sent un peu mieux. Comme un air de vacances auprès d'une grand-mère qui se révèle jour après jour, et qui, en attisant sa curiosité, lui souffle une envie de lendemain. Et cette vue qui fait battre son cœur ! Elle respire mieux loin de l'appartement d'Abel, rempli de traumatismes, dans une ville immense et impersonnelle. Paris n'est plus pour elle. Biarritz, elle, est associée à des fragments de vie doux, heureux. Comme les sorties à la plage avec sa mère et ses amies, les randonnées en groupe, les anniversaires dans le jardin, les *ferias* qui rythmaient l'été, tout alors était facile.

Elle se souvient peu de ses grands-parents. Elle n'a jamais connu ceux du côté de son père, et ceux du côté maternel sont morts quand elle était enfant : sa grand-mère dans un accident de voiture, son grand-père d'un suicide quelques mois plus tard. Elle repense à sa mère et à tout ce qu'elle a dû affronter, entre le deuil et les problèmes financiers d'une mère célibataire. Elle a enchaîné les heures supplémentaires pour qu'elle ne manque de rien, pour lui acheter les jouets qu'elle désirait, l'emmener en vacances, pour qu'elle soit habillée à la dernière mode à l'école. Julie se dit qu'elle ne lui arrive pas à la cheville. En entrant à Saint-Cyr, elle s'imaginait être l'élite de la nation, future femme générale et déjà fière de l'être. Le mirage de l'ambition n'a pas résisté à l'épreuve de la réalité. Elle a survécu. Mais à quel prix ?

La cloche de la porte tinte et la sort de ses pensées. Quelqu'un est entré dans la librairie. Un homme d'une soixantaine d'années, rosette rouge au revers du col, raide, au crâne brillant et à la mine dure, se tient près du tourniquet de cartes postales. Laurea s'approche de lui, le sourire crispé.

– En voilà une surprise ! Cela fait longtemps que l'on ne vous avait pas vu, colonel !

Colonel ? Julie s'approche.

– Mademoiselle Arosteguy, quel plaisir ! Vous êtes très en beauté aujourd'hui. Comme toujours. Je viens récupérer une commande.

– Je vais la chercher, en attendant, je vous présente Julie, qui est dans l'armée.

– Oh, une femme aussi ravissante dans l'armée ? Eh bien ! Si le monde n'était pas devenu si triste, cela me ferait presque regretter d'être né trop tôt pour avoir connu ça. Colonel Larvol, enchanté, chère demoiselle.

Julie, qui s'apprêtait à le saluer avec la considération que mérite un militaire de son rang, se crispe. Premièrement, elle n'est pas ravissante et déteste cet adjectif. Deuxièmement, il lui doit le même respect qu'à un soldat de sexe masculin.

– Capitaine Depinay, réplique-t-elle sèchement.

– Télécommunications ? Armée de terre ? Air ?

– Terre. Je suis au 4e RHFS.

– Je l'ai ! s'écrie Laurea en revenant. Passons à la caisse.

Sauvée, pense Julie. Mais le colonel lui tend une carte de visite.

– Au plaisir de vous revoir très bientôt, mademoiselle.

– *Monsieur*, rétorque-t-elle en faisant un mouvement de la tête.

– Quelle plaie, ce vieux schnock ! s'écrie Laurea, à peine le client sorti. Il se croit tout permis, lui et ses mains baladeuses. Heureusement que tu es là maintenant !

– Un colonel de l'armée de l'air, murmure Julie en observant la carte de visite.

– Je me demande comment tu fais ? Parce que ça au quotidien, perso je pète un câble !

– Je te rassure, ils ne sont pas tous comme ça, heureusement. Mais ce n'est pas le premier dans son genre que je croise, et ce ne sera pas le dernier non plus… Le pire, c'était à l'école des officiers… Depuis quelques années, je n'ai plus de problèmes. Être l'une des meilleures dans mon domaine, ça aide ! Quant à ceux que ça gêne encore, ils obéissent malgré tout. Ils savent ce qu'ils risquent s'ils ne le font pas. En revanche, je n'ai pas droit à l'erreur… Mais le plus compliqué, c'est lorsqu'on a affaire aux armées locales. Certains refusent de parler avec une femme soldat, surtout au Moyen-Orient… En Afrique, ils s'y font petit à petit.

– Quelle horreur !

– Je dois faire avec, je n'ai pas le choix. Si je me laisse aller à la rancœur et à la colère, je risque de perdre mon objectivité et de commettre des erreurs. J'ai appris à me barricader. De ça en tout cas…

– Ça ne doit vraiment pas être évident…

– Ce n'est pas tout noir non plus. Et j'ai des amis en or. Avec eux, même les moments difficiles restent surmontables.

– Ah oui ?

Julie acquiesce en souriant.

– Oui, du genre à faire des blagues alors qu'on risque de se crasher à tout moment.

– Tu es pilote ?

– Oui. D'hélicoptère.

– Eh bien ! Tu as toute mon admiration. Moi, je me serais fait virer au bout de quelques jours pour coups et blessures au premier commentaire sexiste ! s'esclaffe Laurea.

Julie éclate de rire. Ses prochaines semaines en compagnie de Laurea s'annoncent divertissantes et rafraîchissantes. Elle est au bon endroit.

20

Biarritz, 1944

Il pleuvait des cordes le jour où ils vinrent les chercher, elle et son père. Ils le traitèrent de collabo. Il contesta à peine, et sa mère s'évanouit dès qu'ils sortirent dans la rue. Colette devina que, malgré ses grands sermons, sa conduite n'avait pas dû être irréprochable. Quant à elle, elle avait vu la veille des femmes qu'on forçait à défiler sur la place Clemenceau, une croix gammée peinte sur les joues et sur le front, le crâne rasé. Elle avait entendu les insultes. Pute à Boches. Collabo. Créature du diable. Elle savait que son tour arriverait. Le chagrin d'avoir laissé partir Adrian l'accablait tellement que cette épreuve ne lui faisait pas peur. Pour l'instant.

Les hommes portaient des brassards des FTPF[1] et des FFI[2], ils se réclamaient de la Résistance. L'avaient-ils vraiment été ou n'étaient-ce que des charlatans, des opportunistes ? Ils la poussèrent devant eux et se mirent en marche. Derrière elle, son père cria, puis il y eut des bruits de coups. Elle se retourna et le

1. Francs-tireurs et partisans français.
2. Forces françaises de l'intérieur.

vit s'enfuir. Un soldat tira. Une fois. Deux fois. Trois fois. À la troisième balle, il s'effondra comme une poupée de chiffon. Il l'avait exécuté. Froidement. Sans jugement. L'horreur de la scène se répercuta dans chaque parcelle de son corps et elle hurla à s'en arracher les poumons. Un des miliciens la frappa aussitôt à la tempe et elle s'évanouit.

Elle se réveilla allongée à même le sol, la tête douloureuse. Elle se redressa. Elle était dans un gymnase, au milieu d'autres femmes. Elle reconnut l'épouse d'un épicier du quartier des Halles, une employée de la mairie, une couturière du Biarritz Bonheur, une femme de ménage, une chanteuse, la mère d'une de ses camarades d'école primaire, une institutrice, une secrétaire de la Kommandantur. Quant à l'inconnue qui se tenait parmi elles, blottie contre l'enseignante, elle paraissait très jeune, quinze ans tout au plus.

En la voyant éveillée, elles s'approchèrent d'elle et lui demandèrent comment elle se sentait, si elle avait besoin de quelque chose, faisant preuve d'une sororité inattendue. Sauf une grande blonde un peu à l'écart qu'elle n'avait pas encore remarquée.

– Il en valait la peine, j'espère ? lui demanda la blonde d'une voix éraillée par la cigarette.

– Fous-lui la paix !

– Il n'était pas comme eux…, murmura Colette en passant ses bras autour de ses jambes.

– Ils disent tous ça. Mais au fond ils adoubent tous Hitler ! Et ils en ont tous une toute, toute, toute petite…, mima l'autre avec son index et son pouce.

– Ferme-la, l'interrompit la couturière. Ne l'écoute pas, c'est la seule qui mérite ce qui lui arrive ! Personnellement, j'ai recousu des uniformes pour me faire de l'argent. Mme Martineau, là-bas, a fait un peu de marché noir pour nourrir ses dix enfants. Mlle Etchegaray chantait pour leurs récitals, et rien de plus. Mais ça, ils ne veulent pas l'entendre… Je m'appelle Marguerite. Et toi, je sais qui tu es. Colette Elissalde. La fille de l'adjoint. Je suis désolée pour ta sœur. J'ai perdu mes grands-parents pendant le bombardement, mais ils étaient vieux, eux. Et je sais que tu sortais avec le beau soldat Reiter. Ne fais pas cette tête-là, je vous ai vus à la villa de la rue Pierre-de-Chevigné ! J'y allais pour déposer les uniformes raccommodés. Il a toujours été très gentil. Je l'ai vu porter les courses d'une vieille dame jusque chez elle. Il saluait tout le monde et proposait son aide à tout va. Un jour, il a reçu des chocolats de sa famille, et il me les a offerts pour mes sœurs. Un homme bien, avec une bonne éducation, mais né du mauvais côté de l'Histoire. Et à cause de ça, tu vas être jugée toi aussi…

– Ils ont tué mon père. Dans le dos… Ils ont tiré, trois fois !

– Pauvre chérie, s'écria Marguerite en la prenant dans ses bras.

Le silence s'installa. Colette refoula ses larmes. Son père gisait, mort, au milieu de la rue, exécuté comme un chien. Il n'avait jamais été tendre ou affectueux, mais il avait tout fait pour elles, et il l'avait encouragée à suivre sa vocation de danseuse. C'était immonde ! Comment avaient-ils pu faire une chose pareille ?

Soudain, un brouhaha. Le chaos. Des hommes au regard dissimulé par un chapeau en feutre trop enfoncé débarquèrent. Les lettres imprimées sur leur brassard coloré se mélangeaient devant ses yeux, la peur brouillait son esprit. On l'attrapa par les aisselles et on la traîna dehors. Sous la pluie. Marguerite et les autres femmes subirent le même sort.

Leurs fines robes collèrent bien trop vite à leur peau. Elles se sentaient nues, face aux hommes vêtus de longs imperméables. Cette humiliation ulcéra Colette. Leurs agresseurs souriaient. Ils prenaient plaisir à les châtier, portés par le pouvoir que leur conférait leur brassard. Eux qui étaient certainement des invisibles, de sinistres employés de bureau interchangeables rêvant secrètement de donner des ordres. Ils ne valaient pas mieux que les ordures de la Gestapo. Ils se revendiquaient de la lumière en utilisant les méthodes de l'ombre. Tous autant qu'ils étaient, ils la dégoûtaient. C'était une vengeance personnelle et sexuée. Ils voulaient mettre à genoux leurs victimes, les soumettre comme au XIXe siècle, comme si la guerre et les suffragettes n'avaient jamais existé. Colette tremblait. De froid, de colère, et surtout de peur. Mais elle se promit de ne rien montrer. Elle ne leur offrirait pas cette satisfaction-là.

Ils les amenèrent place Bellevue et les assirent sur des tabourets trempés. Autour d'elles, des fenêtres béantes, des bâtiments détruits, éventrés. La guerre était encore présente. Des civils étaient rassemblés, des soldats des FFI, des communistes, des agents de sécurité. Il n'y avait pas encore de gouvernement. Le maire était occupé ailleurs. Police et gendarmerie revendiquaient rigoureusement une autorité trop longtemps éclipsée par celle de la Gestapo. C'était une anarchie vindicative.

Les hommes attrapèrent Colette par la nuque et coupèrent ses cheveux avec une paire de ciseaux. Elle ne cilla pas. Autour d'elle, les autres femmes ne disaient rien non plus. Les mèches tombaient au sol, ses boucles auburn qu'Adrian adorait enrouler autour de ses doigts. Lorsqu'elle sentit les morsures de la tondeuse, ses lames froides et aiguisées lui raser le crâne, elle ne put empêcher ses larmes de couler. Ses épaules restèrent droites, ses mains croisées sur ses genoux, immobiles. Un mouvement dans la foule attira son attention. Giselle ! Elle était accompagnée de sa mère, Joséphine Hiriart, de son père, vétéran de la Grande Guerre, dont le visage en conservait encore les stigmates, devenu général en 1939, et de sa sœur aînée.

Mme Hiriart, estimée malgré ses idées féministes et progressistes parfois jugées extrêmes, demanda des comptes aux hommes en uniforme, qui lui proposèrent en ricanant de rafraîchir sa coupe. L'un d'eux prit de plein fouet le poing de son mari. Ils ne répliquèrent pas. Résistant de la première heure, il était très respecté. Mais ce respect ne lui donna pas gain de cause. L'autorité était dissoute. Il ne put empêcher ce triste spectacle de continuer.

Lorsque la dernière mèche fut tombée, Colette sentit les doigts enduits de peinture de son bourreau tracer une croix gammée sur son front. La pluie faisait couler le pigment dans ses yeux, c'était douloureux. Puis on les força à se lever et à avancer. Commença une marche de la honte, la même que celle qu'elle avait aperçue la veille. Ses paupières la brûlaient, elle ne voyait rien. Elle trébucha plusieurs fois alors qu'ils s'engageaient sur la place Clemenceau. Autour d'elle, des rires, des huées, des insultes. Et dans ce brouhaha, elle entendait la voix du général Hiriart, grave et rassurante. Il continuait de se battre pour elles. Soudain, le garde qui la tenait par les poignets s'immobilisa.

– Laissez tomber, les gars ! lança aussitôt un homme trapu avec un brassard des FFI. Elles ont eu ce qu'elles méritaient. Pour aujourd'hui… Qu'elles rentrent chez elles avec leurs gueules d'infidèles. Que tous puissent voir qu'elles ont écarté les jambes devant les Boches ! On se retrouvera au tribunal, mes chéries, ricana-t-il avec une parodie de révérence. Votre perfidie sera condamnée par la justice. Et croyez-moi, le diable vous réserve une place de choix au purg…

– Ça suffit ! l'interrompit Édouard Hiriart, les traits déformés par la rage. Rompez ! Et attendez que la justice fasse son travail plutôt que de condamner sur de simples ouï-dire ! Vous déshonorez votre drapeau en agissant de la sorte !

– Et vous, vous vous rendez coupable de trahison, général.

– À votre place, Goudeau, je ne parlerais pas si légèrement de trahison. Maintenant, déguerpissez avant que je ne m'énerve !

Le milicien lui jeta un dernier regard haineux et suivit les autres.

– Qu'on leur apporte des couvertures ! Et de quoi s'essuyer ! Allez !

Dans la foule, il y avait ceux qui étaient venus pour le spectacle ou dans un désir de revanche, et ceux qui passaient par là et n'avaient pas d'avis sur la culpabilité de ces femmes. Parmi ces derniers, une poignée proposèrent leur aide. Mme Hiriart se précipita vers Colette et la prit dans ses bras. Giselle ne tarda pas à les rejoindre dans leur étreinte. Autour d'elle, les femmes remerciaient le général Hiriart et acceptaient les serviettes qu'on leur tendait. Le fond de l'air était chaud, mais la pluie et l'horreur les avaient glacées jusqu'aux os. Colette repartit avec les Hiriart. Giselle l'aida à se nettoyer le visage, lui donna des vêtements secs, ainsi qu'un foulard pour se couvrir la tête. Colette leur raconta l'assassinat de son père. Édouard Hiriart grimaça de colère et lui expliqua que son père n'était pas la seule victime de cet enfièvrement national. Il lui assura qu'il ferait tout son possible pour qu'il ait un enterrement digne de ce nom. Joséphine ajouta qu'elle ressortirait sans doute libre et blanchie du tribunal. Mais ce serait dur et elle devrait être forte.

– Je survivrai, madame Hiriart. J'aimerais seulement que ça s'arrête…

– Bientôt, ma pauvre enfant. Bientôt tu poursuivras tes rêves et tu deviendras l'une des plus grandes danseuses étoiles que le monde ait connues.

– Et retourner à l'opéra Garnier sans mes cheveux ?

– Les cheveux repoussent, mon enfant ! Et puis, il n'y a pas que l'opéra Garnier. Le monde est vaste ! Promets-moi de ne jamais abandonner tes rêves.

– Je vous le promets, finit par murmurer Colette avec un sourire timide.

21

Biarritz, 2006

Julie se réveille en pleurs. Dans sa tête, des images du crash, des cadavres. Ceux qu'elle a ramassés, ceux qui sont morts par sa faute. L'odeur de fumée, de poudre et de moteur en surchauffe. Ils sont revenus, ses fantômes, alors qu'ils l'avaient laissée en paix depuis plus d'une semaine. Elle se frotte les yeux et se redresse. Il fait encore nuit. Elle pense à Marc et sa gorge se noue. Leur dernière mission a encore le goût de celle de trop. Elle a l'impression d'avoir abandonné son âme dans les montagnes afghanes. Où sont passés les moments de bonheur et de célébration qu'elle a connus à l'armée ? Il ne lui reste que ces heures d'enfer. Son ambition, sa vie, sa carrière sont là-bas, mais elle n'en veut plus. Voler est la seule chose qui lui manque, pouvoir admirer la baie depuis le cockpit d'un hélicoptère. Elle s'approche de la fenêtre et distingue à peine le dessin des falaises et des plages plongées dans l'obscurité, les lumières des villes au sud, Saint-Jean-de-Luz, Hendaye et Fontarrabie. Que ça doit être beau, vu d'en haut ! Est-ce à l'horizon qu'elle retrouvera la force d'avancer ?

Depuis plusieurs jours, ses cernes se sont estompés et ses

joues se sont remplies, elle recouvre sa forme physique. Mais elle reste fragile. De son avenir, elle a l'impression de ne rien attendre, et pourtant elle s'accroche à la moindre branche qu'elle trouve. Une petite voix l'exhorte à continuer. Alors elle pense à Marc, à Abel. Elle aimerait tellement qu'il l'enlace et la réconforte, tout lui paraît si lourd. Et rien de ce qui la blesse profondément ne peut se confier au premier venu. Elle adore Laurea, et si leurs bavardages sur la littérature, les nouvelles technologies, et la vie en général lui font un bien fou, elle ne la connaît pas suffisamment pour s'épancher. Quant à Mme Heusser, elle a l'impression de se livrer avec elle à un bras de fer. Laquelle des deux craquera la première et dévoilera ses tourments ?

Julie décide de partir courir le long de la côte. Trente-cinq kilomètres plus tard, le jour s'est levé, et elle a mal partout. Elle passe chez le marchand de journaux récupérer *Sud-Ouest* et *Le Monde*, parcourant les gros titres sur le chemin du retour. Lorsqu'elle rentre à la maison, elle croise Mme Heusser, à peine réveillée, qui lui fait les gros yeux.

– C'est à cette heure que vous rentrez ?

– Je dois pointer quand je sors maintenant ?

– Tss... Allez prendre un bain, vous empestez !

– Normal, j'ai couru jusqu'à Saint-Jean-de-Luz.

– En pleine nuit ?

– Je n'arrivais pas à dormir.

– Quelle idée !

Quand Julie redescend, elle porte la marinière rouge achetée la veille. Ça change du noir et du gris. En entrant dans la salle à manger, elle dépose les journaux à côté de Mme Heusser et caresse la tête de Charlemagne.

– Pas grand-chose de croustillant aujourd'hui... Une éruption en Indonésie et plus de 5 000 personnes évacuées... Il y a aussi un zoom sur le conflit en Afghanistan, celui-là je ne vous en ferai pas la lecture... Ah, et un bâtiment s'est effondré à Copenhague.

– À Copenhague ?

– Oui. Une école de danse, je crois.

– Une école de danse ? répète la vieille dame, soudain très pâle.

Julie lui murmure de patienter en cherchant l'article.

– Ah, voilà ! s'exclame-t-elle en montrant la photo du bâtiment. L'origine de l'effondrement partiel est encore inconnue. Il a eu lieu pendant la nuit, quatre personnes sont portées disparues... La piste de la fuite de gaz est la plus probable, même si l'option criminelle n'est pas à exclure... Ah ! il y a dix-huit ans, un hôtel du même architecte, le célèbre Adrian Reiter, s'est consumé dans les flammes à la suite d'une action menée par le groupe terroriste FAR...

– La Fraction armée rouge...

Julie lève les yeux vers la vieille femme, livide.

– Vous allez bien ?

Mme Heusser se lève avec difficulté de sa chaise, les doigts crispés sur le dossier.

– Il faut que je m'allonge... Appelez Bixente, dit-elle avant de s'effondrer, évanouie, dans les bras de Julie.

Paniqué, Charlemagne aboie en tournant autour de sa maîtresse. La jeune femme la porte jusqu'au salon adjacent et l'allonge sur le canapé. Elle ne pèse rien, et en la voyant si pâle, si faible, Julie réalise qu'elle est peut-être plus âgée qu'elle ne l'avait pensé au début. Que s'est-il passé ? Julie appelle aussitôt Bixente, dont le numéro est inscrit sur un Post-it à côté du combiné. Il lui promet d'arriver le plus vite possible. En raccrochant, Julie tente de retrouver son calme et les idées claires. Pourquoi Mme Heusser est-elle devenue bizarre dès qu'elle a mentionné l'école de danse à Copenhague ? Elle sait quelque chose. Mais l'urgence éclipse sa curiosité.

– Adrian…, murmure son hôtesse.

– Madame Heusser ! s'exclame Julie en se pressant à ses côtés. C'est Julie…

– Il n'est pas encore revenu ?

– Qui ? Bixente ? Il arrive !

– Adrian…

– Qui est Adrian ?

– Qu'est-ce qui s'est passé ? s'inquiète Bixente en déboulant dans la pièce.

– Elle délire, on dirait…

Bixente s'accroupit à ses côtés, vérifie ses pupilles, ses réflexes et sa tension. Cette dernière a chuté, ce qui explique son malaise.

– C'est la première fois que ça lui arrive, commente-t-il.

– Je ne comprends pas. Je lui lisais les titres de l'actualité, et tout à coup elle a blêmi et s'est évanouie. Oh ! Attends une seconde, s'écrie la jeune femme en courant vers la salle à manger.

Elle revient avec le journal, ses yeux fouillant parmi les lignes.

– Adrian Reiter, ça te dit quelque chose ? demande-t-elle.

– Non, c'est qui ?

– Évidemment que ça ne te dit rien ! Elle veille sur ses secrets comme un dragon sur son trésor !

– De quoi tu parles ?

– Laisse tomber. Comment va-t-elle ?

– Je vais lui prescrire des analyses de sang et d'urine pour creuser. En attendant, il faut qu'elle se repose.

Julie hoche la tête et s'assoit sur le tapis pour accueillir Charlemagne sur ses genoux. Le corgi a les oreilles basses et le regard inquiet. Bixente lui gratte le crâne en lui disant que tout va aller bien. Il doit terminer sa tournée et promet à Julie de repasser en début d'après-midi. En le regardant partir, elle repense à son invitation. Elle n'y a pas donné suite. Son cœur n'est pas à la fête, encore moins au flirt. En attendant le réveil de Mme Heusser, elle relit l'article. L'incendie de l'hôtel construit à Francfort par cet Adrian Reiter a causé la mort de plus de soixante personnes. Elle a sans doute perdu quelqu'un dans cet incendie, se dit Julie. Mais elle a répété le prénom de l'architecte… Le connaissait-elle ?

Son estomac se tord. L'angoisse qu'elle espérait tant fuir est de retour. Voilà ce qu'il se passe lorsque l'on s'attache à des personnes vulnérables. Pourvu qu'il ne lui arrive rien. Soudain, l'image de Marc entre la vie et la mort s'impose à elle. Ses mains se mettent à trembler, les images affluent.

22

Afghanistan, 2006

Les hommes qui jaillissent portent des turbans et brandissent des AK-47. Tapis derrière des rochers, les militaires les observent fondre vers eux : ils trébuchent, crient et tirent à la fois, ils ont l'allure de zombies. Et puis tout s'accélère. Les soldats en état de se battre arment leur fusil d'assaut et déchargent leur peine, leur haine, leur fureur et leur rage de vivre sur leurs assaillants. Ces derniers tombent comme des mouches, mais pas assez vite. Ils sont toujours aussi nombreux, aussi laids, aussi effrayants. Et ils avancent.

– Repli ! hurle Mahiou en faisant de grands gestes vers les arbres derrière eux.

Avec Desplat qui boite et Marc sur un brancard, ils reculent péniblement, couverts par les 1er RPIMa. Julie n'a pas l'habitude ce type de situation. Elle a toujours excellé au tir et au corps-à-corps, mais quand le combat devient réel et inévitable, l'expérience est un gage de survie incomparable. Or, celle-ci lui fait défaut. Elle n'abandonne pas pour autant et tire dès qu'on lui en donne l'ordre. La course se poursuit sur plusieurs kilomètres. Les talibans sont ralentis par les balles, eux par leurs blessés. Ils courent sur les petits chemins, sur le flanc de la montagne, les blessés à l'avant, les autres à l'arrière. Des pierres roulent sous leurs pas maladroits. L'horizon est escarpé. Toute chute s'annonce fatale.

Desplat perd beaucoup de sang. Il jette un coup d'œil en arrière et glisse sur un caillou. Il titube en avant, tente de se rattraper, s'écroule, et dégringole jusqu'au gouffre. Julie crie et se précipite vers lui. Le vide l'accueille. Elle plonge, bras en avant, priant pour ne pas être emportée elle aussi. Quelqu'un l'attrape par les jambes alors qu'elle parvient à refermer ses doigts autour du poignet de Desplat. La pesanteur lui étire les membres, lui déchire le buste, tandis qu'on la retient à la surface en même temps qu'elle est attirée vers la mort. Desplat la regarde. Dans ses yeux, l'effroi, l'abandon.

– Bas-toi, bas-toi, lui murmure-t-elle.

Elle essaye de le remonter, lui tend son autre bras pour qu'il s'en saisisse. Alors le voile vitreux du renoncement laisse place au sursaut du mourant. Il s'accroche à la vie comme un chien à son os. Sa main moite ne parvient pas à affirmer sa prise. Derrière, les tirs continuent. Julie sent ses doigts, crochetés comme des serres, trembler. Elle lui crie de grimper sur elle. Il essaye brièvement, mais, à bout de forces, s'immobilise, blême, hagard, les dents serrées par la douleur.

– Je ne vais pas y arriver, siffle-t-il. Capitaine… dites à ma femme que je l'aime.

– Aidez-moi ! hurle-t-elle, alors qu'un autre homme accourt. Je vous interdis de mourir ! Vous entendez ? C'est un ordre.

À côté d'elle, le soldat rampe sur l'avancée rocheuse, mais il n'y a pas de place pour deux. Il prépare une corde. La main de Julie glisse jusqu'aux doigts de Desplat. Il parvient à peine à les refermer autour des siens. Une fois encore, elle lui crie de ne pas abandonner. La corde tombe à côté de lui et, dans un dernier effort, il tente de s'y accrocher avec son autre bras. Le mouvement fait perdre sa prise à Julie. Elle sent les phalanges de Desplat s'échapper une à une. Heureusement, de son autre main, le blessé saisit la corde. Un cri de douleur résonne contre la roche. Il s'appuie sur une épaule déboîtée. Impossible de tenir. Il lève les yeux vers Julie alors qu'il sombre dans le vide. Julie pousse un hurlement déchirant. Les hommes la tirent vers la terre pour lui éviter le triste spectacle de sa mort.

– Il faut continuer, capitaine, ils gagnent du terrain.

Tremblante, elle hoche la tête et se remet debout. Elle attrape son arme et suit le mouvement. Devant, les soldats qui portent Marc progressent lentement. Ils approchent des coordonnées transmises avant le crash. Hélas, le chemin devient moins praticable. Derrière, les talibans continuent leur folle poursuite. L'affrontement est inévitable.

– Quand arriveront les secours ? demande Julie.

– Difficile à dire, la zone est compliquée à atteindre. Normalement, c'est vous qu'on envoie pour ce type de sauvetage.

– Il n'y a plus qu'à espérer qu'ils aient prévu l'artillerie lourde…

– Restez derrière avec Vernier.

– Je peux me battre, major.

– Je sais. Mais ce n'est pas votre spécialité.

Julie hoche la tête et s'accroupit derrière un rocher, Marc à ses côtés, pâle comme un linge, le visage moite de sueur, bloqué dans un rictus douloureux. Il gémit dans sa semi-conscience. L'estomac noué, Julie attend. Chaque minute passée réduit ses chances de survie. Le perdre serait la goutte de trop. Après Desplat, après Payet. Après deux autres soldats, morts dans l'explosion de leur véhicule au Tchad, en 2004, où, seule rescapée, elle avait tiré leurs corps à l'ombre et avait attendu vingt-neuf heures, blessée à l'épaule, qu'on vienne la récupérer. Seule avec deux cadavres, à repousser les charognards, à surinterpréter chaque craquement de branche, chaque frottement, à craindre d'être attaquée à tout moment, à ne plus bouger de peur de mettre le pied sur une mine. Leur Jeep avait explosé en roulant sur l'une d'elles. Ils avaient dû s'écarter du chemin principal, et ils avaient foncé droit sur un terrain miné... Une erreur de débutant qui a coûté deux vies. Trois heures de retard auraient été préférables à cette funeste issue, mais l'histoire ne se réécrit pas. Jusqu'ici, elle n'a jamais réussi à remonter le temps.

Soudain, les tirs fusent de tous les côtés. Elle est trop en retrait pour y voir clair, les troncs décharnés et les immenses pierres derrière lesquelles ils se sont dispersés brouillent sa vision. Elle entend les ordres, les comprend et reste là, à attendre, à protéger Marc, dernier rempart à abattre. Les talibans gagnent du terrain. Un soldat la rejoint, pour éloigner le brancard et le mettre à l'abri des balles perdues. Puis il repart. Julie entend un bruit sur sa gauche, fait volte-face et tire in extremis sur un barbu enturbanné. Son cœur bat la chamade. Ils l'ont repérée. Elle décide de s'éloigner de Marc pour faire diversion. Ses sens sont en alerte, elle se sent comme une proie, traquée. Un second taliban tombe sous ses balles. Elle s'accroupit, à couvert, pour recharger. Quelque chose échoue à ses pieds. Une grenade. Elle a juste le temps de rouler sur le côté et de se mettre en boule lorsque l'explosif s'enclenche.

Le souffle la projette quelques mètres plus loin. Elle est sonnée, mais ne perd pas connaissance. Son oreille droite siffle, comme après la détonation de la mine au Tchad, mais en pire. Elle a mal partout, la tête lui tourne et le voile percé d'ultrasons qui enveloppe son ouïe la met au supplice. Soudain, un homme dans son champ de vision. Elle tire aussitôt, et il s'affale de tout son poids sur elle. Elle peine à s'en dégager, encore plus à se remettre sur pied. Au loin, des cris et des tirs en continu. Sur le flanc gauche de la montagne, les talibans survivants, plus qu'une dizaine, battent en retraite. Elle titube, le centre de gravité bouleversé par cette oreille traumatisée. Le major Mahiou accourt et l'attrape sous les aisselles, lui passant un bras sur ses épaules.

– Comment ? demande-t-elle, la voix éraillée.

– Heureusement que nous sommes mieux armés et plus entraînés. Ils étaient désorganisés et, visiblement, une bonne partie d'entre eux n'avaient jamais été formés au combat.

– Les autres ?

– Trois blessés légers, et j'ai perdu un homme, avoue-t-il, les traits déformés par une rage douloureuse.

– Je suis désolée…

– Vous aussi, vous êtes blessée !

– Rien de bien méchant.

C'est donc ça, le front. Elle avait déjà échappé à des tirs depuis son hélicoptère, mais agir au sol sans savoir d'où surgira la prochaine menace, sans avoir de blindage pour la protéger, de radar pour l'informer, de copilote pour compléter ses propres yeux et oreilles, c'est impitoyable. Comme l'a dit le major avant l'assaut, elle n'est pas entraînée pour ça. Elle ne souhaite à personne ce qu'elle a vécu. Combattre est tristement inhumain.

– Ça aurait pu être pire, vraiment pire, lui confie Mahiou, comme s'il avait lu dans ses pensées. Nous aurions pu tous mourir dans le crash de l'hélicoptère. Vous ne devez pas vous sentir coupable.

– Vous non plus.

– Les conseils sont toujours plus faciles à donner qu'à appliquer…

Quelques minutes plus tard, un vrombissement résonne dans la montagne. Julie lève les yeux et aperçoit un hélicoptère de combat américain, accompagné d'un hélicoptère de transport français. Elle serre la main de Marc ; malgré la douleur et le choc qu'elle commence à digérer, elle se sent soulagée. Ils sont sauvés. Marc est remonté le premier, les blessés suivent, puis le corps du soldat tué pendant l'assaut, et enfin le reste du régiment. Ils n'essuient pas d'autres attaques sur le chemin du retour. Tout le monde est silencieux. Les mots sont impuissants, trop vains pour convenir. Les images les ont remplacés. Elles sont de celles qui inspirent les blockbusters américains, et de celles qui détruisent des vies, hantent des nuits sans répit, brisent des rêves et des espoirs.

23

Biarritz, 2006

Biarritz ! C'est donc ça, la ville dont Julie lui vantait les mérites ? Brest, mais dans le Sud ! Le ciel gris lui vomit dessus. Une bonne grosse cuite céleste. Heureusement que sa voiture est équipée d'un GPS, car Abel ne distingue pas les panneaux, ni les intersections. C'est à peine s'il aperçoit les phares des véhicules qu'il croise. Apparemment, il est en train de longer la côte, mais les vagues se refusent à sa vue. Le Pays basque est encore plus morne que lui. Il songe à son entretien avec le chef Gautier, et se demande s'il a vraiment envie d'être accepté dans sa brigade. Allez, dans cinq jours, il rentre à Paris. Il roule à quinze à l'heure. Ou plutôt, il flotte à huit nœuds. À ce rythme-là, c'est en pirogue qu'il va devoir terminer le chemin ! Soudain une silhouette passe devant ses phares. Il pile aussitôt, éclaboussant le piéton au passage. L'homme est vêtu d'une blouse médicale, trempée malgré son parapluie. Un peu par sa faute. Abel baisse sa vitre et lui crie :

– Je peux vous déposer quelque part ?

– Ça ira, merci ! Je vais foutre en l'air vos sièges !

– Ça séchera. Montez !

Il s'exécute, ses cheveux peroxydés lui collent au front, il dégouline de la tête aux pieds.

– Merci, c'est vraiment sympa. Vous… Tu ? Cool ! T'es pas d'ici, non ?

– Pas du tout… J'ai un rendez-vous à l'hôtel du Palais, apparemment c'est à un kilomètre, tout droit.

– Désolé pour toi, mon vieux, t'as pas choisi ton jour pour commencer tes vacances.

– Ce ne sont pas des vacances. Je viens pour travailler dans les cuisines. Enfin, si tout se passe bien.

– Oh ! Désolé ! Je te mets pas en retard, j'espère ?

– Non, j'ai de la marge. Je te dépose où ?

– À côté du phare, c'est juste derrière l'hôtel du Palais. Je dois voir une patiente qui a fait un malaise ce matin. Je peux te guider si tu veux. Au fait, je m'appelle Bixente.

– Abel. Enchanté.

– Bienvenue dans le plus beau pays du monde !

Bixente s'esclaffe. Il a le rire communicatif et Abel se détend. Son passager est plus lumineux que le ciel. C'est agréable. La visibilité est si mauvaise qu'il distingue à peine le phare, dont la lumière perce laborieusement les nuages bas. Un déluge. Il rebrousse chemin après avoir déposé Bixente. Les grilles noires, immenses et piquées de doré, se dressent bientôt devant lui, un N et un E entrelacés. Napoléon III et Eugénie, les saints patrons locaux, ou du moins, ceux qui s'en rapprochent le plus. Dans l'avion, il a lu un guide acheté à l'aéroport d'Orly. Il y a appris quelques anecdotes sur cette résidence estivale de l'impératrice Eugénie. D'abord appelés Villa Eugénie, les lieux ont ensuite été transformés en casino, avant de devenir un hôtel en 1894. Mais un incendie en 1903 a tout détruit. L'hôtel est reconstruit sur de nouveaux plans, sans que rien ait été conservé de la villa d'origine. Sur les photos, la façade est rouge. Sous la pluie, elle est floue. Il gare sa Peugeot 407 de location entre une Porsche et une Jaguar, sort en faisant attention de ne pas effleurer leur carrosserie avec sa portière, et prend l'eau avant même d'avoir pu ouvrir son parapluie.

Dans la majestueuse entrée, les dalles de marbre gris à cabochon rond sont couvertes dans les allées de gauche et de droite par deux épais tapis verts. Des colonnes en marbre rose s'étirent jusqu'au plafond orné de moulures et de lustres imposants. Et partout, des meubles de style Napoléon III et des plantes tropicales. Le N collé au E se retrouve dans chaque détail, chaque ornement. C'est grandiose. Abel s'avance vers la réception en essayant d'oublier qu'il goutte comme un chien mouillé, mal à l'aise au milieu de tout ce luxe. C'est si loin de tout ce qu'il a connu avant de devenir sous-chef… Au Meurice, il entre toujours par la porte de derrière réservée au personnel. Il n'y a que dans les cuisines qu'il se sent bien, à l'abri des regards de ceux qu'il sert.

D'une voix faussement assurée, il annonce avoir rendez-vous avec le chef Jean-Marie Gautier, et il est conduit, quelques minutes plus tard, vers les cuisines. Il passe devant la salle du restaurant La Rotonde. Son cœur bat à cent à l'heure. De larges rideaux fleuris habillent les colonnes blanches séparant la salle du piano de l'espace restaurant. Malgré la tempête, l'endroit est lumineux, ouvert sur l'océan par d'immenses fenêtres. Elles sont si proches de l'eau qu'Abel peut observer l'écume jaillir avant de s'écraser sur la terrasse.

Le Meurice a beau être un lieu d'exception, il est urbain, policé. À côté, l'hôtel du Palais paraît sauvage, indompté. Il défie les vagues et surplombe la côte. Il y a quelque chose de saisissant dans le spectacle de cette nature déchaînée. Qu'en est-il lorsque la vue est dégagée ? se demande Abel en suivant son guide au sous-sol où s'étendent les cuisines, elles aussi en

E, comme la partie émergée du bâtiment. Après un dédale de couloirs, il arrive dans celles réservées aux menus gastronomiques, en pleine préparation du service du soir. Une femme blonde s'avance vers lui. Trente-cinq ans environ, et un visage peu ordinaire. Déstabilisé, Abel met quelques secondes à comprendre ce qu'elle vient de lui dire.

– Célia Abadie, enchantée. Vous êtes M. Rahbani ?

– Oui, enchanté. Désolé, j'ai pris la pluie.

– L'inverse aurait été étonnant avec ce temps. Merci, Jean, je prends la relève, dit-elle au réceptionniste. Le chef Gautier nous rejoindra plus tard. Je suis son bras droit, cheffe pâtissière. Nous travaillerons de concert si vous devenez sous-chef gastronomique. Bon, suivez-moi, je vais vous donner une serviette, que vous vous séchiez un peu. Ce serait dommage d'attraper une pneumonie lors de votre premier jour à Biarritz !

Son rire sonne plus fort qu'il ne l'aurait voulu, il le cache avec une toux improvisée. L'ensemble est étrange. La cheffe Abadie le regarde d'un air préoccupé. Elle cligne des yeux, secoue la tête et marmonne quelque chose d'inintelligible avant de prendre le chemin des vestiaires. Abel la suit, un peu penaud mais sous le charme. Ce séjour s'annonce intéressant, bien plus que prévu.

24

Copenhague, 1954

Ses doigts entrelacés à ceux de Roméo, Juliette s'effondra à son tour, sur le corps de son bien-aimé. Colette sentait le cœur de Thomas battre sous sa joue. La lumière s'éteignit, et aussitôt, la salle explosa en un tonnerre d'applaudissements. Des bravos fusaient d'un public aussi exalté que ravi par cette soirée d'ouverture de la saison 1954-1955 du théâtre royal de Copenhague et cette première représentation de Colette en tant que danseuse étoile. Un triomphe à la hauteur de ses ambitions. Elle exultait. On lui lança des bouquets de fleurs et des mots d'amour. Dans les coulisses, on fêta le triomphe de cette production pleine d'audace. Tous les danseurs étaient attendus dans la salle de réception pour participer au gala. Thomas, encore en tenue de scène, entra dans sa loge et lui embrassa le cou. Elle lui sourit dans le miroir.

– Tu as été splendide ce soir.

– Toi aussi. Tu ne t'es pas changé ? Tu m'excuseras si je ne t'attends pas, je ne veux rien manquer du gala !

– Bien sûr, mon ange. Je file, je te rejoins dès que je suis prêt.

Elle attendit son départ pour soupirer. Thomas était beau et bâti comme un dieu, mais il en avait conscience et en jouait. Pas seulement avec elle. Elle avait rencontré le danseur étoile à son arrivée au Théâtre royal, neuf ans plus tôt. Puis le Danois était parti en Angleterre et avait mis toute son énergie à la courtiser à son retour, l'année dernière. Elle avait cédé. Il l'amusait, la divertissait, la séduisait, mais ne la touchait pas comme Adrian autrefois avait franchi la barrière de son âme. Elle doutait que cela lui arrive de nouveau. Qu'importe, elle s'épanouissait autrement désormais.

Elle s'observa une dernière fois dans le miroir. Ses yeux bleus soulignés de noir, ses lèvres carmin, ses boucles auburn remontées en un chignon et cette robe rouge, en soie, dos nu, sublime. Satisfaite, elle quitta sa loge et croisa des hommes en smoking accompagnant des femmes aux tenues d'un exotisme coloré. Le défilé commençait. Elle se faufila entre les invités. Du coin de l'œil, elle repéra une silhouette qui se dirigeait vers elle, et son cœur s'arrêta en la reconnaissant.

Grand, blond, magnifique, ses yeux verts entourés de petites rides, les épaules aussi larges que dans ses souvenirs, la taille toujours aussi mince, et sur sa bouche la promesse du paradis. Adrian Reiter. L'homme qu'elle n'avait jamais cessé d'aimer. Pendant la dernière année de guerre, elle l'avait attendu, priant pour sa survie. Puis elle avait fui Biarritz, persuadée qu'il parviendrait à suivre sa trace. « Vivant, je remuerai ciel et terre pour te retrouver. » De bien belles paroles qui avaient nourri son espoir. Hélas, après plus de deux ans sans nouvelles, elle arrêta d'y croire. Soit il était mort, soit il l'avait abandonnée. À vrai dire, elle préférait l'imaginer mort que traître. Une vive fureur s'empara d'elle. Comment osait-il venir ici après dix ans de silence ? Dix ans pendant lesquels ses belles déclarations n'avaient été que des paroles en l'air.

– Colette...

Cette voix. C'était bien lui. Elle nageait en plein cauchemar.

– Je sais que tu m'as reconnu, continua-t-il en français.

– Va-t'en ! Je ne veux plus jamais te voir.

Elle ressentait un besoin viscéral de le blesser. À cet instant, elle aurait voulu le voir ramper, la supplier, qu'il prenne conscience de tout ce qu'elle avait subi après son départ, qu'il mesure à quel point elle avait espéré son retour. Qu'il l'aime autant qu'elle l'aimait. Elle voulait ses excuses, ses larmes et ses promesses d'éternité. Elle le voulait tout entier à ses pieds pour mieux le rejeter, le faire souffrir autant qu'elle avait souffert.

– Laisse-moi t'expliquer, je t'en supplie.

– Mais il n'y a rien à expliquer. Tu n'es jamais revenu. Étais-tu en prison ?

– Non.

– En mission à l'étranger ?

– Non, Col...

– Étais-tu retenu quelque part ?

– Je... Non ! Mais...

– Donc je me fiche de ce que tu as à dire pour ta défense. Je suis heureuse et j'ai réalisé mon rêve. Chaque jour qui passe m'emplit d'un bonheur que je n'aurais jamais osé espérer. N'essaye pas de te frayer un chemin dans ma vie, elle t'est fermée à jamais. Au moins m'as-tu appris une chose, Adrian Reiter : les illusions sont éphémères, et réservées aux jeunes filles nourries de contes de fées. Dans la réalité, le prince ne sauve pas la princesse. Elle se sauve elle-même ! Bonne soirée !

Elle tourna les talons, mais il lui saisit le poignet.

– Lâche-moi !

– S'il te plaît, on nous regarde.

Aussitôt, elle afficha un sourire de façade.

– Colette, je souhaitais seulement te féliciter. Ce soir tu m'as envoûté, moi et toute la salle. Tu étais sublime. Tu l'as toujours été. Tu es faite pour briller, lui confia-t-il, sa voix grave résonnant dans tout son corps. Si tu savais comme je suis heureux de te voir, mon étoi…

– Je te défends de m'appeler ainsi ! siffla-t-elle. Va-t'en, Adrian. Je ne veux plus jamais te voir.

– Je t'ai cherchée. Dès que l'Allemagne a capitulé et que l'armée m'a libéré, je suis parti à ta recherche.

– Visiblement, tu as abandonné bien vite !

Sans relever, il resserra sa prise sur son poignet. Il essaya de l'attirer vers lui, mais elle résista.

– Je suis au Danemark pour un projet de construction. Un hôtel à Copenhague. J'ai vu ton nom dans le journal. J'ai trouvé des places au dernier moment. Je ne pouvais pas manquer ton triomphe.

– Tu l'as pourtant déjà manqué. Ce soir n'en était que la consécration. Retourne à ta vie…

– Je t'en conjure, écoute-moi !

– C'est fini, Adrian ! C'est trop tard. Comment as-tu pu penser une seule seconde que je t'attendrais dix longues années ?

Il eut l'air si triste que Colette hésita à ravaler son venin.

– J'espérais seulement… J'aurais dû m'en douter. Et pourtant, Dieu sait à quel point j'aurais préféré qu'il en soit autrement. Je… Ma femme discute avec l'épouse du maire…

Elle eut l'impression de recevoir un coup en plein ventre.

– De mieux en mieux !

Thomas, qui s'était faufilé derrière elle, entrelaça ses doigts aux siens. Elle repensa à Juliette qui se suicidait sur le corps sans vie de Roméo. Quelle idiotie, de mourir par amour ! Elle tourna aussitôt le dos à Adrian et se pendit au bras de Thomas. En l'embrassant sur la joue, elle aperçut du coin de l'œil le visage défait d'Adrian. Elle regrettait déjà son comportement.

Cette volonté de lui faire mal n'avait causé qu'un vide vertigineux dans sa poitrine. Elle rêvait de se pelotonner dans un coin sombre pour pleurer toutes les larmes de son corps. Adrian avait gâché sa soirée. Et pourtant, c'était dans ses bras qu'elle voulait se blottir, dans son corps qu'elle voulait se perdre. Mais il n'était qu'un mirage, le souvenir d'une époque révolue, d'une parenthèse sublime. Elle le vit rejoindre une petite brune aux formes généreuses et eut la nausée. C'était le coup de grâce. Comment avait-elle pu croire qu'en cherchant à le détester elle cesserait de l'aimer ?

25

Copenhague,
13 septembre 1954

Mon étoile,

Je sais que tu ne veux plus jamais m'entendre t'appeler ainsi. Mais dans mon cœur, tu le resteras à jamais. La seule, l'unique. Tu me hais. Je le comprends. J'ai failli à ma promesse de te retrouver. Je n'ai aucune excuse. J'ai agi sans imaginer que cela te blesserait de me revoir, mais lorsque je t'ai aperçue, si belle, si rayonnante, je n'ai pas pu résister à l'envie de t'approcher. J'étais comme envoûté. À présent, laisse-moi te raconter mon histoire, te prouver que je ne t'ai jamais abandonnée. J'espère que tu liras cette lettre jusqu'au bout et que tu trouveras la force, au fond de ton cœur, de me pardonner.

Après mon départ de Biarritz, la retraite vers l'Allemagne a été longue et laborieuse. À plusieurs reprises nous avons été bombardés, et j'ai perdu des amis sous les feux alliés. Nous étions terrifiés, et comme si cela ne suffisait pas, des officiers de la Wehrmacht, des SS haut gradés, nous traitaient comme de la chair à canon… Ce dont j'ai été témoin dans certains villages, cette sauvagerie à l'état pur, je préfère l'oublier. Lorsque, enfin, nous avons rejoint l'Allemagne, les SS nous ont ordonné de combattre jusqu'à la mort pour poursuivre l'œuvre du Führer, tandis que cette ordure attendait, à l'abri dans son bunker, que son château de cartes s'effondre avant de se faire sauter la cervelle. Nous étions en train de mourir pour rien. J'ai été grièvement blessé par un tir d'obus, et c'est un miracle qu'on ne m'ait pas amputé. Je suis resté convalescent pendant plus d'un an. C'est au fond de mon lit que j'ai appris la capitulation du Troisième Reich. Tout ce temps à essayer de guérir, je l'ai aussi passé à t'écrire. Je savais que la majorité de mes lettres ne te parviendraient jamais, mais je gardais espoir que l'une d'entre elles se faufilerait jusqu'à toi et te rassurerait sur ma dévotion éternelle. Je sais désormais que tu n'en as reçu aucune.

Dès que j'ai pu marcher, je suis retourné à Biarritz. Et j'ai découvert ta maison en pleins travaux pour la réaménager en appartements. À force de questions, j'ai appris que ton père avait été tué peu de temps après la Libération, et que ta mère et toi aviez été jugées pour collaboration. Tout était de ma faute. Nous avions été dénoncés. J'ai prié de toutes mes forces pour que tu n'aies pas eu à subir ce qui était fait aux femmes accusées d'avoir couché avec l'ennemi. Si tu savais comme je m'en veux de ne pas avoir été à tes côtés… Je m'en veux tellement de toute la souffrance que j'ai provoquée dans ta famille. En poursuivant mes recherches, j'ai découvert que ta mère et toi aviez été acquittées. Votre avocate, maître Angélique Lacombe, était la tante d'une tes amies, Giselle Hiriart. Tu vois, j'ai mis un temps fou à recoller, morceau après morceau, toute ton histoire.

Je suis parti voir Mlle Hiriart pour lui demander ton adresse. Quand elle m'a reconnu, j'ai su que je n'obtiendrais rien d'elle. C'est de la haine que j'ai vu dans son regard. Une condamnation immédiate. Sans la moindre possibilité de me défendre. À cet instant j'ai compris que je t'avais blessée bien plus que je ne le pensais. Je l'ai suppliée de me dire où tu te trouvais, mais elle m'a fermé la porte au nez. Loin d'abandonner, j'ai attendu qu'elle sorte, assis sur les marches de la maison de ses parents. C'est sa mère que j'ai croisée. Joséphine Hiriart. Ce qu'elle m'a confié ce jour-là m'a brisé le cœur, mais m'a conforté dans mes convictions. Tu es mon destin, Colette.

« Colette vous a attendu longtemps, avant de partir loin pour réaliser son rêve. C'est son moment. Il faut la laisser monter jusqu'aux étoiles et briller de mille feux. Avant, vous risqueriez de la briser. Elle a déjà beaucoup trop souffert pour une jeune femme de son âge. Si vous l'aimez autant que je l'imagine, vous l'oublierez et vous construirez une vie de votre côté. Puis un jour, si Dieu le veut, vous vous recroiserez. Parfois, il faut savoir attendre le bon moment pour forcer le destin. J'en sais quelque chose. J'ai aimé mon mari pendant plus de dix ans avant qu'il me remarque enfin. Ne cadenassez pas votre cœur, mais acceptez que, peut-être, votre moment ne soit pas encore arrivé, qu'il soit possible qu'il n'arrive jamais. Et que ce soit à elle de le décider. »

Je l'ai remerciée et suis rentré à l'hôtel digérer la nouvelle en silence. Te laisser partir était inconcevable, mais te refuser d'être heureuse l'était encore plus. Alors j'ai bouclé mes valises et suis rentré en Autriche, où j'ai repris mes études d'architecture, bien déterminé à briller moi aussi. Ainsi, peut-être réussirais-je à te reconquérir un jour. À l'université, j'ai rencontré une jeune femme, Frieda, brillante et adorable, qui très rapidement est devenue une amie très chère. Elle était amoureuse d'un professeur. J'ignorais alors qu'ils avaient une liaison, jusqu'à ce qu'elle m'avoue être enceinte de quelques mois et ne pas savoir vers qui se tourner. L'avortement étant illégal et contraire à ses convictions religieuses, elle comptait assumer ce qu'elle appelait sa « perversité ». Je détestais l'entendre parler ainsi. Elle avait été amoureuse, et s'était bercée d'illusions. C'est ce que tu as dû penser quand je suis parti. Sauf que, contrairement au professeur, je t'aimais de toute mon âme.

Alors je lui ai proposé de l'épouser. Nous étions amis, et cela ne me dérangeait pas de reconnaître cet enfant comme le mien. Elle a accouché d'une fille que j'ai appelée Claire, dans un hommage silencieux. Je n'ai pas connu ta sœur, mais je sais combien elle t'était chère. Je ne me suis jamais pardonné ce qui lui est arrivé. J'ai aimé cet enfant dès le premier instant. Elle est mon rayon de soleil quotidien. Frieda et moi n'avons jamais développé l'attachement d'un mari et d'une épouse. Nous sommes amis, pas amants. C'est une union peu commune, mais nous sommes heureux à notre manière. Elle a une liaison avec mon associé, avec qui j'ai créé mon cabinet d'architecture, et cela me réjouit. Quant à moi, je ne suis pas retombé amoureux. Je ne me suis jamais totalement remis de notre séparation. Je pensais que les premières amours s'oubliaient vite et qu'on se les remémorait avec une nostalgie heureuse. En réalité, je ne ressens qu'un vide, un déchirement et, j'ose l'écrire, une nostalgie pleine d'espoir d'avenir. Les fêlures du cœur ne guérissent jamais complètement.

Sache que, tant que je serai à Copenhague, chaque soir libre que j'aurai sera consacré à venir t'admirer sur scène. Mais je promets de ne plus te solliciter, je t'ai vue dans les bras de ce danseur, celui qui jouait ton Roméo. Il est très talentueux. Tu ne mérites pas moins. J'ignore ce qu'il représente à tes yeux, mais je te souhaite d'être heureuse. De tout mon cœur.

À toi pour l'éternité,

Adrian

26

Biarritz, 2006

Julie repose le papier jauni sur la table de chevet de Mme Heusser, plus touchée qu'elle ne l'aurait imaginé. À côté d'elle, allongée sur son lit, la vieille dame fixe le vide, les lèvres pincées et le menton tremblant. Bixente est repassé dans l'après-midi, trempé jusqu'aux os. Il lui a assuré que son état était stable et qu'il l'emmènerait le lendemain faire ses analyses à la clinique. Entre-temps, il lui a conseillé de la laisser se reposer. Avant de repartir braver les éléments, il a avoué à Julie :

– Je suis content que tu sois avec elle. Je l'aime beaucoup et sa solitude me peinait énormément. Prends soin d'elle, d'accord ?

Elle le lui a promis. Puis elle s'est rendue à son chevet, dans sa chambre immense et sombre, sans vue sur l'océan. La vieille dame ne dormait pas. Son beau visage sillonné par la vie était tourné vers elle. D'une ébauche de sourire, elle l'a invitée à entrer et à s'asseoir à ses côtés. Une chaise était déjà installée.

– Ne me regardez pas comme ça, je ne vais pas mourir aujourd'hui.

– Vous m'avez fait peur.

– Je ne m'étais évanouie qu'une seule fois avant aujourd'hui.

Ou deux, si je compte cette maudite opération... Bref, je préférerais éviter de renouveler l'expérience.

– Racontez-moi...

– Vous êtes tenace. Bon... Je suppose que je vous dois un minimum d'explications. Allez dans mon bureau. Dans la bibliothèque du mur du fond, il y a un petit coffre en cuir. La clé du fermoir est dans le tiroir gauche du bureau. Apportez-le-moi.

Julie s'est exécutée sans tarder et l'a observée ouvrir la boîte avec précaution. Ses mains tremblaient légèrement, mais elle a fini par y parvenir, et en a sorti un paquet de lettres retenues par un ruban rouge. Elle l'a délacé, lentement, presque tendrement, puis a tendu la première de la pile à Julie.

– Lisez.

Les yeux déjà rivés à l'écriture élégante, Julie n'a pas attendu son autorisation pour commencer sa lecture. Arrivée à la fin, elle ne sait plus quoi penser. La tristesse de cet homme, l'amour qui transparaît dans chacun de ses mots, sa résignation, sa bonté. Julie a envie d'en savoir plus. Qu'est-il arrivé à la sœur de Mme Heusser ? Comment a-t-elle rencontré cet Adrian ? Était-elle l'une de ces femmes tondues ? A-t-elle subi cette déferlante de haine et d'injustice ? Julie l'observe un moment. Allongée dans ce lit, le visage déformé par une nostalgie douloureuse, elle semble une très vieille dame.

– J'ai rencontré Adrian pendant l'Occupation. J'avais dix-sept ou dix-huit ans... J'ai essayé de le fuir, mais je suis tombée amoureuse. Éperdument. Je ne sais pas si vous en avez entendu parler, mais Biarritz a été bombardée par ces abrutis d'Américains. Ils devaient viser l'aéroport... Oh, ils ont atteint leur cible, mais que serait une attaque américaine sans un massacre de civils ? Je n'étais même pas surprise en apprenant pour Hiroshima et Nagasaki... Ils se permettent de donner des leçons de morale au monde entier, mais n'hésitent pas à tuer et détruire sans scrupule... Une de leurs bombes a tué ma sœur.

– Je suis désolée...

– Peu de temps après, la France était libérée par les forces alliées. Adrian a dû fuir. Et la délation est devenue un sport national... Mon père a été abattu, je n'ai jamais su ce qu'il avait fait, et n'ai d'ailleurs pas cherché à le savoir. Le même jour, j'ai été tondue publiquement. Il ne faut jamais oublier ce que les femmes ont subi à la Libération, jamais ! Quelques mois plus tard, ma mère et moi avons été jugées, puis acquittées. Ma mère s'est renfermée sur elle-même. Nous sommes parties vivre à Vincennes. De là, je me suis rapidement sauvée à Copenhague, où j'ai été prise dans le corps de ballet. J'ai appris le danois, j'ai travaillé comme une acharnée et suis devenue danseuse étoile. Mon premier grand rôle, mon premier triomphe a été *Giselle*. Après, je suis devenue l'une des plus grandes danseuses de ma génération. Sur scène, j'ai toujours gardé mon nom de jeune fille, Colette Elissalde.

– Cela me dit quelque chose, murmure Julie en fronçant les sourcils.

– J'espère bien ! De nombreuses salles de danse, d'écoles et de fondations portent mon nom. Je me suis débrouillée pour laisser ma trace sur cette terre.

– Et que s'est-il passé après la lettre ?

– Rien. Je ne l'ai pas ouverte. J'étais aveuglée par ma fierté. Mon cœur était trop à vif. Avec le recul, je sais que j'ai eu tort. On pense avoir le temps pour agir selon notre cœur. On préfère vivre dans ses rêves... Vous savez... il arrive un moment dans la vie où l'on attend simplement que la mort vienne nous cueillir. Nos plus grandes joies, nos moments de bonheur intense, de peur, de peine, sont derrière nous. Et devant, il ne reste que le vide.

– Mais vous avez encore de belles années devant vous !

– J'ai quatre-vingts ans. Au mieux, une dizaine, peut-être une quinzaine d'années. Rien qu'un claquement de doigts. Le temps passe à une vitesse affolante. Un jour on se réveille et on se rend compte que notre vie se conjugue au passé. Dix ans, c'est trop et trop peu à la fois. Trop, parce que je suis à la dérive, je n'ai plus personne et le monde bouge trop vite. Pas assez, parce que la perspective de la mort réveille une pulsion de vie. J'ai tellement peur de la mort qu'un ennui éternel me semble préférable à ce néant qui m'attend. C'est absurde, car elle nous guette tous, et j'y ai été confrontée dès mon plus jeune âge, mais la mort est le pire de mes tourments. C'est pour ça que j'ai voulu devenir célèbre. À défaut de combattre la mort, je pouvais encore vaincre l'oubli.

Julie attrape sa main et la serre avec émotion.

– Je comprends. Merci de vous être confiée. Je sais à quel point c'est difficile. Souhaitez-vous que je vous lise quelque chose ?

Un franc sourire illumine le visage de Mme Heusser. Ses dents sont encore blanches et droites. Julie part chercher *Histoire d'une vie* pour lui en continuer la lecture.

27

Afghanistan, 2006

Deux côtes fêlées, plusieurs hématomes, trois points de suture sur le front et un tympan endommagé. Et ce ne sont que les blessures visibles. Alors que le médecin termine de panser ses plaies, Julie a l'esprit ailleurs. Elle pense à Marc, qui a été transféré à l'hôpital pour une opération en urgence. Son pronostic vital est engagé. Elle pourrait le perdre. En un battement de cils. Et puis elle revoit Desplat, sa main qui glisse de la sienne, son regard terrifié face à la mort inévitable. Elle a laissé sa vie lui filer entre les doigts. Manquer de le sauver, c'était comme le tuer de ses propres mains. C'est écrasant.

Le médecin lui conseille de se reposer et d'accepter un soutien psychologique. Elle hoche la tête mécaniquement. Le reste de l'après-midi se déroule dans le brouillard. Elle s'observe réagir, parler, sans être réellement dans son corps. Continuer relève du réflexe. Elle aimerait remonter ses genoux contre sa poitrine, y enfouir sa tête pour pleurer, mais elle tient bon, serre des mains, offre des semblants de sourires. Dès qu'elle le peut, elle demande des nouvelles de Marc. La réponse est toujours la même. Ils n'en ont pas *encore*. Cette attente est interminable.

Le lendemain matin, on frappe à sa porte. Il est cinq heures. L'opération a duré six heures et demie, Marc est loin d'être tiré d'affaire. Un avion va le rapatrier en France, au Val-de-Grâce. Julie est invitée à y monter ainsi que les autres rescapés de la mission. Elle laissera à un autre pilote le soin de récupérer les corps. Sans promesse que ce soit possible. La zone est tendue. Ils vont essayer de la sécuriser, mais parfois, c'est insuffisant et le cercueil rapatrié en France est vide.

En quinze minutes, ses placards sont vidés, ses sacs sont bouclés, et la voilà sur le tarmac, immobile devant le général Le Bot, qui ne semble pas avoir passé une meilleure nuit qu'elle. La responsabilité lui plisse le front, s'inscrit douloureusement entre ses sourcils. Rentrer plus tôt que prévu ne la soulage pas. Tant que Marc n'est pas guéri, elle doute d'être capable de reprendre une vie normale.

À Paris, elle est aussitôt prise en charge. On la soumet à un examen psychologique, on examine ses blessures, on conclut à un arrêt d'au moins quatre mois, renouvelable si son tympan ne présente aucun signe d'amélioration ou si des traumatismes liés à ce qu'elle a vécu subsistent. Elle a un passif. Au Tchad, elle avait failli devenir folle. Elle entendait des voix, craignait le moindre bruit, se réveillait en hurlant, revivait l'explosion dès qu'elle fermait les yeux, paniquait chaque fois qu'elle remontait dans une voiture, et ce n'était que la partie émergée de l'iceberg. Ça avait failli lui coûter sa place dans l'armée. Puis, peu à peu, les cauchemars s'étaient espacés, les tremblements et les sueurs froides aussi. Abel y avait été pour beaucoup. Elle avait cherché à l'éviter pendant une quinzaine de jours et s'était enfuie à Biarritz pour se rassasier de cette vue qu'elle s'était efforcée de recréer sous ses paupières alors qu'elle attendait d'être secourue, à l'ombre, avec les cadavres défigurés de ses compagnons de route. C'est sa vue refuge. Quand rien ne va, elle se projette face à ce spectacle apaisant. Le chant des vagues, le cri des goélands, le vent iodé contre son visage, les Pyrénées d'un bleu profond à l'horizon, l'océan Atlantique, sauvage, indompté, se déroulant contre la côte. Elle avait essayé de s'y rendre en rêve, sans succès. Y parvenir serait la première étape de sa guérison. Elle le sentait.

À son retour du Tchad, Abel l'avait couvée, prenant ses congés pour s'occuper d'elle, lui préparer de bons petits plats, l'accompagner visiter de beaux endroits, l'emmener se faire masser au spa, l'inviter dans un hôtel sur la Côte d'Azur pour décompresser. Il avait été parfait. Il s'était occupé d'elle, sa présence l'aidait à faire face à ses fantômes, mais pas à les chasser. Et elle se déchargeait sur lui de toutes ses peurs. Elle avait eu un comportement horrible. Désagréable, irascible, elle s'en prenait à lui, et c'était injuste. La culpabilité de s'être mal comportée lui pèse encore aujourd'hui. Il méritait tellement mieux qu'elle, mais elle avait besoin de lui.

Après un détour au Val-de-Grâce, où on lui annonce que Marc est dans le coma, elle rejoint l'appartement d'Abel, le cœur brisé. Il lui ouvre. Elle se jette dans ses bras.

Deux jours passent. Les corps ont pu être récupérés et rapatriés. Marc est toujours dans le coma. Une cérémonie est organisée en hommage aux soldats tombés, aux blessés et aux survivants. On va lui remettre une médaille. La Légion d'honneur. Ce n'est pas rien, et pourtant, ça ne lui fait ni chaud ni froid. Elle ne dit rien à Abel, se prépare après son départ au Meurice et subit les hommages avec dignité. C'est écrasant. Elle ne tire aucune fierté de cette décoration qu'on lui accroche sur la poitrine. Murée dans son silence, elle laisse défiler les jours.

Abel est appelé à Lyon. Elle profite de son départ pour filer sans laisser de mot. Elle n'a pas la force de s'excuser. Les paroles sont insuffisantes, elles ne remplacent pas les actes. Elle a besoin d'être seule à nouveau. D'oublier tout le passé, d'écrire la suite de son histoire sur une page blanche, loin des ratures de son existence. Elle rassemble toutes ses affaires, puis passe voir Marc avant de prendre le train. Son visage est émacié, cireux. Il a déjà l'air mort. C'est insoutenable. Elle le supplie de s'accrocher à la vie, l'embrasse sur le front, avant de tourner les talons.

Dans le couloir de l'hôpital, elle croise Elsa, sa fiancée, les traits creusés par le chagrin et l'incertitude. Les deux femmes se reconnaissent, s'enlacent et restent longtemps l'une contre l'autre. Julie lui confie qu'elle va partir quelque temps, lui fait promettre de ne rien dire à Abel et de la tenir informée de l'état de Marc.

28

Hello Abel,

Je viens de rallumer mon téléphone, et ai découvert tes messages. Une centaine. Pardon. Je préfère te répondre par mail, et, si tu le souhaites, nous pouvons échanger de vive voix.

Je suis désolée d'être partie sans prévenir. Ce n'était pas réfléchi, mais c'était une nécessité. Comme si tout avait explosé dans ma tête. Tout m'était devenu insupportable. J'ai eu besoin d'un endroit où m'enterrer. Et je ne pouvais pas t'infliger ça. J'ai trouvé un refuge inattendu. Je vis chez une vieille dame que la vie n'a pas épargnée non plus. Cette cohabitation n'est pas de tout repos, mais me permet curieusement de renouer avec quelque chose qui s'était brisé en moi, et qui m'a fait comprendre à quel point je t'ai blessé, et que je n'avais pas le droit de te laisser sans nouvelles. J'ignore si tu souhaites encore me parler après ce que je t'ai fait, mais j'aimerais t'expliquer ce que j'ai vécu. Non pour me justifier, mais pour que tu comprennes que tu n'y es pour rien.

Je me suis reposée sur toi comme si tu étais un acquis inaliénable. Tu étais devenu une présence rassurante, un pilier dans ma vie. Je me rends compte aujourd'hui de tout ce que j'ai perdu en te quittant. Je n'étais pas complètement rentrée du front quand je suis revenue. Et avant cette mission en Afghanistan, j'étais obnu-

bilée par mon ambition. Comme toi. Nous ne nous regardions plus, et ça me convenait. Nous nous sommes fait tellement de mal… Ni toi ni moi n'avions l'envie, ni la force, de briser ce mur de glace qui s'est peu à peu dressé entre nous. Fuir n'était en rien le bon moyen de régler ce problème, mais une esquive. C'était lâche.

Jamais je ne cesserai de t'aimer, mais ce que j'ai à t'offrir est trop triste. Tu seras plus heureux sans moi. Nous le savons tous les deux. J'espère seulement que nous resterons amis.

Je t'embrasse,

Julie

*

Enfin, elle sort de son silence ! Et s'excuse une nouvelle fois… Ne se rend-elle pas compte qu'elle ne sait faire que ça ? Rentrer de mission, aller mal, s'enfuir, revenir, demander pardon. Et pourtant, dans cet email, il lit un déclic, une prise de conscience, mais c'est insuffisant. Il voulait croire qu'il était passé à autre chose, et pourtant un étrange espoir se réveille en lui. Il le fait taire et déplace le mail dans sa corbeille. À elle de comprendre à quel point le silence peut être douloureux.

Malgré un début mouvementé, sa visite à Biarritz l'a convaincu. Le courant avec la cheffe Abadie est passé. Il admire profondément cette femme remarquable. Il se sait sous le charme, mais veut rester professionnel. Dans un mois, il déménagera là-bas. Il a déjà trouvé un appartement dans le quartier Saint-Charles. Un endroit charmant, près de l'océan, avec plein de commerces et de restaurants à côté. Pour l'instant, il vit au milieu des cartons, et continue de travailler au Meurice. Mais dans sa tête, il est déjà à l'hôtel du Palais. Il a raison de partir.

Sur le mur du salon, il ne reste qu'un miroir et une photo. Il hésite à la laisser sur place. Ils y sont beaux, souriants, bronzés, les cheveux dérangés par le vent. Les coudes sur le bureau, la tête entre les mains, il se torture l'esprit. Le silence est-il la solution ? Vaut-il mieux se taire ou se confronter à elle pour enfin tirer un trait sur cette relation ? Comment se sauver d'un naufrage qui n'en finit plus ? Il récupère le mail de sa corbeille. Il y répondra lorsqu'il sera prêt.

29

Biarritz, 2006

Colette Heusser est en pleine santé. Mais si elle est rassurée par les résultats de ses analyses, rien n'apaise sa mélancolie. Adrian en aurait été dévasté. Certaines brisures de l'âme doivent demeurer sous scellés. Parler ne l'a jamais libérée. Sauf quand elle se livre à un Charlemagne somnolent. Le temps a cautérisé ses plaies, mais sans les guérir. Elle a accepté de survivre avec. À quoi bon tenter d'oublier l'inoubliable ? Un jour, elle finira par tout raconter à Julie. Elle retrouve dans son regard sombre une lassitude mêlée à une rage de vivre, une trace de ses propres démons.

Il fait nuit. Assise derrière ce bureau à l'odeur de bois de santal et de cuir, elle froisse le journal. L'enquête a conclu à une fuite de gaz accidentelle. Adrian n'y était pour rien. Comme la fois précédente. Et pourtant, rien n'a pu empêcher la culpabilité de lui gangrener l'esprit. Quel gâchis… Elle replie le journal et le range dans un tiroir. Devant elle, sur le tapis persan, Charlemagne ronfle doucement. Ce petit chien est une boule d'amour, le seul être auquel elle ouvre entièrement son cœur. Il a cinq ans. S'il meurt avant elle, ce sera le coup de grâce. Charlemagne, Charlie, Chachou, mon petit amour, Bouboule, mon bébé, tant de surnoms affectueux pour ce corgi qu'elle aime à l'infini. Ce n'est qu'un chien, pensait-elle autrefois, lorsque des amis pleuraient la mort de leur beauceron bien-aimé. Maintenant elle comprend qu'il est bien plus que ça. Charlemagne est sa famille. Un enfant qui vieillira avant de grandir. Une petite chose qui éveille son instinct maternel. Son compagnon.

Parfois, elle imagine ce qu'aurait été sa vie si elle avait gardé leur bébé. Sans avenir, car il aurait malheureusement été la preuve même de sa trahison, et elle aurait fini en prison. Et si elle y avait échappé et qu'il y avait bel et bien eu une malformation, qu'aurait-elle fait ? Elle lui aurait consacré sa vie, et ne serait jamais devenue danseuse étoile. Avorter était la meilleure des décisions, elle le savait. Elle n'avait pas d'autre choix. Et pourtant, elle en garde au plus profond d'elle-même un regret lancinant. Celui de n'avoir jamais pu enfanter. Certes, la maternité peut se vivre de plusieurs manières, mais elle aurait aimé porter un enfant, être là pour entendre son premier cri, le tenir contre son cœur et plonger son regard dans le sien. Mais elle a dû avorter clandestinement et s'estime heureuse d'avoir survécu à l'opération. Le plus dur a été la honte qui l'a rongée pendant des années, une honte qu'elle n'aurait jamais dû ressentir. Heureusement que les choses ont changé depuis, songe-t-elle.

Elle se lève, contourne le bureau, attrape un coussin sur le canapé damassé, le pose par terre à côté de Charlemagne et s'y installe. Le petit chien ne se réveille pas. Ses pattes pédalent parfois dans le vide, comme s'il courait dans ses rêves. Ses moustaches frétillent, et la course s'intensifie. Puis il prend une profonde inspiration, qui s'achève en un ronflement sonore. Colette sourit et se remémore ces moments de candeur, de simplicité, où, couchés dans l'herbe, leurs jambes entrelacées, elle effleurait la peau d'Adrian avec une pâquerette, riant de le voir tenter de la repousser en soufflant comme un enfant. Un jour d'orage estival, prisonniers sous le kiosque du lac Marion, ils avaient fait l'amour avant de courir nus sous la pluie. Ils riaient tellement qu'ils ne tenaient plus debout. Toutes les fois où elle dansait pour lui, avec pour seule musique le chant des oiseaux ou le bruit des vagues, sans quitter son visage des yeux… Ce qu'elle y lisait la bouleversait. Ces quelques mois avaient été écrasants de bonheur. Trop intenses et magiques pour ne pas avoir d'issue tragique.

Doucement, elle glisse ses doigts dans le pelage dru du chien, qui répond par un grognement. Ses paupières s'ouvrent sur des yeux voilés par le sommeil. Il aperçoit sa maîtresse et pousse un gémissement de plaisir, avant de s'étirer et de rouler sur le dos. Il réclame des caresses, ce petit roi. Puis soudain s'en lasse, s'ébroue, et se recouche contre sa cuisse, le museau et les yeux tournés vers elle. Dans son regard, une dévotion absolue, un amour infini. Elle est mal installée, mais ne bouge pas. Voilà bien longtemps qu'elle ne s'est pas sentie aussi sereine. Alors elle reste un peu, savoure cette douce complicité, jusqu'à ce que l'horloge sonne six heures et qu'elle entende l'escalier craquer dans l'entrée. Charlemagne se précipite hors du bureau. C'est l'heure de sa balade avec Julie. Pour Mme Heusser, c'est l'heure de terminer sa nuit.

30

Copenhague, 1954

Pourquoi les histoires tragiques sont-elles les seules à être racontées ? se demanda Colette alors que le rideau tombait sur le chagrin d'Albrecht. Pourtant Giselle était son rôle préféré, celui de sa célébrité. Face à l'ovation plus enthousiaste encore que de coutume, elle sut que cette représentation récoltait un succès sans précédent. Thomas jouait Albrecht ce soir, et leur alchimie sur scène impressionnait toujours. Ils étaient faits pour danser ensemble, elle n'en doutait pas. Pour cette production, il n'avait pu assurer que le premier et le dernier soir. Colette l'avait peu vu cette semaine et l'avait trouvé étrange, distant, avant la représentation. Elle aurait tout le loisir de le questionner une fois leur intimité retrouvée. Pendant le salut, l'attention de Colette fut aussitôt accaparée par le regard qu'elle sentait sur elle. Un regard qui lui brûlait la peau. Il était là ce soir. Comme les précédents, toujours assis au milieu du deuxième rang. Elle continuait de le fuir, entreposait chacune de ses lettres dans un tiroir sans les ouvrir. Sa vie, elle l'avait construite sans lui. Leur histoire était de l'histoire ancienne. Il était marié.

Soudain, Thomas s'avança et réclama le silence. Elle l'entendit parler de grand amour et de passion, faire référence à plusieurs ballets, raconter une anecdote de leur vie privée. Puis il la prit par la main pour la sortir du rang, avant de s'agenouiller devant elle et de sortir un écrin de sa poche. Une remontée âcre lui pollua la bouche. C'était un cauchemar. Son amant lui demandait sa main devant son premier amour, la troupe entière et mille six cents inconnus ! Si seulement elle avait pu disparaître !

Impossible de refuser devant autant de témoins. Ses yeux vomirent des larmes acides que tous prirent pour une manifestation de bonheur. Elle plaqua sur son visage un sourire de façade et hocha doucement la tête. Un beau travail d'actrice. Le théâtre explosa de joie, à coups de vivats et d'applaudissements. Il lui passa la bague au doigt et elle sentit son destin se sceller. Thomas était trop immergé dans sa propre euphorie pour voir que sa joie était feinte. Ils saluèrent à nouveau et, enfin, la mascarade prit fin. Le rideau tombé, Thomas fondit sur elle pour l'embrasser, sous les encouragements de la troupe. Elle détesta ce baiser. Après avoir enduré les félicitations de tout le monde, elle repartit en direction de sa loge, Thomas sur ses talons.

– Ça ne va pas ? lui demanda-t-il, plus perspicace qu'elle ne l'espérait.

– Si… Je… je ne sais pas. Tu m'as prise au dépourvu.

– Tu ne veux pas m'épouser, c'est ça ?

– Je… je ne m'attendais pas à ce que tu fasses ta demande.

– Je t'aime, Colette, tu es mon évidence, la femme avec laquelle je voudrais fonder une famille.

Colette ferma les yeux. Si elle le repoussait, elle lui briserait le cœur. D'ailleurs, elle n'était pas certaine d'avoir envie de le repousser. Jamais encore elle n'avait imaginé faire sa vie avec Thomas, mais maintenant que ce choix se présentait, elle était tentée. Enfin, elle aurait à son tour ce que ses amies connaissaient les unes après les autres. La vie conjugale. Un nouveau début. Pourtant, ses sentiments pour lui pâlissaient en comparaison de ce qu'elle ressentait pour Adrian. Il était l'amour de sa vie. Thomas ne le remplacerait jamais. Personne ne le remplacerait jamais d'ailleurs… Elle comprit à quel point elle s'était perdue dans sa colère contre lui pour ne pas affronter la vérité, elle n'avait jamais cessé de l'aimer. Mais Adrian appartenait au passé. Fallait-il seulement aimer à la folie pour fonder une famille ? La camaraderie et le désir étaient peut-être suffisants ?

– Tu… tu ne m'aimes pas, c'est ça ?

– Je t'adore, Thomas, mais… la vie n'a pas été tendre avec moi par le passé. Il faut me laisser du temps…

– Tu m'adores…

Qu'aurait-elle pu dire d'autre ? C'était la stricte vérité. Thomas était l'une des personnes qui comptaient le plus pour elle. Un ami, un partenaire de danse exceptionnel, un amant attentionné… L'épouser ne serait pas une corvée. Au contraire. Ils fonctionnaient bien ensemble. Elle avait seulement besoin de temps pour prendre sa décision. Pour peser le pour et le contre. Pour faire le deuil de tout espoir vain avec Adrian, et accepter que son avenir soit avec un autre homme.

– Bien…, conclut-il d'une voix plate. Je vais te laisser. J'avais réservé une table dans notre restaurant préféré, mais je ne pense pas que ce soit une bonne idée. Réfléchis à ma proposition. Elle tient toujours. Reviens vers moi si tu… Bonne nuit, ma Colette, et encore bravo pour ce soir. Tu étais sublime.

Elle le laissa partir, paralysée par des émotions déchirantes. D'un seul coup, quelque chose explosa dans sa poitrine et des sanglots violents lui secouèrent le corps. Elle se sentit seule et démunie, perdue. Elle pleurait si fort qu'elle n'entendit pas la porte de sa loge s'ouvrir. Ce ne fut que lorsque des bras forts et un parfum boisé l'enveloppèrent qu'elle comprit. Adrian. Il était venu semer la zizanie dans son esprit, lui brandir des mirages, lui faire de nouvelles promesses sans substance. Et pourtant, sa présence la rassurait plus que n'importe quoi d'autre. Avec lui, elle n'avait pas peur de se laisser aller, il ne l'avait jamais jugée pour sa faiblesse. Aujourd'hui encore, après dix ans d'absence, il était là, et il l'étreignait contre lui, courbé par-dessus sa chaise, le visage enfoui dans son cou. Lorsqu'elle se calma enfin, elle se rendit compte qu'Adrian avait dénoué ses cheveux et lui massait doucement les épaules. Il était si doux. À quoi bon ?

– Qu'est-ce que tu fais là ?

– Je ne suis pas certain de le savoir… J'ai senti que quelque chose ne tournait pas rond lorsqu'il a demandé ta main… Ton expression les a tous bernés, mais pas moi. Je voulais savoir si tu allais bien. J'ai prétendu vouloir te féliciter, je connais le directeur du théâtre maintenant, il m'a montré le chemin de ta loge. Lorsque j'ai vu ton… lorsque j'ai vu Heusser sortir, j'ai compris que mon intuition était fondée. Quelque chose ne va pas. Est-ce que… est-ce que tu as lu mes lettres ?

– Non…

– Toujours aussi têtue, mon étoile, murmura-t-il en lui embrassant les cheveux. Est-ce que tu l'aimes ?

Elle resta silencieuse, refusant de croiser son regard dans le miroir. Il rassembla ses cheveux d'un seul côté et lui caressa la nuque. Elle frissonna, trahie par son corps qui n'avait jamais oublié.

– Tu n'es pas obligée de l'épouser.

– Ce n'est pas si simple… Il compte beaucoup pour moi, et il est le seul à pouvoir m'offrir un véritable foyer. J'en ai assez de n'avoir personne au monde sur qui me reposer.

– J'aimerais être ton foyer. Je ne veux pas d'un avenir sans toi, Colette.

– Et tu penses que réapparaître dans ma vie suffit à me convaincre ?

– Si seulement tu acceptais de lire mes lettres. Tu comprendrais que je suis revenu, mais trop tard. Tu étais déjà partie. J'aurais pu te courir après, mais ça aurait été injuste. Je n'avais rien à t'offrir, certaines blessures étaient trop vives, et tu avais tes rêves… Je voulais que tu réussisses.

– Tu n'as pas pensé que j'avais envie que tu me retrouves ?

– Si c'était le cas, tu avais l'adresse de notre maison familiale à Vienne, tu aurais pu venir.

Colette baissa les yeux et serra les lèvres dans une moue douloureuse.

– C'est du passé, conclut-il.

– Nous aussi, c'est du passé…

En prononçant cette phrase, Colette comprit aussi que l'absence d'Adrian avait brisé quelque chose en elle. Fissuré sa confiance. Il était celui qui l'avait le plus blessée, et elle ne parvenait plus à mettre cette fêlure de côté.

– Pas nos sentiments. Ou du moins pas les miens.

– Les sentiments ne suffisent pas.

– Non… En revanche, sans eux, un mariage est voué à l'échec, ou alors il n'en est pas réellement un. Et crois-moi, je sais ce que je dis.

– Parce que tu as une meilleure alternative à me proposer peut-être ? Devenir ta maîtresse ? Encore et toujours ?

– Je peux divorcer.

– Arrête, je m'y croirais presque.

– Nom d'un chien, Colette ! s'énerva-t-il en passant une main dans ses cheveux. Si tu avais lu mes lettres, tu saurais que c'est une union de convenance, nous…

– J'ai besoin d'être seule.

– Je refuse de laisser ta fierté briser nos chances d'être heureux !

– Notre histoire était sans avenir ! C'était une parenthèse, rien de plus ! Pourquoi n'ouvres-tu donc pas les yeux ? C'était fini avant même que tout commence ! s'écria-t-elle en se levant et se retournant vers lui, un doigt réprobateur pointé vers son torse.

Les mots de Colette claquèrent sur le sol, rebondirent contre les murs dans un écho silencieux, terribles et implacables, indélébiles. La mine défaite, Adrian emprisonna cette main accusatrice dans les siennes, et en caressa le dos avec une douceur désespérée. Son regard reflétait sa douleur.

– M'aimes-tu seulement encore un peu ?

Elle baissa la tête.

– M'aimes-tu encore, Colette ? insista-t-il.

– Arrête de faire comme si tout était évident ! Tu ne sais pas tout, Adrian. Il y a plus que ça !

– Alors dis-moi !

Ils criaient tous les deux, leurs corps se rapprochaient malgré eux, leurs doigts s'entremêlaient, se démêlaient, leurs mains effleuraient leurs poignets, avant-bras, coudes et épaules. Elle se rappela un temps où ils s'appartenaient. Où ils étaient plus heureux que le bonheur lui-même. N'était-elle pas en droit d'y goûter à nouveau ? Mais comment lui avouer sa plus grande honte ? Comment lui dire qu'elle avait avorté pour se sauver ? Tous deux s'étaient trahis. Il n'y avait plus d'avenir pour eux. Elle lui caressa le visage. Sa mâchoire s'était affirmée, ses joues de jeune homme s'étaient creusées, il était devenu plus beau encore.

– Je t'aime toujours… désespérément. Mon cœur entier est à toi, Adrian.

Son souffle chaud chatouilla sa paume. Sa respiration était hachée.

– Alors pourquoi ? Pourquoi me repousses-tu ?

– Ne me le demande pas, je t'en supplie…

– Quoi que tu aies à m'avouer, je te chérirai et te protégerai.

– S'il te plaît… Oublions que demain existe. Profitons de l'instant.

– Rentre avec moi ce soir, murmura-t-il après un temps, sa bouche à quelques centimètres de la sienne. Ensuite tu décideras de ce que tu veux. Après.

– Après… Penses-tu encore qu'il y a un monde où nous avons un après ensemble ?

– À toi de me le dire, souffla-t-il en posant ses lèvres sur les siennes.

Son baiser la bouleversa. Leurs mains, affamées de redécouvrir une géographie qu'elles n'avaient pas oubliée, s'activèrent à pétrir les reliefs, caresser les creux, griffer les angles, empoigner les courbes. Il la débarrassa de son costume de scène, elle l'imita, laissant sur son corps et ses vêtements des traces de maquillage. Une traînée de rouge à lèvres glissait de l'épaule au biceps d'Adrian, comme une empreinte érotique, une peinture tribale précédant un rite sacré. D'un geste, il la hissa contre lui, tandis qu'elle refermait ses jambes autour de sa taille, appréciant la fermeté de ses muscles, la douceur de ses hanches, la plénitude de leur passion. À moitié couchés sur la coiffeuse, ils se retrouvèrent comme s'ils n'avaient jamais cessé de s'aimer. Encore tremblants, ils se rhabillèrent et partirent en direction de l'appartement qu'Adrian louait à Copenhague, sa femme l'ayant précédé à New York, où il se rendait dès le lendemain pour d'autres projets. Il lui assura que cela ne changeait rien. Si elle souhaitait qu'il divorce, il le ferait aussitôt, et viendrait vivre avec elle, laissant à ses associés le loisir de voyager. Ce n'était pas raisonnable, encore moins réaliste, ils le savaient tous les deux, et pourtant ils voulaient croire à ce rêve pendant quelques heures.

La tendresse de leurs ébats acheva de briser le cœur de Colette. Elle l'aimait encore. Mais cela ne changeait rien, cela ne suffisait pas à racheter ses choix passés à ses yeux. Elle ne survivrait pas à son rejet. Elle préférait l'anticiper plutôt que le subir, même si elle savait qu'elle agissait comme une égoïste. Comme toujours. Ils n'avaient pas d'avenir ensemble. Rien que des souvenirs si beaux, si intenses, qu'elle les pensait parfois inventés. L'avenir ne se construisait pas sur un passé chimérique, déformé par les années, ni sur autant de blessures. Il lui fallait une promesse tangible, un espoir vierge de souffrances, un projet commun, un rêve partagé.

Alors, avant l'aurore, elle s'extirpa de son étreinte, se rhabilla et s'en alla, bien décidée à avancer sans se retourner et à accepter la proposition de Thomas. Sur l'oreiller, elle laissa un papier déchiré à la hâte et raturé.

Merci pour ce fragment d'après que je chérirai toute ma vie. Avançons désormais sans nous retourner. Ton étoile qui brille pour toi. Uniquement pour toi.

31

Biarritz, 2006

Abel lui a rendu la monnaie de sa pièce. Son mail est resté sans réponse. Il n'a jamais décroché lorsqu'elle a essayé de l'appeler. Ce n'était que justice. Malheureusement, à présent qu'elle a assouvi son besoin de solitude, elle a envie de le revoir. Cela fait désormais un mois et demi qu'elle habite chez Mme Heusser, et elle se sent mieux. Se repaître de cette vue matin, soir, et à tout instant de la journée lorsque son esprit s'engouffre dans un tunnel sombre l'apaise, la guérit. Quant à la présence de la vieille dame, lui faire la lecture, partager son petit déjeuner, discuter avec elle, sont devenus autant de rituels dans une routine dont les airs de normalité lui apportent une nouveauté bienvenue. Mme Heusser n'a pas fait d'autre malaise, mais ne s'est pas non plus épanchée sur son passé depuis. Julie respecte son silence. Elles parlent souvent des choses du quotidien et des actualités autour d'un thé, de littérature entre deux chapitres, des frasques de Charlemagne, ses fringales, les poils qu'il sème derrière lui comme le Petit Poucet, ses moments bavards pendant lesquels il aboie et hurle de longues minutes. Julie s'éloigne alors, ses acouphènes rendant tout bruit trop fort insupportable.

L'état de son oreille droite l'inquiète. Parfois un bourdonnement sourd la réveille la nuit et lui donne envie de s'ouvrir le crâne pour le faire cesser. À d'autres moments, c'est un sifflement étrange, comme un ultrason, qui prend toute la place. Une oreille hors service suffit à se faire renvoyer dans le civil. Julie entend encore, mais sait qu'elle va devoir se faire examiner et suivre un traitement. Ce matin, après que Bixente a fini d'examiner Mme Heusser, elle l'interpelle dans le hall et lui explique son problème.

– Tu veux que je regarde ?

– Pas forcément, plutôt que tu me dises ce que je dois faire, enfin, si tu sais… Ce sont des acouphènes, des bourdonnements, et parfois une perte de l'ouïe pendant plusieurs minutes.

– Aïe… Il faut que tu consultes un spécialiste dans ce cas. Je ne vais pas pouvoir faire grand-chose à part te donner du Doliprane pour calmer les potentielles migraines qui en découlent. Tu en as d'ailleurs, des migraines, je veux dire ?

– Oui. Souvent.

Son front se plisse d'inquiétude. Il fouille dans sa poche, en retire un stylo et un calepin sur lequel il griffonne un nom et un numéro. Il déchire la feuille et la lui tend.

– Va le voir, c'est un spécialiste de l'audition. Il était avant à Paris et s'occupait des plus grands musiciens. Maintenant il profite d'une préretraite au bord de l'océan.

– Merci, Bixente.

– Au fait, j'organise une soirée chez moi tout à l'heure. Ça te dirait de venir ? Seule ou accompagnée, comme tu veux.

– Ce soir… je peux, oui. Avec plaisir. Je vais proposer à ma collègue du Bookstore.

– Super ! J'en suis vraiment heureux !

Un peu gênée, Julie lui rend un sourire timide. Ça ne lui ressemble pas, cette timidité. Comme d'aller à une soirée où elle ne connaît personne. Sortir de sa zone de confort semble devenir une habitude chez elle depuis son arrivée à Biarritz. Alors pourquoi ne pas essayer quelque chose de nouveau ? Se réconcilier avec la vie sociale ? Redécouvrir les réjouissances de la normalité ?

Mme Heusser se glisse dans l'entrée. Ses yeux pétillent de malice et son sourire s'étire. Elle n'a plus rien de la vieille dame revêche que Julie a rencontrée le mois précédent.

– Ce n'est pas trop tôt ! s'écrie-t-elle, à peine la porte refermée. Je désespérais de le voir oser à nouveau, et vous, d'accepter sa proposition !

Surprise, Julie ne dit rien.

– Il y a toujours ce quelqu'un d'autre avec qui c'est compliqué, n'est-ce pas ?

Elle pousse un soupir en répondant :

– Sept ans de relation… sans point final. Je suis partie sans rien dire. J'ai fait la morte. Jusqu'au moment où je me suis rendu compte de mon erreur, et quand j'ai essayé de le recontacter, il n'a jamais répondu.

– Il le fera. Si ce n'est par amour, au moins par curiosité.

– Il m'aimait… Avant…

– Ceux qui aiment pour toute la vie sont rares, mais tenaces.

– Votre architecte ?

Le regard de la vieille dame se voile un instant. Son silence parle à sa place.

– Peu importe, se reprend-elle. Oubliez-le donc un peu. Vous êtes à Biarritz, vous êtes jeune et vous avez la vie devant vous, alors profitez-en ! S'il vous aime, il vous trouvera. Amusez-vous donc un peu ! Ne serait-ce que pour y voir plus clair dans vos sentiments. Il faut vivre au présent. Le passé, le futur ne sont que des constructions de l'esprit, une échappatoire. Il n'y a rien de pire que les regrets !

Julie s'avance, prend Mme Heusser par les épaules et l'embrasse sur les deux joues.

– Merci ! Sincèrement merci. En vous rencontrant, je ne vous pensais pas… euh, pas sympathique. Désormais, je sais que vous avez bon cœur !

– Ne prenez pas vos désirs pour la réalité, ronchonne la vieille dame en s'éloignant. Vous me divertissez, voilà tout !

Charlemagne reste dans l'entrée face à Julie. Yeux dans les yeux, ils s'observent. Elle finit par s'agenouiller et lui caresser la tête.

– C'est une grande sensible ta maîtresse, en fait !

Il aboie et Julie prend sa réponse pour une approbation. Il est l'heure de partir, remarque-t-elle sur la grande horloge de l'entrée. Son premier objectif est de convaincre Laurea de l'accompagner à la soirée. Toujours le nez fourré dans un nouveau livre, la jeune libraire préfère la compagnie des héros austiniens à celle des hommes en chair et en os. En particulier si ce sont des surfeurs ou des rugbymen. Sauf s'ils sont anglais ! Un accent anglais pardonne de nombreux péchés. Même celui de préférer utiliser son cerveau pour lire les vagues ou les mêlées plutôt que les mots. L'accent basque l'inspire beaucoup moins, et ne fait que lui rappeler qu'elle-même s'exprime avec, qu'elle ne porte pas le titre de lady et ne croisera sans doute jamais le chemin d'un duc qui tombera amoureux d'elle au premier regard.

– Je te propose seulement de m'accompagner boire un verre. Pas de trouver un mari là-bas, s'amuse Julie. Et puis, si ça peut te rassurer, Bixente est quelqu'un de bien.

Le visage de Laurea devient aussi écarlate que ses cheveux.

– Je me suis un peu emballée, murmure-t-elle en détournant le regard. En plus, ce ne sont pas des pensées très féministes !

– Pourquoi ça ?

– Parce qu'à part pour y rencontrer un Mr Darcy ou un Heathcliff, être une femme pendant la Régence anglaise devait être un sacré calvaire ! C'est pour ça que ces héros sont si attachants, si magnifiques, si... inoubliables ! Parce que ce sont des femmes, enfermées dans leur triste époque et leur condition malheureuse, qui les ont inventés. À l'époque, le mariage était la seule perspective pour une femme bien née. S'ensuivait alors la production à la chaîne d'héritiers, dont la moitié mouraient avant l'âge adulte, et un potentiel décès en couches. Ou alors elle pouvait devenir vieille fille, condamnée à une existence longue et solitaire !

– Si je comprends bien, ce qui te fait rêver, c'est plus le cadre romanesque et romantique de l'époque et des bouquins.

– En quelque sorte, oui...

– Tu rêves aussi du grand amour ?

– Tout en préférant ma solitude, avoue Laurea à mi-voix, le dos toujours tourné et la tête dans les cartons.

– Ah... Les deux ne font pas bon ménage...

Elles se remettent au travail en papotant, et Laurea finit par accepter l'invitation. La soirée a lieu à Bibi Beaurivage, un quartier encore méconnu pour Julie, mais vanté par Bixente et approuvé par Laurea. Ce soir, elle a envie d'être jolie. Le désir qu'elle n'inspire plus à Abel depuis un moment, elle aimerait le lire dans les yeux bleus de Bixente. Elle aime voir son sourire s'élargir dès qu'il l'aperçoit. Il lui plaît. Même s'il n'est pas Abel. Ça ne peut pas être si compliqué de l'oublier ! Elle y parvient bien chaque fois qu'elle s'enfuit pour se retrouver elle-même. Mais le quitter en sachant qu'il l'attend, c'est facile. Le quitter définitivement, c'est déchirant. Elle se rend compte que cette fois, elle a tourné une page sans y prendre garde, et qu'elle ne peut plus retourner en arrière.

Elle repense aux exhortations de Mme Heusser. Aller de l'avant. S'amuser. Et elle sort la seule robe de son placard. Noire, classique, longueur midi et fendue jusqu'au milieu de la cuisse. C'est un peu vieille école, surtout avec sa paire de compensées noires, usées et trouées à l'orteil. Elle a honte. En guise de maquillage, elle racle le fond de son mascara Sephora, le même depuis plus de deux ans, sec et grumeleux, puis applique un peu de blush pour se donner bonne mine, et finit par du rouge à lèvres carmin. Elle s'observe et grimace. Ses lèvres ressemblent plus à des ratures sur une copie qu'à une invitation à la sensualité. Si seulement elle avait une bouche pulpeuse ! Elle ramène ses cheveux en queue-de-cheval et voit ses biceps gonfler dans le miroir. Elle est musclée, et fière de son corps. Même si elle entend encore la voix de son père et d'une bande d'idiots à Saint-Cyr répéter qu'une femme avec des muscles, c'est vilain, c'est contre nature... Pendant des années, elle l'a cru. Abel lui a rendu confiance en elle. Il aimait son corps, le vénérait. Au diable leur machisme ! Elle est plus forte que la majorité des hommes, plus agile, plus endurante, et une fois dans une robe, elle est tout aussi femme qu'un mannequin n'ayant jamais touché un haltère de sa vie ! Hélas, elle a peur d'oublier comment s'aimer, maintenant qu'Abel n'est plus à ses côtés...

Elle descend en espérant ne pas croiser Mme Heusser. Mais la vieille dame l'attend en bas, Charlemagne à ses pieds.

– Eh bien ! Je savais que vous pouviez être jolie ! Et quelle ligne ! Il fut un temps où moi aussi, j'étais jeune et belle...

– Vous l'étiez certainement cent fois plus que moi...

– Balivernes ! En revanche, qu'est-ce que c'est que ces affreuses chaussures ? Vous les avez trouvées dans une poubelle ?

– Je n'ai que ça…

– Hors de question que vous y alliez avec ces… sabots ! Quelle est votre pointure ?

– Trente-neuf.

– Fantastique, suivez-moi !

Sans même essayer de protester, Julie s'exécute. La chambre est épurée, apaisante, avec une décoration moderne bien différente de celle du vieux salon. Comme si la maison abritait un univers par pièce, chacun plus élégant que le précédent, le tout dans un ensemble étrangement cohérent. Tout semble avoir été réfléchi au détail près. Au fond, accrochée au mur menant au dressing, une grande photo en noir et blanc. Une danseuse en tutu, les pieds en pointes, les bras en cercle autour de son visage incliné. Ses traits sont sculpturaux, son corps, gracieusement musclé.

– L'âge fait des ravages, grince Mme Heusser dans son dos.

– C'est vous ?

– Non, c'est Bernadette Chirac ! Évidemment que c'est moi, que croyez-vous ? Bon, allons voir ce que j'ai à vous offrir.

Accroupie devant une montagne de boîtes de chaussures, Colette les ouvre les unes après les autres, passant en revue chaque paire, avant de pousser un cri de victoire. Elle prend le temps de se relever et se tourne vers Julie, brandissant des escarpins, un dans chaque main, recouverts de satin, avec une bride sertie de cristaux.

– Essayez-les !

– Elles sont magnifiques, s'extasie Julie après les avoir attachées.

– Ce sont des Saint Laurent.

– Saint Laurent, comme Yves Saint Laurent ?

– Vous en connaissez un autre ? lâche Mme Heusser en levant les yeux au ciel.

32

12 décembre 1954

Cher Adrian,

J'ai enfin lu tes lettres. Et si je regrette de ne pas l'avoir fait avant, je sais que cela n'aurait rien changé. Quelle nuit nous avons passée ! Une provision de bonheur pour les dix prochaines années ! Nous nous la devions, et je ne la regretterai jamais.

Je t'imagine à New York, j'aimerais tout savoir de ta vie, de ton quotidien. Parle-moi de tes projets là-bas, dis-moi si la petite Claire a aussi traversé l'Atlantique. J'aimerais la rencontrer un jour. Je suis certaine qu'elle est adorable, tout comme je suis certaine que tu es un père remarquable. Et ta femme, Frieda, se plaît-elle dans ce mariage si particulier ? Quant à toi, comment te sens-tu ? Penses-tu réussir à être heureux ? L'es-tu déjà un peu ? Moi, je le suis. Je suis fière de ce que j'ai accompli, et j'espère que tu l'es de toi. Tu es devenu un architecte talentueux et sollicité partout dans le monde, un père aimant, un mari présent. Un homme formidable.

J'ignore si je serai capable d'aimer autant que je t'ai aimé, mais je suis comblée d'avoir connu le grand amour. Beaucoup de gens passent leur vie à le chercher, alors nous devons être reconnaissants, et chérir ce passé commun. L'après dont nous parlions toujours, oubliant par là même la beauté de l'instant que nous partagions, est peut-être différent de ce que nous avions imaginé, mais pas moins beau. Je souhaite t'inclure dans ma vie, Adrian. Nous avons été meilleurs amis en même temps qu'amants, et ce serait injuste de tirer un trait sur cette amitié. Dis-moi sincèrement si tu trouves ce souhait égoïste. Dans ce cas, je ne le reformulerai plus.

En te quittant la semaine dernière, je suis rentrée chez moi et j'ai accepté la proposition de Thomas. Il est drôle et talentueux, et j'espère être capable de lui ouvrir mon cœur un jour. Je prends le pari. Nous allons nous marier au printemps prochain, dans la campagne danoise, avec nos amis danseurs et sa famille. La mienne se limite désormais à ma mère. Elle est seule et triste, et elle ne parvient pas à émerger de sa mélancolie chronique. Je ne peux rien faire pour elle, et cette impuissance est difficile à vivre, mais j'ai fini par l'accepter. C'était trop pesant autrement. J'ai décidé d'inviter les Hiriart. Je n'ai pas encore pardonné à Giselle de m'avoir tu ta venue à Biarritz. Mais je mesure ma part de responsabilité dans son silence. J'ai toujours refusé de discuter de ce qui s'était passé pendant la guerre.

Sache que tu es le bienvenu à notre mariage, même si je sais et comprends que, malgré ma volonté d'établir notre relation en amitié, une part de ce que nous avons partagé un jour se dressera à jamais entre nos bonheurs respectifs. T'y voir me ferait immensément plaisir, mais je doute que ce soit une bonne idée. Qu'en penses-tu ? Je serais curieuse de te lire à ce sujet.

Tu me manques, et je t'aime à l'infini.

Ton étoile, et amie éternelle,

Colette

*

New York,
23 décembre 1954

Chère Colette,

Je m'attendais à ton départ matinal après notre nuit. Je savais déjà que tu avais renoncé à moi lorsque tu m'as embrassé. Et pourtant je m'accrochais à un espoir vain… J'ignore ce que tu ne souhaites pas m'avouer, mais je regrette que cela se dresse ainsi entre nous. Tout comme je regrette que tu renonces à nous. Que tu choisisses pour nous. Car moi, je ne voulais pas renoncer… Mais je suppose que c'est trop tard désormais. Je t'en ai voulu pendant plusieurs jours, je t'en veux encore, mais ma colère s'est estompée. Seule reste l'affection que je te porte. Celle-ci est intarissable. Je ne souhaite pas te quitter fâché. Jamais. Alors merci de m'avoir écrit.

Pour être honnête, ta lettre m'emplit d'espoir autant qu'elle me brise le cœur. Mais si je ne peux veiller sur ton amour, je chérirai ton amitié de toute mon âme. Comme tu l'as compris, je ne veux pas que nos chemins se séparent. Je préfère encore souffrir de te voir t'abandonner dans les bras d'un autre que de ne plus te voir. Et je suppose que le temps atténuera cette douleur, et que nous en sortirons plus forts encore. Si tu penses qu'épouser Thomas est ce qui te comblera, alors je ne peux que t'y encourager. Quant à être présent à la cérémonie, ce serait au-dessus de mes forces, et je crains que cela ne nous conduise à une catastrophe dont nous nous préserverons bien.

En ce qui me concerne, la vie à New York est palpitante. Ici, tout va plus vite. Tout le monde court partout, les voitures et les bâtiments semblent eux aussi frappés de ce syndrome d'accélération, les gratte-ciel poussent à mesure que les villas de l'âge d'or disparaissent. Quel dommage ! Ces châteaux et ces demeures d'un autre siècle possédaient un cachet et une unicité qui ne méritaient nullement cette fin tragique. Les observer tomber en gravats en quelques heures est un bien triste spectacle, mais que ne faut-il pas endurer au nom du progrès et de la marche impitoyable de l'Histoire ? Mon travail s'y inscrit aussi, je devrais être ravi de ces changements, c'est grâce à eux que mes associés et moi œuvrons sur un chantier titanesque. Une tour de quarante étages en plein centre de Manhattan. Nous nous associons à un cabinet local pour ce projet qui sera sûrement le plus démesuré de toute ma carrière, et le plus excitant.

Claire est très heureuse à New York, Frieda aussi. Nous avons décidé d'avoir un enfant ensemble. Peter, mon associé, et accessoirement son amant, est resté à Vienne, aussi serai-je certain que l'enfant sera de moi. La perspective de sa conception ne m'enchante pas, mais être père une seconde fois serait le plus beau des cadeaux. Je te souhaite de connaître ce bonheur à ton tour. Parfois, je me demande à quoi auraient ressemblé nos enfants… Je sais bien, c'est stupide, mais je ne peux m'en empêcher. Tu me connais, je suis un rêveur. Et je te rejoins lorsque tu dis que nous avons passé trop de temps à dessiner un après et à oublier le présent. Si je devais revivre ces instants, je ne penserais à rien d'autre qu'à toi.

Si l'envie t'en prend, rends-moi visite. Je te montrerais Central Park et la Cinquième Avenue, je t'emmènerais au Metropolitan Opera et au Metropolitan Museum… Qu'en penses-tu ? Est-ce que l'aventure te tente ? Pas tout de suite bien sûr, mais après ?

À toi pour l'éternité,

Adrian

33

Biarritz, 2006

La musique s'entend depuis la rue. L'immeuble est un de ces chalets basques à la façade blanche et aux volets rouges. Il n'y a qu'un étage. C'est là que vit Bixente. Laurea sur ses talons, une bouteille de vin blanc à la main, Julie sent son estomac se nouer, mais elle sait aussi qu'au moindre signe de doute, son amie prendra la poudre d'escampette. Alors elle ne montre rien. Les volets de l'appartement du bas sont fermés. Heureusement, car à en croire les cris et les rires, ils sont nombreux chez Bixente, et la soirée se prolongera probablement jusqu'au petit matin. Arrivée à la porte, Julie doit sonner trois fois avant que celle-ci ne s'ouvre sur un Bixente tout sourire. Pour l'occasion, il a plaqué vers l'arrière sa chevelure ondulée et délavée, et porte une chemise en lin blanc. Il a déjà un verre de vin à la main. Ça n'a pas l'air d'être son premier. Il enlace brièvement Julie, fait la bise à Laurea et les invite à l'intérieur. Le salon est grand, traversant et ouvert sur la cuisine, qui donne elle-même sur un petit balcon où les fumeurs s'agglutinent. Une vingtaine de personnes sont déjà présentes.

– On sera une petite trentaine maximum ! Venez, je vais vous présenter.

Les amis de Bixente accueillent Julie à bras ouverts, ils semblent avoir déjà beaucoup entendu parler d'elle. Elle lui coule un regard interrogateur qu'il s'empresse de noyer dans son verre. Une fois les deux jeunes femmes servies, il part en direction de la cuisine. Elles discutent avec un couple. Elle est urgentiste, lui vient d'ouvrir un petit restaurant à Saint-Charles. Ils sont rapidement rejoints par un autre couple et deux frères aux allures de surfeurs. L'un d'eux, médecin généraliste, essaye de susciter l'attention de Laurea, qui préfère botter en touche. Julie lui ressert un verre pour lui donner du courage. Quand, enfin, elle daigne lui adresser la parole, Julie s'esquive. Des petits feuilletés encore fumants attirent son regard et son estomac. Elle n'a pas dîné et sent ses deux verres de vin lui monter à la tête. Elle en choisit un au fromage et l'engloutit. Soudain, à côté d'elle, une pizza apparaît, encore chaude, si alléchante. Elle se retourne et aperçoit Bixente, qui lui tend le plat.

– Tu as faim, visiblement.

Julie mastique et avale au plus vite pour lui répondre. Elle finit par faire passer avec du vin. Bixente explose de rire.

– Doucement, ne t'étouffe pas. Ta réponse n'est pas chronométrée.

– Désolée, dit-elle en grimaçant. Mais oui, je n'ai pas mangé avant de venir.

– Alors cette pizza n'attendait que toi !

– Tu es sûr ?

– Il y en a d'autres plein le frigo. Je vais les mettre au four.

La cuisine est petite et encombrée par les invités.

– Ça va, ton oreille ? La musique n'est pas trop forte ?

– Un peu dans le salon… J'ai prévu des boules Quies au cas où…

– Tu as bien fait ! Si tu veux manger tranquillement, mets-toi sur le balcon de ma chambre, il y a une petite table et tu pourras communiquer avec les fumeurs sans te prendre leurs bouffées de cancer en pleine tronche !

Bixente l'y accompagne, et en profite pour poser une main au creux de son dos. Mal à l'aise, Julie regarde à peine la chambre de son hôte et s'assoit avec soulagement sur le balcon.

– Tu me tiens compagnie ? lui propose-t-elle.

– Laisse-moi attraper nos verres et une bouteille de blanc, et j'arrive !

Julie se retourne et voit à quelques mètres d'elle quelques amis de Bixente, une cigarette à la main, soufflant vers la pénombre. L'un d'entre eux l'aperçoit et lui fait un signe, le pouce en l'air. Julie fait volte-face aussitôt, gênée. Dans quoi s'est-elle fourrée ? Bixente revient, leur sert une généreuse rasade de vin et se met à parler. Au bout d'un moment, il s'arrête et la fixe.

– Parle-moi de toi, plutôt. C'est quand même fou que je connaisse l'état de ton oreille droite sans même savoir ce que tu fais dans la vie !

– Essaye de deviner.

– Je suis nul pour ça ! Contrairement à toi… Tu es une sportive de haut niveau ?

– Facile, mais non. Je suis pilote d'hélicoptère dans les forces spéciales.

Son visage se décompose sous l'effet de la surprise. Il prend une longue gorgée.

– Ah ouais… T'es pas n'importe qui en fait !

Après avoir repris ses esprits, Bixente la questionne sur tous les aspects de son métier. Avec lui, raconter est facile, et elle se surprend à lui révéler ses traumatismes, ses peurs, ses frustrations, et toutes ces peines qu'elle n'a encore confiées à personne, pas même à Abel. La conversation dérive sur la famille, les fêlures qui en découlent. Ils en oublient le temps, et il est déjà deux heures du matin quand Laurea vient toquer à la porte-fenêtre pour annoncer son départ. Julie la serre dans ses bras et Laurea lui glisse à l'oreille qu'elle a donné son numéro au médecin surfeur. Heureuse, Julie essaye de la convaincre de rester, mais Laurea se défile. Julie lui promet en riant de la harceler tant qu'elle n'aura pas pris un verre avec lui.

Elle et Bixente l'accompagnent à la porte, comme le couple de la maison, et ferment derrière elle. Puis il lui propose de danser et elle accepte. Dans le salon, un invité a pris le contrôle des platines, faisant vibrer les enceintes avec des rythmes disco. Julie attrape ses boules Quies, détache ses cheveux et suit Bixente. Là, elle oublie tout. Seule la musique compte, le battement des basses au plus profond de son corps, les paroles malmenées des chansons anglaises qu'ils hurlent à contretemps, les pas improvisés avec des inconnus, les rires spontanés et sincères. Ses pieds chauffent mais ne comptent pas, sa gorge brûle de trop hurler mais elle s'en moque, ses hanches se déhanchent sur du Shakira, ses bras improvisent une chorégraphie sur du Abba. C'est si bon de se laisser porter, de cesser de penser, de ressentir sans analyser.

L'horloge tourne, l'aurore s'annonce par un zeste de rose dans une pénombre à peine éclaircie, et ils sont encore une dizaine à se trémousser. Julie a besoin d'une pause et se rend sur le balcon des fumeurs, désert pour une fois. Elle retire ses bouchons d'oreilles et s'accoude à la balustrade, les yeux rivés sur l'éclaircie colorée du matin venant. Bixente la rejoint et passe un bras autour de sa taille. Un frisson de plaisir la parcourt. Elle ne bouge pas.

– Ça va ? lui demande-t-il.

– Je ne me suis pas sentie aussi bien, aussi légère, depuis bien longtemps…

– Je suis heureux de savoir que tu t'es amusée.

– Et toi ?

– Moi ? J'ai appris beaucoup de choses… Et je me suis bien marré, aussi. Est-ce que… est-ce que tu penses encore à lui ? Ton ex…

– Souvent, mais moins ce soir. Je ne sais pas. Notre histoire n'est même pas officiellement terminée. Je ne sais pas si j'ai envie qu'elle se termine. Pour la première fois de ma vie, je suis incapable de savoir ce que je veux.

Bixente lui prend doucement les bras et l'attire vers lui. Ses doigts descendent jusqu'à ses mains dans une caresse apaisante, avant de s'entrelacer aux siens.

– Tu me plais beaucoup. Et j'ignore encore quelle sera la fin de ton histoire avec lui, s'il y en aura seulement une, mais… en attendant, j'aimerais que tu considères une troisième option.

– Est-ce que tu es certain d'avoir envie de te lancer là-dedans ? Je suis appelée à repartir en opération, un jour.

– Revois ta stratégie, ce n'est pas comme ça que tu vas réussir à me repousser, murmure-t-il en replaçant une mèche brune derrière son oreille.

Leurs regards s'aimantent. Ce frisson de désir, Julie ne l'a pas ressenti depuis longtemps. Du bout des doigts, elle caresse sa joue, couverte d'une barbe de trois jours, dérange ses cheveux et attire sa tête vers la sienne. Leur baiser est électrique, doux et sauvage à la fois. Elle comprend alors que ce dont elle avait besoin se trouve au bout de ses lèvres.

34

Copenhague,
janvier 1955

Cher Adrian,

Merci d'accepter de me confier ton amitié. Je la chérirai toute ma vie comme le plus précieux des trésors. Malheureusement, je suis obligée de décliner ton invitation à New York. Sache que la destination seule est à blâmer. Je refuse de mettre un pied dans ce pays, quand bien même cela signifie passer à côté du Metropolitan Opera dont j'ai beaucoup entendu parler. Je ne leur pardonnerai jamais de m'avoir enlevé ma sœur, comme je ne leur pardonnerai jamais d'avoir provoqué cette horreur qu'est la bombe atomique sur des civils, alors que la guerre était déjà gagnée… Et maintenant, cette guéguerre de capitalisme contre communisme qui empoisonne le monde entier ! C'est pathétique ! Il n'y en a pas un pour rattraper l'autre malheureusement. Bref… je ne viendrai pas à New York, mais si jamais tu es de retour en Europe, fais-moi signe. Je serai sincèrement ravie de te revoir.

J'ai fêté Noël dans la famille de Thomas, ma mère est venue pour l'occasion. J'ai peur pour elle, elle est si frêle, si éteinte.

Oui, éteinte est le mot. Elle n'est plus qu'une carcasse vide, observe sans voir, parle sans réfléchir, semble ne plus rien ressentir. Elle est ma dernière parente vivante, et sa souffrance me pèse. J'aimerais la voir s'énerver, pester, critiquer le monde entier, comme elle en avait autrefois l'habitude. Même son mauvais tempérament, sa froideur me paraissent préférables au spectacle de son âme en peine. La mort de Claire l'a brisée. Celle de papa l'a atteinte, même si je crois que c'est l'opprobre et la perte de notre statut social, de nos privilèges, qu'elle n'a pas supportés. Elle a toujours été tellement attachée aux apparences.

Nous avons néanmoins passé un très bon moment. La famille de Thomas est charmante. Il a deux jeunes sœurs avec qui je me suis tout de suite bien entendue. Enfin j'ai la sensation d'avoir retrouvé un foyer ! Et toi, comment furent tes fêtes de fin d'année ?

À peine rentrée à Copenhague, me voilà déjà en train de préparer un nouveau rôle, Odette/Odile, pour une représentation du Lac des cygnes *au printemps. Ce sera la première fois que je m'attaquerai à ce ballet iconique. Un vrai défi dans une carrière de danseuse. Deux personnages à incarner. Deux personnalités complètement différentes. Deux manières de se déplacer distinctes. Tout se joue dans les détails, dans l'interprétation. Si jamais l'envie te prend, la première a lieu le 6 mai. Sentir ton regard braqué sur moi pendant une représentation me donne des ailes. Pour jouer un cygne blanc, et un noir, j'en aurai bien besoin !*

Ton étoile,

Colette

*

New York,
février 1955

Chère Colette,

Je suis rentré à New York hier, et ai entrepris de te répondre dès que j'ai pris connaissance de ta lettre. Je m'excuse pour ce délai, mais j'ai dû me rendre en urgence à Vienne. Mon père était au plus mal. Il s'est éteint le 28 décembre. Et je suis resté avec mon frère pour mettre de l'ordre dans ses affaires. La manufacture a été léguée à mon frère. Le testament était en sa faveur. Je m'y attendais. Mon père m'a toujours reproché d'être réservé et de préférer célébrer mes succès sans m'épancher. J'étais l'intellectuel ennuyeux, mon frère, le fils prodigue attachant. Comme quoi, l'affection ne s'achète pas…

Karl est difficile avec moi, cruel parfois. Il me pousse dans mes retranchements. Je me retiens, mais j'ai envie de le secouer, de lui dresser la liste de tout ce que j'ai fait pour lui. La guerre entre autres ! Mais Claire l'adore. Frieda aussi… un peu trop à mon goût. J'avoue que j'étais soulagé de rentrer. Quitte à avoir un enfant avec Frieda, autant que ce soit le mien, et non le bâtard de Karl. Excuse-moi de t'infliger mes états d'âme, mais je crains que tu ne sois la seule à qui je puisse parler. Mes amis comprennent le deuil, certaines peines de cœur, et c'est à peu près tout. Quant à Frieda, notre intimité forcée nous éloigne plus qu'elle ne nous rapproche. Je la trouve étrange… Je ne comprends pas ses réactions. J'aimerais tellement pouvoir m'échapper de cette situation, mais mon sens de l'honneur me l'interdit.

J'ai connu des périodes plus heureuses, mais je suis loin d'être à plaindre. Comme toujours, je trouverai le moyen d'en sortir la tête haute. Quant à venir te voir en mai, je ne peux rien te promettre, mais sache que je ferai tout mon possible pour me libérer. Je suis persuadé que tu seras sublime, comme toujours.

À toi pour l'éternité,

Adrian

35

Copenhague,
15 avril 1955

Mon cher Adrian,

Je me marie demain… Je devrais être heureuse, mais je ne le suis pas. Dans mes rêves, c'est toi que je retrouve au pied de l'autel, pas Thomas. Je l'adore comme on adore un ami, un amant, un confident, mais pas comme je t'aime, toi. Avant de te revoir, je pensais que notre compatibilité était le fruit de mon imagination, l'embellissement d'un passé trop lointain pour être fidèle à la réalité, que c'était un rêve de jeune fille, sans aucun fondement. Mais cette nuit passée entre tes bras me hante. Cette redécouverte de ton corps dont mes mains se souvenaient encore, cette ascension commune vers un plaisir inégalable, une fusion des âmes, une échappée dans la Voie lactée, m'ont fait comprendre que ce que nous avions était unique, incomparable et merveilleux. Je ne le retrouverai jamais ailleurs, jamais avec personne d'autre que toi.

Que tu sois mon passé et lui mon futur me déchire le cœur. Comment puis-je attendre quoi que ce soit de l'avenir si tu n'y es pas ? Ton amitié est une maigre consolation, tristement insuffi-

sante face à la perspective de ton amour pour l'éternité. Peut-être aurais-je dû me battre. J'étais tellement persuadée que nous n'avions pas d'après que je n'ai même pas essayé. Toi, en revanche, tu l'as voulu plus que moi. C'est moi qui ai fait le mauvais choix. J'étais terrifiée que mon équilibre si durement acquis en soit bouleversé que j'ai préféré la facilité. Je voulais un foyer. Je pensais que notre courte histoire ne justifiait pas de tout plaquer. Mon Dieu, que j'avais tort. J'ai manqué de courage. J'ai été égoïste. Et, ce faisant, je nous ai privés du bonheur d'un avenir à deux. J'en serai éternellement désolée.

Ce que je ne t'ai jamais dit, par fierté et par crainte que tu me rejettes, est un fardeau qui me suivra jusqu'à ma mort. Lorsque tu étais au chevet de ton père, j'ai appris que j'étais enceinte. Je l'ai d'abord accepté, pressée de te le confier, de trouver une solution, puis j'ai pris peur. Tu avais disparu et je savais ce qui était fait aux femmes qui avaient couché avec des Boches. J'étais terrifiée et j'ai pris une décision illégale, et irrévocable. Avorter. Dans le secret. J'ai failli en mourir, et j'ai sans doute perdu ma seule chance d'être mère. À l'époque, je m'en moquais. Aujourd'hui, je le regrette. Puis tu es revenu, et je n'ai pas trouvé la force de te l'avouer. Je te prie de me pardonner. Comprends que je n'avais pas le choix. Si je l'avais gardé, j'aurais été la seule à payer le prix fort. Et ce coût-là est terriblement lourd. Toi qui as épousé une femme qui l'a subi, tu peux le comprendre.

Tu sais désormais pourquoi j'ai préféré la fuite à la confrontation. J'ignorais comment me comporter, courbée sous ce fardeau trop lourd pour mes épaules. Je ne voulais pas de ta pitié. Je craignais ton rejet. C'est trop tard malheureusement. Demain, je remonterai la nef et me tiendrai devant l'autel, où je m'unirai à Thomas et prendrai le nom de Heusser. J'accepterai cet avenir de second choix, un triste ersatz d'une époque chérie et révolue, où ma carrière prévaudra sur mon mariage. Mais j'essayerai d'être heureuse, je te le promets. Car même si je rechigne à te le dire, je tiens beaucoup à Thomas. Peut-être qu'un jour, il y aura un après pour nous deux. Dans cette vie ou dans une autre. Quoi qu'il en soit, je t'aimerai toujours.

Ton étoile qui ne brille que pour toi,

Colette

*

Mme Heusser repose la lettre sur le bureau verni. Une larme tombe sur le bois, manquant d'éclabousser le papier jauni. Délicatement, elle la replie en suivant les bouts d'adhésif transparent qui la retiennent en un seul morceau, et la repose dans la boîte, avec les autres. C'est la seule écrite de sa main qu'elle a conservée. C'est la seule qu'elle n'a jamais envoyée. Choisir la simplicité, le confort et la stabilité plutôt que l'amour lui avait paru rationnel à l'époque. Elle avait trop souffert, et le calme lui semblait préférable à la passion. Danser suffisait à son bonheur. C'était sa raison de vivre. D'une certaine manière, elle avait été heureuse. Surtout après. Elle secoue la tête, comme pour chasser la nostalgie. Les regrets ne sont plus de son âge, et elle les trouve de mauvais goût. La vieillesse est un mal trop prégnant pour qu'on s'apitoie sur ses faiblesses passées.

Refermant la boîte, elle contourne le bureau et marche jusqu'au lecteur de vinyles. Elle cherche la pochette du *Lac des cygnes*, sort le disque. Elle sait exactement où placer le diamant pour tomber sur la bonne piste. Aux premiers accords, elle se place au milieu du tapis, face à un public imaginaire, et une photo d'Adrian et elle posée sur l'étagère. Elle positionne sa main gauche sur sa droite, le visage penché, les pieds en demi-pointes.

Le temps n'a pas effacé les mouvements de sa mémoire. Son premier *Lac des cygnes* l'a élevée au rang d'immortelle. Ce rôle est devenu sa signature. Elle l'a réinventé, réincarné, sublimé, ancrant ainsi son nom dans l'histoire mondiale de la danse. Il fait partie d'elle. Malgré ses muscles ankylosés, ses articulations défaillantes, ses vieux os, elle a gardé son élégance et sa grâce. Elle imagine les mains de Thomas autour de sa taille, l'aidant à se pencher pour lui voler un baiser, lui donnant l'impulsion pour tourner. Ralentie par le tapis, elle perd en fluidité. Son dos se creuse, sa souplesse est intacte, elle la travaille quotidiennement. Puis la musique s'intensifie, la clarinette s'efface, l'orchestre tout entier s'envole, suivi par la douceur tragique des violons. Sa bouche s'entrouvre alors que ses bras ondulent comme des ailes imaginaires, son front se plisse, son regard se fixe au plafond. Le désespoir du cygne blanc. Les notes meurent une à une, jusqu'à la reprise dramatique du thème principal. Puis le silence revient. Ses bras redescendent le long de son corps. Alors que l'acte suivant commence, elle reprend son souffle, encore happée par la détresse de son personnage.

Elle laisse la musique tourner, s'empare d'une rose blanche dans le bouquet défraîchi du buffet, la respire, l'embrasse et la dépose au sol, une main sur le cœur, les yeux brillants, puis repart s'asseoir sur le fauteuil du bureau. La scène lui manque. Thomas aussi. Il a été un bon mari. Il ne méritait pas la triste fin qu'il a connue. Comme il ne méritait pas d'épouser une femme qui en aimait un autre. Il a vite compris qu'ils étaient trois dans ce mariage, et que l'absent prenait une place démesurée. Pourtant, elle l'avait aimé à sa manière. Mais ça ne suffisait pas. Il en avait souffert terriblement, et s'était éloigné pour se protéger. Ils avaient connu des moments de bonheur, lorsqu'ils étaient partis à la conquête des plus belles scènes du monde, sauf celles des États-Unis. Tant qu'ils dansaient, tout allait bien.

Puis, un jour, tout avait éclaté. Comment lui en vouloir ? Elle était la seule fautive. Jusqu'à la fin, elle était restée à ses côtés, tentant d'expier ses péchés, sa culpabilité, par une attention et une dévotion sans faille. Avant de mourir, il lui avait accordé son pardon et lui avait demandé le sien. Maigre consolation. Sa mort l'avait profondément attristée. Comme la perte d'un ami de longue date, d'un compagnon de route, de son âme sœur sur scène, d'un homme qu'elle avait aimé malgré tout.

Un jour, elle en parlera à Julie. Un jour, elle lui racontera toute l'histoire. Certaines erreurs peuvent être évitées. Un conseil avisé peut changer une vie. Elle aurait aimé avoir la force de demander un autre avis, mais la vie lui avait arraché sa confiance en autrui. Tout ce qu'elle disait pouvait être retenu contre elle, pensait-elle à l'époque, encore marquée par les mois qui avaient suivi la Libération, où elle avait vécu dans la peur du pire. Elle avait mis longtemps à s'en défaire. Presque une vie entière. Les rêves de page blanche de Julie, elle les comprend. À son âge, le papier manque, l'encre aussi. Il ne reste plus que la possibilité de relire les chapitres précédents.

36

Biarritz, 2006

Si on lui avait dit, petit, qu'il louerait un jour un trois pièces avec vue sur mer, il ne l'aurait pas cru. Comme quoi, la vie est pleine de surprises, pense Abel en rangeant le contenu de ses cartons sur les étagères de la grande bibliothèque du salon. Son appartement parisien accueillera un locataire dans deux semaines. Parfait pour continuer de rembourser son prêt sereinement. Il n'y a laissé que les meubles. Toutes ses affaires amassées au fil des années l'ont suivi. Même leurs photos. Il n'a pas réussi à s'en défaire. Pour l'instant, il les a installées à la cave. Le sort réservé aux possessions trop vétustes pour être exposées, mais encore trop sentimentales pour être jetées. Son cocon biarrot est propre, lumineux, et donne sur l'océan depuis la fenêtre de la cuisine. Cette effusion de bleu le ravit. Il se prépare pour son premier jour de travail. Rendez-vous à neuf heures à l'hôtel du Palais. Il peut y aller à pied, un luxe dont il n'est pas près de se lasser.

Le bâtiment est toujours aussi beau et éclatant de splendeur. Cette fois, il emprunte l'entrée du personnel. Il n'est pas le seul dont c'est le premier jour. Quatre commis saisonniers et deux chefs de partie attendent leur initiation. Tous s'observent avec curiosité. Il sait qu'il détonne, avec son teint hâlé et ses traits orientaux. C'est encore rare en haute gastronomie, encore plus dans une région qui tourne presque en circuit fermé comme le Pays basque. Le chef Gautier, accompagné d'un homme en costume, le directeur du restaurant, les accueille chaleureusement. Une visite des cuisines est organisée, suivie d'une chasse au trésor afin de les aider à se familiariser avec les lieux. C'est un labyrinthe, une enfilade de couloirs étroits et laids, tous similaires, si bien qu'il est fréquent au début de s'y perdre. Par endroits ces couloirs se rencontrent, les serveurs y attendent les plats, y passent à toute vitesse pour acheminer la vaisselle à la plonge, y errent pour une question dont personne ne connaît la réponse. En bref, le mélange parfait pour une catastrophe. Pourtant elles sont rares, leur dit-on.

Les activités de la matinée terminées, ils déjeunent entre nouveaux, avec le personnel présent. L'après-midi est consacré à l'apprentissage de leur poste, et à une première mise en pratique. Abel ne se sent pas dépaysé, il a déjà pu s'approprier son futur lieu de travail. Au cœur de la plus grande cuisine, visible depuis la vitre du bureau du chef, il va devoir orchestrer, chaque soir, avec ou sans le chef Gautier à ses côtés, le ballet gastronomique de l'hôtel. Une quarantaine de couverts seulement, mais un service d'exception pour des plats de haute volée. Une étoile au Michelin entre ses mains. Peut-être deux, qui sait ? Il en a l'ambition, en tout cas.

À sa droite, un passage mène au fief de Célia Abadie, la salle où la magie de la pâtisserie opère. Il a vu la carte des desserts, il en a goûté quelques-uns lors de son précédent voyage. Un subtil alliage entre saveur, douceur et surprise, le tout sublimé par un soupçon de sucre. Célia a un talent fou. Il espère lui prouver le sien. Il ne sait pas trop d'où lui vient cette obsession pour cette femme aux traits félins. Sûrement de sa solitude, de son vague à l'âme, mais il refuse de creuser la question. Pas un jour ne passe sans qu'il pense à Julie.

Sur le mur, des photos de chaque membre de sa brigade ont été collées. Armé d'un vieux Polaroid, le directeur du restaurant y ajoute la sienne et celles de trois autres jeunes, deux filles et un garçon, ayant commencé ce matin. Le lundi soir, le restaurant gastronomique est fermé. Il va donc passer l'après-midi sous la supervision du chef Gautier à refaire chacun des plats sur la carte et à discuter de nouvelles idées. Tout doit être prêt pour sa prise de fonction du lendemain. Il sait que chacun de ses faits et gestes sera observé, analysé. Il n'a pas droit à l'erreur.

Le jour J, déjà en tenue, il se tient seul dans la cuisine, deux heures avant l'arrivée de sa brigade. Il préfère prendre le temps de mémoriser chaque nom, chaque visage, et de reprendre chaque petite erreur ou inexactitude notifiée la veille. Au rez-de-chaussée, l'annexe dédiée au petit déjeuner plie bagage. Le service du midi, préparé de l'autre côté du E – quelque deux cents couverts quotidiens, répartis entre le déjeuner et le dîner, sans compter le room service et la préparation des snacks –, s'active et s'organise comme il le peut malgré l'exiguïté des lieux alloués à cet effet. Lui a encore le temps. Soudain, une tête blonde et souriante surgit du couloir menant à l'espace pâtisserie. Célia.

– Vous êtes en avance, commente-t-elle en s'approchant de lui, main tendue. Ravie de vous revoir, chef Rahbani. Bienvenue parmi nous.

– De même, cheffe Abadie. Merci. Vous pouvez m'appeler par mon prénom quand nous ne sommes pas en service.

– D'accord, Abel. Si vous faites de même aussi, bien sûr. Tenez, goûtez ma dernière création. On a eu un arrivage de fraises, j'ai voulu créer quelque chose d'un peu estival, avec des herbes et différentes textures. Dites-moi ce que vous en pensez.

Elle l'invite à la suivre et sort du grand réfrigérateur gris un plat avec cinq entremets déconstruits. Coulis, craquant et émulsion en plusieurs nuances de rose avec, sous le biscuit, une sorte de ceviche de fraises aux herbes. Un parfum de basilic et de citron titille aussitôt ses narines et réveille son appétit. Elle sort alors un bac du congélateur et roule une boule de glace qu'elle pose sur son édifice gourmand. Leurs regards se croisent quand elle lui tend l'assiette, et Abel sent ses joues chauffer. Célia rougit. Elle a trente-cinq ans. Quatre de plus que lui. Il a vérifié sur Internet. Si son visage n'est pas beau à proprement parler, ses traits le fascinent. Son corps aussi, tout en courbes élégantes. Et ses desserts l'enchantent. Il plonge la cuillère qu'elle lui tend dans sa création, prenant soin d'y faire tenir un peu de tout, et la glisse sur sa langue. L'acidité, le sucre et la multiplicité des goûts font frétiller ses papilles avant d'exploser dans sa bouche. Là, une déflagration quasi orgasmique l'emporte. Un gémissement naît au plus profond de sa gorge. C'est si bon. La richesse du fruit, sa délicatesse, la puissance du basilic, l'excitation du citron, le craquant du biscuit, le moelleux de la génoise, l'onctuosité de la crème, la pointe de liqueur pour la surprise finale : quelle extase ! Il redescend sur terre et tombe dans les yeux de Célia. Elle a les pupilles dilatées et le fixe avec gourmandise.

– Vous tenez le dessert de l'été ! C'est tout simplement extraordinaire. Complexe et accessible. Divin !

– Oh…, réplique-t-elle en détournant le regard. Je ne m'attendais pas à tant d'éloges. Je suis sincèrement touchée. Je vais le présenter au chef Gautier tout à l'heure.

– Je peux ? demande-t-il en désignant le dessert à moitié entamé.

Son sourire s'élargit, et elle acquiesce. Il n'en laisse pas une miette. Au-delà de l'expérience gustative, il a ressenti une connexion physique avec elle. Il sait que c'est réciproque. Debout côte à côte, accoudés à l'îlot central, ils discutent de tout et de rien pendant le temps libre qu'il leur reste. Puis le chronomètre s'emballe, la brigade débarque et la préparation du dîner devient une course contre la montre. Chaque élément a son importance, chaque détail est la clé de l'excellence. Il est aux aguets, a l'œil partout à la fois. Il en oublie tout le reste. Quand dix-neuf heures sonnent et que les premières commandes sont envoyées, le silence règne dans la cuisine, interrompu par les bruits de vaisselle, de cuisson, de préparation et les frottements des uniformes immaculés. Une bulle s'est créée autour d'eux, imperméable et increvable, que seule la fin du service viendra ouvrir sur la réalité. Minuit et quarante clients repus. Les félicitations fusent : cette première expérience est un succès. Abel est exténué, mais ravi. Il a réussi ! Son regard croise celui de Célia, qui brille de la même joie. Avant de rentrer chez elle, elle lui glisse que son dessert sera bientôt mis à la carte. Une belle cerise sur un fabuleux gâteau.

37

Biarritz, 2006

Julie a paniqué. Au lieu de passer la nuit chez Bixente, elle est rentrée chez elle. Et pour une fois, n'a pas croisé Mme Heusser. Elle redoutait ses questions inquisitrices. Non qu'elle soit sortie d'affaire pour autant. À son réveil, à onze heures trente du matin, les tempes battantes et l'estomac en vrac, elle la rencontre dans le hall, tout sourcil interrogateur dehors. Le petit déjeuner a été débarrassé, Julie part se préparer un grand bol de café dans la cuisine, Mme Heusser sur les talons. Tout en évitant son regard, elle répond de manière assez vague, à coups d'anecdotes sans intérêt, tournant autour du pot tant qu'elle le peut. Jusqu'au moment où Mme Heusser adopte la méthode frontale.

– Vous vous êtes embrassés au moins ?

Julie manque de recracher son café trop chaud. Pour faire passer la sensation de brûlure, elle boit à grosses lampées à même le robinet. La douleur s'estompe, et Mme Heusser est toujours là. Elle ne va pas y échapper.

– Très bien ! C'est tout ce que je voulais savoir. Je vois aussi que vous êtes rentrée ici après… C'est à cause de l'autre ?

– Ce n'est pas… Bon sang, j'ai bien droit à une vie privée, non ? Ah, ma tête…

– Prenez donc un Doliprane. Tenez.

– Merci, marmonne-t-elle en attrapant la plaquette de comprimés et en en gobant un avec une gorgée d'eau. Eh bien… je vais avoir besoin de temps. Je ne peux pas tirer un trait sur Abel comme ça. Et puis… et puis zut ! Je fais ce que je peux, nom d'un chien !

Charlemagne choisit ce moment pour aboyer. Julie lève les yeux au ciel et avale son café à petites gorgées, sous le regard réjoui de Mme Heusser.

– J'essaye seulement de comprendre où vous en êtes pour vous aider à vous en rendre compte. Mais vous êtes un peu opaque… Enfin… Prenez autant de temps que vous le souhaitez avec Bixente, c'est un garçon comme il faut, il comprendra. En revanche, évitez de le faire tomber amoureux si c'est pour l'abandonner après. Ceux qui se lient à vous ont aussi un cœur, ne l'oubliez pas. Et je ne dis pas ça parce que je pense que vous ne méritez pas d'être aimée, loin de là ! Seulement, il ne faut pas jouer avec les sentiments des autres. Croyez-moi, j'en sais quelque chose, et mon cher M. Heusser le savait aussi. Les années n'effaceront jamais ma culpabilité.

– Parce que vous étiez encore amoureuse d'Adrian quand vous l'avez épousé ?

– Oui. Et je n'ai jamais cessé de l'aimer, même lorsque nous étions mariés, même lorsque Thomas a rendu son dernier soupir…

– Je ferai attention, je vous le promets.

Sur ces mots, Julie retourne dans sa chambre pour se préparer. Malgré son mal de crâne, elle doit assurer son après-midi au Bookstore. Avant de partir, elle envoie un SMS à Bixente pour le remercier pour la soirée. Elle lui propose de prendre un verre dans la semaine. Il lui suggère mercredi. Laurea, elle, se retourne le cerveau pour répondre à son médecin. Heureusement, Julie, grâce à ses talents insoupçonnés d'entremetteuse, lui dégote un rendez-vous le même soir.

Le mercredi venu, les deux amies passent leur journée à trépigner d'impatience et d'angoisse. Laurea, qui a toujours fui les relations, est enfin décidée à sortir de sa zone de confort. À vingt-huit ans, elle se sent prête à s'exposer aux regards d'un homme en chair et en os. Julie est fière d'elle. La jeune militaire ne le montre pas, mais elle ne se sent pas plus à l'aise que sa collègue à l'idée d'une nouvelle idylle. Elle est anxieuse.

Lors de son dîner avec Bixente, elle opte pour l'honnêteté, et se force à reprendre cette discussion qu'elle avait interrompue d'un baiser. Il est si beau dans sa chemise en lin, avec son teint de surfeur et ses yeux tendres. Son désir, qu'elle pensait éteint, se réveille face à lui, envoyant des étincelles dans son ventre en surtout lorsqu'il la fixe par-dessus son verre, la bouche ourlée en un demi-sourire. Elle l'apprécie, c'est certain, mais elle ne sait pas où elle en est. Elle ne tient pas à le blesser au cas où, par miracle, son couple avec Abel se réparerait. Il semble compréhensif, et toujours aussi peu enclin à mettre un frein à leur relation. Puis elle lui parle de ses cauchemars, de moins en moins fréquents, mais parfois violents, et lui explique qu'elle tient encore à sa solitude pour dormir. Par précaution. Il accepte de prendre son temps. Elle a beau tout donner pour le repousser, il continue de s'accrocher. Alors ils quittent le restaurant, s'assoient sur le plateau de l'Atalaye, les yeux rivés sur le large. Blottis l'un contre l'autre, ils se taquinent et s'embrassent, caressés par la brise marine et un vent d'adolescence au parfum de simplicité.

*

Le reste de la semaine passe en un clin d'œil. Julie le recroise chez Mme Heusser, qui, étrangement, affecte de ne pas remarquer les regards brûlants qu'ils se jettent et s'abstient de toute allusion à leur relation bourgeonnante. Quant à Laurea, elle doit passer son samedi soir avec le fringant médecin, et Julie s'amuse en la voyant s'arrêter parfois pour pousser des soupirs énamourés ou sourire subitement sans aucune raison. Cet état de semi-béatitude s'accompagne de trous de mémoire. Certains avec des conséquences plus problématiques que d'autres…

– Merde !

– Quoi ? demande Julie, en sortant la tête de la réserve.

– J'ai complètement zappé la dédicace de demain. De cet écrivain norvégien qui vient de sortir un bouquin… Jo Nesbø !

– Ça va, on a le temps.

– Non, il arrive cet après-midi, il faut aller le chercher à l'aéroport. Il a eu une galère de carte bleue, je n'ai pas compris, mais sa réservation de voiture a été refusée. Tu as ton permis ?

– Oui.

– Et tu as une voiture ?

– Tu as de la chance, je l'ai récupérée à Pau il y a deux semaines ! Je dois l'emmener où après ?

– À l'hôtel du Palais.

Julie rentre aussitôt récupérer sa vieille BMW, un peu usée et avec un kilométrage à six chiffres, puis part en direction de l'aéroport. Ne sachant absolument pas à quoi ressemble cet écrivain, elle griffonne son nom sur un carton, l'attend dans le hall, mal à l'aise dans ce rôle improvisé de chauffeur. Le vol a du retard, elle en profite pour échanger quelques messages avec Bixente. Il la fait rire, c'est agréable. Lorsque enfin l'avion est annoncé et que les passagers s'entassent dans les escalators, elle sort son panneau de fortune et son sourire forcé. Un homme blond, au front haut et aux yeux bleus, s'avance vers elle, un oreiller gonflable autour du cou. Il se présente dans un anglais parfait. Jo Nesbø. Julie lui répond dans la même langue, consciente de son terrible accent français. Jo Nesbø est avenant et lui pose plusieurs questions sur elle. Il ne la lâche qu'une fois les grilles de l'hôtel franchies. Elle qui espérait pouvoir rentrer tranquillement au Bookstore n'est pas au bout de ses peines lorsqu'il lui propose de prendre un thé, afin de passer en revue le déroulé de l'entretien du lendemain.

Ils s'installent dans le salon ouvert sur le restaurant et les baies vitrées. Autour d'eux, tout le monde parle bas, clients comme serveurs, même le piano paraît chuchoter son nocturne de Chopin. Julie lui explique ne pas connaître les questions à l'avance, celles-ci étant préparées par la journaliste qui mènera la rencontre. Il s'en moque, souhaite seulement éviter deux sujets que Julie note en promettant de faire passer le message. Puis ils sirotent leur thé en discutant des plus beaux endroits de Biarritz à visiter. Julie prend vite congé et rentre au Bookstore, les yeux pleins d'étoiles. Être assise au milieu d'un tel luxe lui fait toujours le même effet. Ils en parlaient souvent avec Abel, surtout après sa promotion au Meurice. Le palace respire le faste, et lorsqu'ils avaient pu dîner dans la grande salle du Dalí, ils s'étaient sentis choyés, importants, comme s'ils venaient eux aussi de ce monde inaccessible. Au fil du repas, ils avaient conclu en riant que l'on s'y habituait bien vite. Finalement, c'était à la portée de tout le monde de l'apprécier. Moins de pouvoir se l'offrir…

38

Biarritz, 2006

Que fait-elle là ? Et qui est cet homme ? Abel l'a aperçue en sortant la tête des cuisines pour vérifier que le service du soir était convenablement dressé. Comme à chaque fois, son regard s'est ensuite porté sur le petit salon surplombant La Rotonde et a parcouru les visages entre les rideaux. Ce profil volontaire, ce nez long et élégant, ces lèvres fines, cette posture droite, c'est elle, il en est sûr. Julie ! Aussitôt, il s'est tapi dans l'ombre pour mieux les observer sans être vu. L'inconnu a une quarantaine d'années, et il est plutôt bel homme. Mais elle conserve ses distances et une expression polie avant de se lever, lui serrer la main et partir. Abel se retient de la suivre, puis il change d'avis et file à l'accueil demander l'identité de l'inconnu. La réceptionniste tourne les pages du registre et lui dit qu'il s'agit de l'écrivain Jo Nesbø. Cette histoire n'a aucun sens. Abel la remercie et retourne au sous-sol, où son travail l'attend. Julie patientera. Cela fait déjà plusieurs mois qu'elle patiente.

Le service achevé, il rentre chez lui, éreinté. Son besoin d'éclairer le mystère derrière la présence de Julie à l'hôtel ne tarde pas à être balayé par la fatigue, et il dort d'une traite. Le lendemain matin, il cherche sur Internet, pour découvrir que cet homme est un écrivain scandinave. Julie ne lui a jamais paru être une grande lectrice. Se pourrait-il qu'il ne la connaisse pas si bien ? Lisait-elle lorsqu'il n'était pas là ? Ensemble, ils parlaient surtout de films ou de documentaires. Pour en avoir le cœur net, il décide de se rendre dans chaque librairie de la ville, l'une d'entre elles a sans doute organisé la venue de cet auteur.

Il fait chou blanc dans la première. La seconde, avec sa devanture de vieux film, l'intrigue. Elle a un côté suranné très charmant. Il y pénètre et tombe sur une jeune femme rousse. À côté d'elle, un homme entre deux âges porte à bout de bras une pile de livres poussiéreux. Elle lui demande d'aller les déposer dans la réserve avant de se tourner vers Abel, tout sourire.

– Que puis-je faire pour vous ?

– Je cherche le dernier roman de Jo Nesbø. Est-ce que vous l'avez ?

– Bien sûr ! Savez-vous qu'il vient cet après-midi pour une rencontre ?

– C'est vrai ? hoquette-t-il, conscient de mal jouer la surprise.

La vendeuse poursuit en évoquant les autres invités programmés pour la rentrée littéraire de septembre. Il hoche poliment la tête et sourit à chacune de ses tentatives d'humour tout en payant l'énorme roman qu'il ne lira jamais, avant de s'en aller. Et si Julie venait à cette rencontre littéraire ? Lui ne pourra pas s'y rendre à cause de son travail. Frustré, il rentre en traînant les pieds. Le soleil brille sur la station balnéaire et répand une douce chaleur, tempérée par une légère brise marine. Le temps parfait pour aller courir. Voilà trop longtemps qu'il n'a pas fait de sport. Ses muscles gonflés par des années d'arts martiaux s'amollissent au rythme de son oisiveté.

S'il continue, il va engraisser comme tous ces chefs gourmands et bienheureux devenus aussi ronds qu'un chapon de Noël.

Il se souvient de son père, obèse, avachi sur son tabouret, remplissant presque tout l'espace du parloir. Ses bons à rien de frères, dealant de la drogue en buvant coca sur coca. Leur horizon s'arrête à la barre de HLM où ils ont grandi sans jamais la quitter. Abel aurait aimé leur montrer que le reste du monde offre un éventail de possibilités, qu'en s'accrochant plus fort que les autres, malgré des origines modestes et un physique typé, on peut s'en sortir. Mais cela tient à peu de chose et à beaucoup de chance. Pour lui, ç'avait été une amourette de collège.

Lui-même mauvais élève, comme par mimétisme borné, il se voyait rester dans son quartier, comme son père, comme ses frères, comme tous ceux qu'il connaissait. Derrière le périphérique, il y avait la tour Eiffel et de beaux bâtiments réservés aux riches, aux Blancs nés avec une cuillère en argent dans la bouche. Ce n'était pas vrai, il l'avait compris plus tard. En revanche, avec un père en prison, une mère sans éducation et des frères délinquants, sa vie démarrait mal. Et puis il y a eu Chloé. Une fille blonde comme les blés, dont la mère célibataire avait été abandonnée par un mari alcoolique. C'était sa sœur, Léa, qui les faisait vivre. Passionnée de cuisine, elle avait développé sa petite affaire, et fournissait à la commande. Mariages, anniversaires, fêtes religieuses… Elle savait tout faire, gastronomie asiatique, maghrébine, italienne, française, américaine, africaine… Tout ! Pour gagner l'affection de Chloé, il jouait les bons élèves et partait réviser chez elle. Là-bas, fasciné par ce qu'il se passait en cuisine, il délaissait les livres de classe et mettait la main à la pâte. Rapidement, c'était devenu une passion.

Il ne venait plus pour étudier ou voir Chloé, mais pour cuisiner. Léa lui a tout appris et louait souvent ses talents. Ses encouragements et ses mots gentils lui ont donné envie de croire en lui-même.

Léa réussit à lui dégoter un stage de troisième dans une cuisine à Nanterre. C'était le plus beau cadeau qu'on pouvait lui faire. Un restaurant bistronomique, réputé pour sa cuisine fusion qui attirait une clientèle souvent parisienne. Impressionné par son savoir-faire et sa maîtrise, le chef avait proposé de financer une partie de son apprentissage. Le brevet en poche, il avait commencé ses études, et n'avait plus quitté les fourneaux depuis. Aujourd'hui, ce choix lui paraît facile, mais à l'époque, partir signifiait faire le deuil de son quartier et affronter les moqueries de ses frères. Sa mère l'encourageait, sa sœur l'enviait. Et n'avait pas tardé à mettre ses pas dans les siens. Désormais, elle travaille dans une boulangerie réputée du dix-septième arrondissement. Elle est en charge des viennoiseries et des pâtisseries. Elle a beaucoup de talent et fait la fierté de sa mère et d'Abel.

Sur le chemin du retour, après dix kilomètres de course, il aperçoit Célia portant deux gros sacs. En nage et hirsute, il hésite à s'arrêter, mais leurs regards se croisent.

– Je peux vous aider ?

– Merci, mais ça va. Où êtes-vous parti ?

– Ilbarritz. Le temps est parfait pour courir.

– N'est-ce pas ! Moi, je suis allée nager ce matin.

– Nager ? Mais l'eau est encore froide !

– Elle n'est jamais tellement plus chaude, vous savez. Ce n'est pas la Côte d'Azur ici.

Abel n'y était allé qu'une seule fois. Avec Julie, à son retour du Tchad. Les cigales et la chaleur écrasante l'avaient en partie revigorée, ils avaient réussi à rire, à lâcher prise et à se retrouver, là-bas. Une sorte d'apothéose avant la chute de leur couple. Son départ en Afghanistan avait entamé le dernier acte. Il se perd dans le regard de Célia. Et si c'était elle, celle qui panserait ses plaies ?

39

Copenhague, 1955

Adrian était venu la voir. Il était l'un des premiers à s'être levé lorsqu'elle s'était avancée pour saluer. Une ovation. Des applaudissements qui n'en finissaient pas, des bravos qui rebondissaient entre le parterre et les loges. Son plus grand triomphe. De loin. Pour la première fois, elle ne parvint pas à retenir ses larmes de joie. Thomas la tenait par la main et lui en embrassa le dos à de nombreuses reprises. Cette cacophonie heureuse dura suffisamment longtemps pour subjuguer journalistes et critiques. Une fois le rideau baissé, elle se retira dans sa loge, où Thomas la rejoignit pour la prendre dans ses bras. Leur étreinte fut interrompue par quelques coups contre la porte. Colette s'éloigna de lui, le cœur battant d'anticipation. C'était Adrian. Elle le reconnut dès la première mèche blonde révélée par l'entrebâillement. Elle lui sauta dans les bras. Adrian la fit tournoyer et lui murmura des mots d'admiration, d'amour camouflés en amitié. Un raclement de gorge lui rappela la présence importune de son mari. Sans se départir de son sourire, désormais tendu, elle fit les présentations, introduisant Adrian comme un vieil ami rencontré en France. Il ne devait pas se douter de quoi que ce soit. Hélas, elle lut dans son regard une certaine défiance. Thomas considérait Adrian comme une menace. Et Dieu sait qu'il avait raison…

Le ferry d'Adrian partait le lendemain matin mais, devant la grise mine de Thomas, elle n'osa pas lui proposer de prolonger la soirée. Ils discutèrent en français de tout et de rien pendant une petite demi-heure, au long de laquelle Thomas se tint immobile et silencieux, puis Adrian se retira. Trente petites minutes ne leur suffiraient jamais. Mais c'était tout ce qu'ils auraient désormais. Comment avait-elle pu croire qu'elle serait capable de vivre sans lui ? Elle tenta de masquer sa tristesse, mais ne put échapper aux questions de son mari.

– Vous avez été plus qu'amis, n'est-ce pas ?

– Non ! Enfin, Thomas…, bafouilla-t-elle en affectant la désinvolture.

– Vous avez été amants, je l'ai lu dans ton regard. Et de ce que j'ai vu ce soir, tu le réinviterais volontiers dans ton lit ! siffla-t-il.

La gifle partit toute seule. Sa paume picotait, mais elle ne regrettait pas son accès de fureur. Il le méritait. Combien de fois l'avait-il trompée alors qu'ils n'étaient pas encore fiancés ?

– J'ai donc raison ! Comment oses-tu le faire venir ici ? Tu penses que me le présenter suffit à effacer tes turpitudes ?

– Tu es ignoble ! Je ne te tromperai jamais, *moi* ! Alors que toi, tu ne sais pas garder ton pantalon devant une jolie fille ! J'ai fermé les yeux, mais il est temps de regarder *tes* torts, et non les miens !

– Je suis un homme, Colette. J'ai des pulsions que tu ne pourras jamais comprendre.

– Parce que moi je ne désire pas, peut-être ? Mon pauvre ami ! La seule différence entre nous, c'est que mes pulsions, je les contrôle et je les réprime, parce que je te respecte !

– Tu me respectes ! Tu me *respectes* ! Bon sang… Quand tu dis ça, j'ai l'impression d'être un vieux majordome qu'on ne remarque même plus ! Tu me respectes… Ça veut dire que tu ne m'aimeras jamais ! Et c'est bien ça le problème… depuis le début !

– Parce que toi, tu prétends m'aimer en me trompant ?

– Je n'ai pas touché d'autre femme depuis nos fiançailles, si tu veux tout savoir.

Surprise, Colette ne sut quoi répondre. Il semblait sincère… Et cela ne fit qu'accroître sa culpabilité.

– Mais dis-moi plutôt, reprit-il, l'œil mauvais. Est-ce lui, l'homme de ta jeunesse, celui à qui tu as donné ton cœur ?

– Ça n'a pas d'importance… Ce qui compte, c'est que c'est toi que j'ai épousé. Pas lui.

– Donc tu avoues…

– Il est marié, et sa femme attend un enfant. Il me l'a révélé ce soir.

– Je me fiche de sa vie tant qu'il reste en dehors de la nôtre ! Débrouille-toi pour que je ne le recroise plus jamais.

Colette resta coite. C'était déjà trop tard, et il s'en doutait. L'ombre d'Adrian planerait toujours au-dessus de leur mariage. Ils rentrèrent en silence et firent l'amour sans se parler, comme pour se prouver que leur couple existait encore. À aucun moment ils ne se regardèrent, se touchant à tâtons, cherchant par leurs corps un plaisir qu'ils imaginaient ailleurs. Colette se perdit dans un souvenir, les yeux clos, et noua ses jambes autour des reins de son mari. Derrière ses paupières, c'était Adrian qu'elle voyait. Repue, elle s'endormit aussitôt. Lorsqu'elle se réveilla en pleine nuit, Thomas avait quitté leur lit.

*

Le temps passa, les mois, puis les années. Adrian et Colette poursuivirent leur relation épistolaire, se racontant leurs craintes, leurs déceptions, leurs joies, tout en prenant soin de se voir tous les deux mois au minimum, lors d'un déjeuner. Face à face, ils restaient courtois, sans jamais outrepasser les limites de la bienséance ni faire montre de leurs sentiments respectifs. Ils parlaient de tout et riaient beaucoup. Comme de vieux amis. À chaque fois, Colette brûlait de lui demander s'il l'aimait et la désirait encore, mais elle se retenait, par peur de la vérité et parce qu'elle n'en avait plus le droit. C'était fini. Dans les yeux d'Adrian, la tendresse avait remplacé la passion. Il ne cherchait plus à la toucher, ni même la frôler. La fierté de Colette lui interdisait de sombrer dans la mélancolie en sa présence. Alors elle faisait comme si tout allait bien dans le meilleur des mondes. Comme si voir l'amour de sa vie s'éloigner peu à peu d'elle, devenant un étranger déguisé en ami, était surmontable. Elle nageait dans un océan de regrets. Et pourtant, elle ne pouvait pas faire autrement. S'il quittait sa vie, elle ne tiendrait pas. Adrian était redevenu sa lumière. Son indispensable.

Sa relation avec Thomas s'effritait à mesure que son succès grandissait. Professionnellement, elle lui faisait de l'ombre, personnellement, il souffrait de son désengagement croissant. Ils essayaient d'avoir un enfant, et chaque mois, la déception était au rendez-vous. Colette ne lui parla jamais de cette grossesse à laquelle elle avait dû mettre fin. Au fond, elle avait espéré être encore fertile, que les réserves de la sage-femme aient été infondées… Quel gâchis. En tout cas, il fallait que sa stérilité reste un mystère, une triste occurrence, aux yeux de Thomas. La plupart du temps, leurs relations étaient cordiales ; un voile de banalités civiles recouvrait les réalités dérangeantes. Après avoir célébré leur première année de mariage, Thomas reprit ses infidélités sans aucune discrétion, et Colette comprit qu'il tentait de susciter sa jalousie. Malheureusement, elle ne parvint à ressentir que de la pitié.

Ils eurent pourtant de vrais moments de bonheur lorsqu'ils dansaient ensemble, ou fêtaient leurs succès. L'insouciance contrebalançait alors la rancœur. Le ballet était leur passion commune, ils y mettaient toute leur âme. Bercés par la musique, leurs membres moites se cherchaient, se quittaient, leurs visages évoluaient au rythme des émotions de leurs personnages. Cette osmose, elle ne la trouvait avec aucun autre partenaire. C'était unique, magnifique. Si elle avait débordé sur leur vie privée, ils auraient pu être terriblement heureux.

Entre deux saisons, Colette n'avait que la domesticité pour quotidien, elle dépérissait. Pas d'enfant, un mari irascible, malheureux et infidèle, Adrian de l'autre côté de la planète, désormais occupé entre Vienne et Sydney. Et ses amies qui s'épanchaient sur le bonheur conjugal, qui ne parlaient que de leurs enfants, des premières dents aux premiers pas en passant par les premiers mots. « Tu sais, ce n'est pas grave si tu n'as pas d'enfant, il y a tellement d'autres moyens d'être heureuse », disaient-elles sans en croire un mot. C'était étouffant.

Ils vivaient leur vie, chacun de leur côté, se retrouvaient de temps à autre pour dîner ou pour danser, parfois pour partager une brève étreinte. Peu après la célébration de leurs quatre ans de mariage, Thomas tomba sur la correspondance qu'elle échangeait avec Adrian, dans un tiroir de son secrétaire. Parmi les lettres amicales dénuées de sous-entendus, Thomas découvrit celle qu'elle avait écrite la veille de leur mariage. Celle où elle avouait tout. Ivre de rage, il débarqua dans sa chambre, le papier brandi au poing.

– J'exige des explications !

Colette se décomposa en reconnaissant sa lettre jamais envoyée.

Pour la première fois, elle eut peur de son mari. Il bouillait, prêt à exploser.

– Je suis terriblement désolée, Thomas…

– Tu es désolée ? Tu te fous de moi ? Je me fiche de tes excuses, elles ne valent rien ! Rien du tout ! Je ne suis, pour te citer, qu'un triste ersatz d'une époque chérie et révolue ? Un second et mauvais choix ? Et donc, tu m'as trompé avec lui juste avant d'accepter ma demande en mariage ! Et porté son bâtard ! Dire que je rêvais de devenir père !

Il tournait en rond comme un lion en cage. Figée, Colette le regardait en appréhendant la suite.

– Tu sais quoi ? Tu aurais dû crever en avortant ! Au moins, je ne t'aurais pas connue, et j'aurais pu avoir un autre destin que celui d'« ersatz » ! Tu es une sacrée salope ! conclut-il en hurlant, un doigt accusateur pressé sur sa poitrine.

Il abattit sa main sur le dossier du fauteuil, à quelques centimètres de sa tête. Puis hurla. Le cri déchirant d'un homme qui venait de tout perdre. D'un geste rageur, il déchira la lettre en mille morceaux, puis attrapa Colette par les épaules, la releva sur ses pieds. Et il la gifla de toutes ses forces. Elle s'effondra au sol, projetée par la violence du coup, et sa tête heurta le parquet. Le choc lui fit perdre connaissance.

Lorsqu'elle revint à elle, des picotements douloureux dans la joue et une enclume dans le crâne, il était parti. Elle pleura malgré elle, assise sur les cendres d'un mariage raté, ce qui lui restait de cœur et de conscience brisé.

40

Copenhague, 1959

Qu'avait-il fait ? Face à la vision de son corps gisant au sol, il avait préféré fuir. Et s'il l'avait tuée ? Revêtant son casque de moto, il enfourcha sa bécane, une BMW R50 de 1957 dont il prenait un soin jaloux, et roula en direction de la campagne. Il faisait déjà nuit, mais la vitesse lui permettait de réfléchir. Et s'il l'avait tuée ? Un trou béant dans la poitrine lui coupa le souffle. Il ralentit pour reprendre ses esprits. Il avait aimé Colette comme aucune autre auparavant. Depuis quelques années, il avait réussi à faire le deuil de son amour, et ne souffrait plus autant de son indifférence face à ses incartades. Ils étaient parvenus à développer une camaraderie paisible, que parfois une réunion sur scène venait teinter de passion. Ces moments étaient les plus beaux, les plus intenses de toute son existence. Et il savait que Colette les vivait de la même manière que lui. Mais pour elle, la parenthèse se refermait en même temps que le rideau. Parfois ils couchaient ensemble après la représentation, portés par l'adrénaline, excités par le succès. Mais déjà, elle lui échappait. Cette indifférence le peinait terriblement, mais qu'y pouvait-il ? L'amour ne se force pas.

Il bifurqua vers une route de campagne à deux voies et, une quinzaine de kilomètres plus loin, il accéléra, apaisé par la pression du vent contre sa combinaison en cuir. Il avait même engagé un détective privé, mais il n'avait pu que conclure à l'exemplarité de son épouse, elle ne le trompait pas. Il s'était senti coupable de ses propres infidélités, mais ce sentiment avait rapidement été remplacé par la nécessité de se perdre dans les bras de ses maîtresses. Ils n'étaient pas malheureux ainsi. Alors pourquoi éprouver le besoin de fouiller dans son secrétaire en rentrant d'un dîner ce soir ? S'il avait su qu'il ouvrait la boîte de Pandore, il aurait fait machine arrière. Cette maudite lettre avait brisé ce qui restait de leur fragile équilibre.

Il n'était qu'un second choix. Quelque chose en lui avait volé en éclats, et il n'avait plus répondu de rien. Comme il s'en voulait ! Comme il aimerait effacer cette gifle, la prendre dans ses bras et lui demander pardon. Mais il en était incapable, comme infecté par le besoin de la faire souffrir au point que leurs émotions deviennent un parfait reflet, sombre et laid. À l'orée de la forêt, plus aucune lumière n'éclairait la route à l'exception de ses phares. Il décida de faire demi-tour, tourmenté par la peur de l'avoir tuée. Il accéléra, espérant qu'en rentrant plus vite, il la sauverait, et qu'elle lui pardonnerait plus facilement ses fautes. Un chevreuil traversa au même moment. Il n'eut pas le temps de l'éviter et le percuta de plein fouet. Il ne se vit pas tomber, le choc fut suivi d'une vive douleur, puis les ténèbres l'engloutirent.

*

Juin 1959

Cher Adrian,

Je t'écris depuis le chevet de Thomas. Il a eu un accident de moto terrible, et les médecins sont incapables de me dire s'il s'en sortira. Tout est de ma faute.

Nous devons cesser de nous écrire. Je n'ai jamais cessé de t'aimer, et je n'ai jamais réussi à offrir à Thomas l'amour qu'il méritait. Il s'avère que j'avais rédigé une lettre, la veille de mon mariage, que je ne t'ai jamais envoyée. Il l'a trouvée, et est entré dans une colère sourde, puis a pris sa moto et… Il faisait nuit noire, et il a heurté un chevreuil.

J'espère que tu comprendras pourquoi cette lettre doit être la dernière. Je ne peux plus continuer ainsi. Tu as été le grand amour de ma vie et un ami merveilleux, mais je dois désormais m'occuper de mon mari. Maintenant qu'il se trouve entre la vie et la mort, je me rends compte à quel point je tiens à lui. Je ne me remettrais pas de le perdre sans avoir pu lui présenter mes excuses. Prie pour lui si tu en trouves la force.

Je te souhaite tout le bonheur du monde.

Ton étoile,

Colette

*

Son corps entier avait été brisé. Il marcherait à nouveau, mais ne danserait plus jamais. Branché à plusieurs machines qui l'aidaient à respirer, le visage tuméfié, il reprenait conscience quelques heures par jour, incapable de parler. Colette n'avait pas quitté son chevet, rongée par la culpabilité. Malgré son geste terrible, il ne méritait pas ce triste sort, sa carrière brisée, ses rêves anéantis. Elle-même avait eu une légère commotion cérébrale, et un hématome s'étendait de son front à sa joue gauche, son œil enflé peinait à s'ouvrir complètement. Colette se sentait comme un fléau, n'ayant semé que chaos et désespoir dans sa vie. Elle priait pour le rétablissement de son mari, puisant dans cet élan pieux un réconfort que personne ne lui apportait. Adrian la trouva ainsi, mains jointes, coudes sur le bord du lit, tête baissée. Elle ouvrit les yeux, et le choc la rendit muette.

– Que t'est-il arrivé ? demanda-t-il en désignant son visage.

– Que fais-tu ici ?

– Dès que j'ai lu ta lettre, j'ai pris le premier avion depuis Vienne. Je suis désolé que tu doives en passer par là. Je…

– Tu dois partir. N'ai-je donc pas été assez claire ? Ce qui s'est passé est notre faute !

– C'est faux. Bon sang, tu as fait de ton mieux ! Tu ne l'as jamais trompé, tu as été une épouse dévouée, exemplaire. Et lui n'a cessé de te tromper !

– Adr…

– Non, je ne me tairai pas cette fois ! L'amour ne se force pas. Je n'ai jamais cessé de t'aimer. De me languir de ton absence, d'attendre chacune de tes lettres avec l'espoir d'y lire que je te manquais, que tu m'aimais encore, que tu souhaitais mettre fin à cette mascarade d'amitié. J'ai joué le jeu car ne plus te voir était impensable. Je t'aime encore, Colette. Et j'espère chaque jour qu'un après nous réunira. Peut-être que cet après sera un échec, que la routine nous rattrapera et que le quotidien nous séparera, mais passer à côté de cette opportunité sans savoir à quoi elle ressemblerait est une torture. Je sais que toi aussi, la nuit, tu imagines une vie pour nous deux. Ai-je tort ?

– Non…, murmura Colette. Mais Thomas est ma réalité, et je l'ai sabotée en vivant dans un rêve sans aucun fondement. Dans un monde alternatif où tu prenais sa place. C'était malsain et cruel.

– Ne dis pas ça… Je t'ai vue sur scène avec lui, plusieurs fois, sans te prévenir de ma venue, et j'ai vu comment vous dansiez ensemble. Je mourais de jalousie face à votre alchimie. Vous étiez grandioses, sublimes. Ce n'est pas pour rien que vous avez été invités sur les plus grandes scènes du monde, ni que la critique vous surnomme « les magiciens ». Là, tu te donnais à lui tout entière. Ne le nie pas.

– Il ne dansera plus jamais… Cet amour maudit, entre toi et moi, a empoisonné nos vies.

– Laisse les regrets et la culpabilité de côté. Je suis persuadé que si tu le lui demandes, Thomas aussi a été heureux. Lorsqu'il ira mieux, tu lui poseras la question, promets-le-moi.

Elle acquiesça. Adrian l'attira vers lui. Une seule respiration contre son torse et elle se sentit chez elle, apaisée. Sa voix vibra contre sa joue.

– Je suis en pleine procédure de divorce. Frieda veut épouser mon associé…

– Comment vas-tu faire pour Claire et Sebastian ?

– Garde alternée. Une semaine sur deux. Il n'y aura aucun éclat, c'est préférable.

– J'attendais que Thomas me propose le divorce. Je sentais qu'il ne tarderait pas à le faire… Il n'en a pas eu l'occasion.

Il l'éloigna de son torse et tourna la partie abîmée de son visage vers lui. Son expression était douloureuse.

– Que t'est-il arrivé ?

– Ça n'a pas d'importance.

– C'est lui qui t'a fait ça ?

– C'était un accident, avoua-t-elle en se dégageant de son étreinte.

– Je pourrais le tuer pour avoir osé lever la main sur toi… Enfin, Colette, ouvre les yeux ! Il te trompe, et plutôt que de se remettre en question, il te renvoie la faute. Il est odieux avec toi. Et lorsqu'il découvre les doutes que tu as eus la veille de ton mariage, il te frappe !

– Tu ne peux pas comprendre !

– Alors explique-moi ! Arrête d'enfouir tes secrets... Quels qu'ils soient, je serai toujours là pour toi.

Colette posa ses mains de part et d'autre de sa mâchoire et l'attira vers elle dans un baiser passionné. À côté d'eux, le respirateur de Thomas produisait un cliquetis sourd, à un rythme lent. Ils restèrent longtemps collés l'un contre l'autre, redécouvrant des sensations qu'ils pensaient éteintes. Puis Colette s'écarta. Autrement, elle n'aurait pas pu le lâcher.

– Merci d'être venu, murmura-t-elle en lui caressant les cheveux. Mais tu dois partir maintenant. Je n'oublierai jamais combien nous nous sommes aimés. Je te souhaite bon courage pour ton divorce, et si jamais tu as besoin de moi un jour, je serai là.

– Mais j'ai besoin de toi maintenant !

– Pas comme ça... Au revoir, Adrian.

– Ne fais pas ça ! Tu ne peux pas me tourner le dos à chaque fois ! Je t'interdis de décider pour nous sans que j'aie mon mot à dire !

– Je ne peux pas le laisser maintenant. Tu le sais.

– Et si... si tu divorçais dès qu'il ira mieux ? Tu ne peux pas sincèrement vouloir continuer ta vie avec un homme violent !

– Thomas n'est pas violent. Pas en temps normal. Je ne peux pas partir comme ça.

Une douloureuse colère dansait dans les yeux d'Adrian.

– Alors tu préfères te morfondre dans ta culpabilité ? Tu préfères me rayer de ta vie ?

– Ce n'est pas...

– Je donnerais tout pour être avec toi ! Tout ! Alors que toi, tu préfères veiller sur tes secrets. Et tu rechignes encore à me faire confiance, après toutes ces années ! Qu'est-ce que je peux bien faire de plus ? Je… je ne peux plus rien pour toi. Encore une fois tu as choisi pour nous deux. Encore une fois tu nous as sabotés. Eh bien… tu as fini par y parvenir. J'arrête. J'arrête de me battre pour quelque chose que tu ne désires pas aussi fort que moi. C'est terminé. Je te souhaite bien du courage, et que Thomas se rétablisse. J'espère aussi que tu trouveras ton bonheur avec lui. Quant à moi, je vais essayer de t'oublier une bonne fois pour toutes !

– Adrian…

Il lui tourna le dos et sortit sans un regard en arrière. Il attendit longtemps dans le couloir, immobile à côté de la porte, qu'elle lui coure après et lui tombe dans les bras. Elle ne le fit pas, et il se résigna à partir pour de bon. Cette fois-ci, c'était bel et bien fini.

41

Biarritz, 2006

Mme Gentil dépose le courrier du jour sur la table du petit déjeuner. Encore debout, un croissant à moitié dans la bouche, Julie la remercie et s'en empare, craignant de recevoir une lettre de l'armée. Elle en a discuté avec Mme Heusser la veille : elle a beau avouer que voler lui manque, elle ne se sent pas encore prête, et redoute son rendez-vous chez le spécialiste de l'audition.

– Elles sont pour vous, dit-elle avec un large sourire en tendant les enveloppes à son hôtesse.

– Encore de la publicité, marmonne Mme Heusser.

Elle s'empare de son couteau en maugréant et ouvre la première. EDF, déchiffre-t-elle en mettant les nouvelles lunettes de vue que Julie l'a forcée à commander. Les tarifs vont augmenter à partir de la rentrée, lit-elle. Rien d'important donc. La seconde subit le même sort. Ballet Landrin. Elle connaît cette compagnie. À plusieurs reprises, elle a voulu assister à l'une de leurs représentations à la Gare du Midi, mais cela signifiait affronter le monde extérieur. C'est au-dessus de ses forces. Marcher dans son quartier, la nuit tombée, est déjà bien assez compliqué. Elle continue de parcourir le courrier, sourcils froncés. Julie l'interroge. En réponse, elle lui tend la lettre.

– Mais c'est formidable ! s'exclame Julie. C'est une magnifique opportunité ! Vous devez absolument accepter !

– N'exagérons rien…

– J'ai fait des recherches sur vous et…

– Allons bon !

– Et j'ai découvert que vous aviez séduit le public du monde entier, en plus d'avoir conquis le théâtre royal de Copenhague, le Staatsoper de Vienne, et enfin l'opéra Garnier. À la fin de votre carrière d'étoile, vous êtes devenue chorégraphe et avez signé plusieurs spectacles qui se jouent encore.

– Quel rapport ?

– Eh bien, vous êtes une légende de la danse !

– Me voilà soudain bien poussiéreuse, grogne Colette.

– C'était un compliment ! Ce que je veux dire, c'est que pour tous les jeunes danseurs de la troupe, vous rencontrer et bénéficier de vos conseils serait un honneur, en plus d'une opportunité unique ! Et pour vous, ce serait une occasion de renouer avec votre passion.

– Pensez-vous être en position de jouer les conseillères ?

– Je pense que nous avons dépassé ce stade. Vous avez été là pour moi, et je le suis pour vous.

– Vous ne me devez rien.

– Permettez-moi d'objecter. Vous avez beaucoup fait pour moi, et j'ai envie de vous rendre la pareille.

Mme Heusser la foudroie du regard, avant de reporter son attention sur la lettre. Cela fait plus de dix ans qu'elle s'est enterrée dans sa maison, avec sa mélancolie et ses souvenirs. Elle n'en est sortie que pour les enterrements de ses amis ou de ses connaissances. Les années passant, ils devenaient plus fréquents. Pouvait-on vivre de nouvelles aventures à son âge ?

Après avoir perdu un mari et l'amour de sa vie ? Après avoir survécu à ses proches ? L'isolement n'est-il pas le fléau de la vieillesse ? Et dire que les enfants n'aspirent qu'à l'indépendance sans se rendre compte à quel point elle peut devenir pesante lorsque les rêves la désertent. Que se passerait-il si elle s'autorisait à rêver à nouveau ?

– Je vais leur répondre. Ça ne peut pas me faire du mal d'essayer, marmonne-t-elle enfin.

Le visage de Julie s'éclaire, et Colette se surprend à lui rendre son sourire.

– Vous avez donc encore toutes vos dents, s'exclame une voix grave depuis le couloir.

– Vous êtes en avance, réplique Colette, les yeux pétillants de malice.

– Oui, je sais. Salut, Julie.

– Salut, dit-elle d'un ton timide, sentant ses joues s'échauffer.

– Eh bien, c'est la cour des Miracles ce matin. Vous me surprenez à sourire, et Mlle Depinay rougit. Vais-je apprendre que vous souhaitez vous mettre à la danse classique ?

– Le tutu, ce n'est pas pour moi. Je préfère les vagues et le ballon ovale.

– Quel manque de discernement !

– Eh oui… Je suis un cas désespéré.

– Bon, puisque vous êtes en avance, profitez-en pour aller promener Charlemagne avec Julie. J'ai cru comprendre qu'il n'avait pas eu sa balade nocturne. Cette demoiselle s'adonne aux grasses matinées maintenant. On aura tout vu !

La vieille dame se lève et les laisse tous les deux dans la salle à manger. Mme Gentil l'imite, fermant la porte de la cuisine. Seul Charlemagne reste, mais Julie et Bixente n'ont d'yeux que l'un pour l'autre. Julie sent son cœur battre la chamade et des papillons danser dans son ventre. Elle n'avait pas prévu de ressentir une attirance aussi intense. Pas alors que l'espoir de reconquérir Abel lui habite encore l'esprit. Elle se souvient des recommandations de Mme Heusser : profiter du présent. Alors, l'instant d'après, ils se tombent dans les bras. Leur baiser s'enflamme, leurs mains s'égarent, elle recule et heurte une chaise, qui tombe avec fracas. Charlemagne bondit et aboie. Tous deux s'écartent, haletants, avant d'exploser de rire.

– Ne cassez pas mon mobilier ! Bande de sauvages ! crie Mme Heusser depuis l'entrée. Sortez donc au lieu de faire des cachotteries !

C'en est trop, ils se laissent emporter par un fou rire attisé par les aboiements excités de Charlemagne. Les mains sur les côtes, ils s'échappent de la salle à manger et ne reprennent leur souffle qu'à l'extérieur de la maison, Charlemagne au bout de la laisse. Bixente lui vole un dernier baiser au passage, puis, les yeux espiègles, ils entrelacent leurs doigts et marchent dans le quartier en bavardant.

42

Biarritz, 2006

L'esprit badin, le ventre repu de papillons endiablés, elle ne se sent plus elle-même. Cette insoutenable légèreté lui est étrangère depuis qu'elle l'a abandonnée, enfant. Après, elle a eu peu d'occasions d'en faire l'expérience. Le début de sa relation avec Abel avait été marqué par le deuil de sa mère, et Abel n'a jamais été un boute-en-train comme Bixente. Elle non plus d'ailleurs. Abel est une force tranquille, un pilier inébranlable, une boule d'amour et de tendresse. Bixente, lui, tient plus de l'électron libre, avec un brin d'hédonisme qui lui donne un charme inouï. Il est son grain de folie. Un peu comme Marc. C'est peut-être aussi pour cela que tout semble facile avec lui. En plus, c'est un homme bien, un vrai gentil, comme dit Mme Heusser. Il l'a invitée à dîner chez lui le lendemain. Elle a hâte. Que c'est bon d'avoir hâte !

Laurea partage son excitation et, une fois au Bookstore, les deux amies ne parlent que de leurs amours. Ce vent d'adolescence qui souffle sur leur vie sent les étés moites où les nuits se prolongent jusqu'au petit jour, où le sable mouillé colle à la peau salée par l'eau de mer, où le soleil parsème les joues et le nez de grains dorés. Ce matin, ils sont trois. Une nouvelle recrue est arrivée pour les aider en haute saison. Julie vide les cartons des nouveautés et les répertorie dans le stock. Elle entend le brouhaha de la clientèle depuis la salle principale et décide de s'y dégourdir les jambes tout en vérifiant que Laurea n'a pas besoin d'aide. Celle-ci discute avec un homme dont la silhouette lui est familière. Lorsqu'il se retourne, ses yeux s'écarquillent. Abel ! Le temps se suspend, un client l'interpelle, elle l'ignore. Laurea l'interroge du regard mais, sidérée, Julie reste muette.

– Vous vous connaissez ?

– Je peux prendre cinq minutes ?

Laurea comprend soudain et serre l'épaule de Julie en passant à côté d'elle. Le cœur battant, plus angoissée que réjouie par ces retrouvailles, Julie suit Abel dehors. Ils font quelques pas, puis s'arrêtent devant l'esplanade au-dessus du casino. La vue est dégagée, la plage recouverte d'écailles multicolores et de coquillages bariolés. Les touristes y ont étalé leurs serviettes et leurs parasols.

– Tu m'as retrouvée, murmure Julie.

– Je ne te cherchais pas, réplique-t-il sèchement.

– Donc tu es arrivé ici par hasard ?

– J'ai pris un poste à l'hôtel du Palais. Si j'avais su que tu étais à Biarritz, j'aurais refusé.

– Tu m'as vue quand j'y ai accompagné l'écrivain norvégien, c'est ça ?

– Oui.

– Abel… je suis sincèrement désolée. Pas seulement d'être partie sans rien dire, mais aussi pour mon comportement depuis… depuis le Tchad. Je me suis reposée sur toi, j'ai pris tout ce que je pouvais prendre sans rien te donner en retour.

– J'ai pensé plusieurs fois te quitter, tu sais. Mais je t'aimais, et je voulais que tu ailles mieux.

– Tu m'aimais…, répète Julie, les yeux tournés vers l'horizon.

Côte à côte, ils parlent à l'océan, sans se regarder. Ils ont beaucoup à se dire, des paroles trop difficiles pour être livrées en face-à-face.

– Oui. La femme que j'aime a disparu.

– J'essaye de la retrouver. J'essaye de toutes mes forces. J'ai mis longtemps avant de me remettre de ce que j'ai vu au Tchad, et je sais que je n'ai plus été la même, surtout avec toi, et c'était injuste. J'ai passé mes nerfs sur toi. Et en rentrant d'Afghanistan, avec la peur de perdre Marc, j'ai compris que je devais me reconstruire seule. Pas seulement quelques jours, comme la fois précédente, mais plus longtemps. Et… ça marche.

– Tu as meilleure mine, c'est certain.

Julie se tourne vers lui et pose une main sur sa joue. Il a un mouvement de recul qui lui brise le cœur.

– Tu me hais.

– J'aimerais, siffle-t-il entre ses dents.

– Je t'en prie, dis-moi ce que tu ressens.

– Je ne sais pas ce que je ressens. Je ne pensais pas te trouver là, je l'espérais seulement. Je n'ai pas préparé ce que je voulais te dire. Pendant des semaines, j'ai espéré avoir de tes nouvelles. Pendant des semaines, je n'aspirais qu'à réparer les pots cassés, à t'accepter avec tes névroses, tes doutes, tes angoisses, avec les ruines de ta personnalité d'autrefois – j'étais prêt à tout pour t'avoir à mes côtés. Et en lisant ton mail, j'ai compris que tu m'avais vidé, essoré. Autrefois, tu étais tout pour moi, maintenant…

– J'ai merdé.

– C'est le mot. Aussi, avant, on ne se voyait peut-être pas

beaucoup, mais dès qu'on se retrouvait, on se retrouvait vraiment. Et après, j'ai eu l'impression que tu n'avais plus de désir pour moi.

– Je n'en avais même plus la force… Je me répète, mais je suis désolée de t'avoir tant blessé.

– C'est du passé, maintenant.

– C'est donc fini, entre nous ?

Abel ferme les yeux, son visage se fige dans une expression douloureuse.

– Le meilleur est derrière nous. On s'est aimé très fort, on a été heureux, très heureux, et puis la vie a grignoté notre équilibre, notre amour, notre bonheur. À la fin, je suis resté par habitude, parce que je tenais trop à toi pour t'abandonner dans les moments difficiles. Parce que, d'une certaine manière, je t'aimais encore.

– Mais plus maintenant.

– C'est pas aussi simple. Ça l'est pour toi ?

– Certainement pas ! s'exclame-t-elle.

En le revoyant, elle est percutée par tous leurs souvenirs, et en éprouve des émotions contradictoires. Ses bras autour d'elle, ses mots d'amour et de soutien lui manquent, sans lui elle se sent plus démunie que jamais. Elle ne veut pas que leur histoire se termine. Elle le veut dans sa vie. Tourner la page lui paraît impossible. Et en même temps, il y a Bixente. Bixente avec qui elle se sent merveilleusement bien, avec qui elle est en train de construire quelque chose presque malgré elle.

– Il faut que je retourne travailler.

– Tu es libraire maintenant ?

– Pour l'instant. J'ai un problème d'oreille, des acouphènes, des migraines, je ne suis pas sûre d'être déclarée apte à repartir.

– Tu veux repartir ?

– Plus à l'étranger. Ou pas avant longtemps. Et surtout pas si… si Marc ne se réveille pas.

– Je suis désolé pour Marc… Je l'ai appris après ton départ. Tu aurais dû m'en parler. C'est mon ami aussi. C'est sa fiancée qui me l'a dit.

– Pour ce que ça vaut, je suis désolée. J'étais incapable de me livrer à mon retour… Comment va Elsa ? Tu l'as vue récemment ?

– Avant de déménager. Et, non, elle ne va pas bien. Son fiancé est dans le coma, et chaque jour qui passe réduit ses chances de se réveiller un jour. Enfin bref… Je vais te laisser travailler. Je ne suis pas en cuisine ce soir, et… j'aimerais terminer cette conversation.

– Moi aussi. Envoie-moi un message, je te promets que je répondrai. Et, je… je suis heureuse de te revoir.

Un sourire éclaire son beau visage bronzé. Le revoir est aussi bon que douloureux. Elle pense à Bixente, qu'elle se surprend à apprécier chaque jour un peu plus. Mais aussi à leurs deux dernières années, malheureuses par sa faute, une erreur qu'elle ne pourra jamais effacer. Elle a envie de le toucher, de le serrer contre elle. À la place, elle le salue de la main et tourne les talons en direction du Bookstore.

43

Région parisienne, 1999

Julie ne sera jamais à l'heure pour la cérémonie. Plutôt que de se fier au tableau de bord et de s'arrêter dans le premier garage venu, elle a préféré presser sa vieille Renault 12 comme un citron et, sans surprise, à quarante kilomètres de l'arrivée, plus de jus. Elle a l'air malin, à guetter l'horizon, en robe longue, entre un champ de blé et un pré rempli de vaches qui la fixent en ruminant. Ça sent la bouse et le moteur en surchauffe. Elle a tout essayé pour le réparer, moyennant des traces d'huile sur les doigts et les avant-bras, mais visiblement, il est mort de vieillesse. Forcément, ça devait arriver aujourd'hui.

La ville la plus proche est à dix kilomètres. Avec ses escarpins, elle en aura pour deux heures de marche, le même temps qui la sépare du mariage. Merde ! Elle n'a plus qu'à espérer qu'une bonne âme passe et la prenne en stop. Le pire dans tout ça, c'est qu'elle est témoin. Carole est sa meilleure amie, la seule de Saint-Cyr. Avec Charles et Elvis, ils formaient un quatuor peu conventionnel, en marge des codes et normes parfois archaïques de l'école, soudés à toute épreuve, sourds aux critiques et intimidations des « tradis ». Ce n'était pas tous les jours facile, mais ils en sont sortis la tête haute. Carole est partie dans la cavalerie, Elvis et Charles dans le génie, et Julie a voulu rejoindre l'infanterie pour entrer dans les forces spéciales de l'armée de terre. Deuxième au classement de sortie de Saint-Cyr et troisième de son école d'infanterie, elle n'a eu que l'embarras du choix.

Soudain, un bruit de moteur. Elle aperçoit une vieille voiture grise et sale, sans pare-chocs. Agitant les bras, elle supplie le conducteur de s'arrêter. Ce qu'il fait en arrivant à sa hauteur. Il baisse la vitre. Son visage est mince, sa peau mate, il a un nez busqué, des cheveux noirs, épais et ondulés, et un sourire hésitant. Il est jeune, son âge à elle ou un peu moins, c'est une aubaine.

– Je peux vous aider ?

– Oui, oui et oui ! Ma voiture est HS et je dois me rendre à un mariage à quarante kilomètres d'ici... Mais c'est dans le sens opposé à celui dans lequel vous allez... Pourriez-vous me déposer au village le plus proche, devant une cabine téléphonique, que j'appelle l'assurance et le dépanneur ? Ce serait d'une grande aide. Puis je trouverai sûrement quelqu'un pour m'amener, et...

– J'ai pas d'urgence, je peux vous amener à destination, si vous me dites où c'est.

– À Châteaudun.

– Vous allez au mariage de Mlle de Catuélan et de M. Brisset ?

– Comment le savez-vous ?

– J'en reviens. J'aidais une amie à la préparation du buffet, elle est traiteur. C'est une de ses plus grosses commandes, et c'est mon jour de congé.

– Quelle coïncidence ! Eh bien, si ça ne vous dérange pas d'y retourner, j'apprécierais beaucoup votre aide.

– Montez !

Elle s'exécute. Contrairement à sa carrosserie accidentée, l'intérieur de la voiture est propre, rangé et sent le frais. L'inconnu est habillé d'un jean et d'une chemise, il semble musclé, et très légèrement enrobé aussi. Il est si charmant qu'elle le dévisage assez longtemps pour qu'il la prenne en flagrant délit. C'est gênant. Surtout lorsqu'il lui sourit de toutes ses dents en réponse. Il démarre et fait demi-tour. Julie est sauvée, elle sera à l'heure.

– Je m'appelle Abel, et vous ?

– Julie. On peut se tutoyer, non ? On doit avoir le même âge. J'ai vingt-cinq ans, et toi ?

– Vingt-quatre.

– Dans ce cas je retire ma permission de tutoiement.

Il rit et croise son regard quelques secondes.

– Tu es militaire toi aussi ?

– Comment le sais-tu ?

– J'ai cru comprendre que la mariée l'était. Et tu en as… euh… Eh bien…

– J'en ai l'air ?

Un hochement de tête tourné vers la route lui sert de réponse.

– J'ai fait Saint-Cyr avec elle, reprend Julie, amusée. Son futur mari est photographe. C'est peu commun, mais nous n'aimons pas les normes dans notre groupe d'amis.

– C'est une bonne chose. Je les fuis, moi aussi.

Le silence s'installe et, désormais débarrassée de son inquiétude de manquer la cérémonie religieuse, Julie se retrouve assaillie par une autre crainte, celle de se retrouver face à Auguste. Son ex, et frère aîné de Carole. Un ourson avec sa sœur, un prédateur impitoyable avec les femmes. Il l'a beaucoup fait souffrir en lui promettant monts et merveilles sans jamais s'engager, avant de la plaquer pour une autre alors qu'elle prenait soin de sa mère malade. Son cœur se serre. Sa mère lui manque tant. Elle aurait tout donné pour quelques années supplémentaires à ses côtés. L'enterrer a été la pire épreuve de sa vie. Son père n'est même pas venu. Depuis, elle l'a rayé de sa vie. Elle aurait dû le faire depuis longtemps, mais elle avait besoin de s'accrocher à l'espoir de son affection. Plus maintenant. Désormais, il n'y a plus qu'elle et ses amis. Et ce connard d'Auguste qui va certainement essayer de la reconquérir ce soir. Une idée lui effleure l'esprit.

– À quelle heure travailles-tu demain ? Qu'est-ce que tu fais d'ailleurs ?

– Je suis chef de partie dans un étoilé à Versailles.

– Oh ! réplique-t-elle, prise de court.

– J'ai pas l'habitude de susciter de telles réactions, s'amuse-t-il.

– Je suis sincèrement impressionnée. Enfin… euh, du coup, est-ce que tu travailles demain matin ?

– Non, pourquoi ?

– Ça te dirait de venir avec moi au mariage ?

– Pardon ?

– S'il te plaît…

Elle joint les mains pour accompagner sa prière. Il a un rire gêné.

– Mais on ne se connaît pas.

Julie a soudain honte de sa proposition. Elle marmonne des excuses et se tait. Les champs et les bosquets défilent sous ses yeux.

– J'ai un costume dans mon coffre, je l'avais pris au cas où, ne sachant pas comment m'habiller pour aider Léa, ni combien de temps elle avait besoin de moi. C'est elle qui m'a tout appris en cuisine, alors je l'aide quand je peux. Et toi, tu cherches à rendre quelqu'un jaloux ?

– Euh…

Il éclate de rire. Elle le trouve très beau quand son visage s'illumine. Il lui fait l'effet d'un soleil d'été sur sa peau. Elle a envie de lui demander d'où il vient, mais ne veut pas commettre d'impair. Il n'a pas d'accent, sinon une pointe de musique populaire, mais il lui rappelle la douceur des vacances sous les palmiers. Il lui donne envie de s'évader.

– Pourquoi pas ! Je n'ai encore jamais assisté à un mariage, donc c'est l'occasion.

– Rien à voir avec mon charme dévastateur, donc, le taquine Julie.

– Peut-être un peu, lâche-t-il à mi-voix, sérieux.

Julie se sent rougir.

– C'est à l'église, non ? demande-t-il pour changer de sujet.

– Oui, pourquoi ?

– Je ne suis jamais entré dans une église. Sauf peut-être dans la chapelle royale à Versailles. Je suis musulman, et j'avoue que ce type de mariage, ce n'est pas ma culture. Alors, j'espère que ça ne pose pas de problème.

– Pas du tout. Moi, je suis baptisée, mais au fond je suis agnostique.

– Moi aussi. J'ai perdu la foi il y a longtemps. Et en quittant les quartiers, j'ai même arrêté de faire le ramadan. Ça n'avait plus de sens sans mes proches… Seul, c'est triste.

– Qu'est-ce qui s'est passé ?

– J'ai eu envie de faire autre chose de ma vie que de suivre le chemin tout tracé qui se déroulait devant moi, et je me suis pris de passion pour la cuisine.

Comme un moulin tournant subitement dans le vent, il déroule son histoire à sa passagère impromptue. Julie écoute et, prise dans l'engrenage des confidences, lui raconte à son tour son enfance, la mort toute récente de sa mère et ses mésaventures avec Auguste. En riant, ils dessinent les contours de leur relation imaginaire, se donnent des surnoms et s'inventent une rencontre. Lorsqu'ils arrivent à destination, ils se connaissent sur le bout des doigts, et se surprennent à sourire sans raison. Il revêt son costume pendant que Julie s'occupe de la dépanneuse et de son assurance, puis ils font leur entrée, main dans la main.

La cérémonie est touchante. La mariée pleure, le marié pleure, les témoins pleurent, toute la famille pleure. Même distribution pour les rires. Un festival de bipolarité généralisée. Julie présente Abel à tout le monde, n'avouant la véritable raison de sa présence qu'à Charles et à Elvis, qui explosent de rire et la soutiennent dans son mensonge. Abel, mal à l'aise au début, se révèle après quelques verres. Julie se surprend à oublier Auguste pour fixer son nouvel ami plus que de raison. La soirée commence, les danses aussi, Abel lui glisse qu'il n'en connaît aucune. Julie a appris le rock à Saint-Cyr mais n'a rien d'une grande danseuse, se trémousser sans devoir suivre des pas lui convient mieux.

– Tu t'amuses ? lui demande-t-elle, alors qu'ils partent marcher dans les jardins.

– Beaucoup. Ils sont tous adorables.

– Charles et Elvis t'apprécient.

– C'est réciproque. D'ailleurs, le champagne est un peu trop bon. Je ne vais pas pouvoir conduire.

– Moi non plus, je ne sais pas m'arrêter quand il y a des buffets à volonté. Que ce soit pour la nourriture ou l'alcool. Mais j'ai pris une chambre dans une maison d'hôtes à côté. C'est Charles qui a récupéré les clés. Tu peux dormir avec moi.

Il la regarde, surpris.

– Je prendrai le canapé. Je te dois bien ça.

Abel ne répond pas tout de suite. Ses mains se serrent et se desserrent, comme pour accélérer ses pensées ralenties par l'alcool. Soudain, il s'arrête et prend la main de Julie.

– Est-ce une invitation ?

Julie répond d'un baiser. Aussitôt, il l'approfondit jusqu'à en perdre la tête. Ils rejoignent la maison d'hôtes et se laissent aller à l'exploration de leurs corps, dans un abandon total, une confiance inattendue. Et la certitude que cette nuit n'est que la première d'une longue série. Le bourgeonnement d'une relation passionnée, pleine de bonté et de tendresse.

44

Copenhague, 1959

Après s'être réveillé de son coma, Thomas mit plusieurs mois à sortir du brouillard qui le gardait prisonnier. Son corps guérissait, ses muscles s'atrophiaient, et Colette ne quittait son chevet que pour danser. Lorsqu'il put parler à nouveau, il demanda à son épouse de le laisser. Elle n'en fit rien. Il se mura dans le silence et se comporta comme le plus odieux des malades. Infatigable, elle subissait chacun de ses caprices sans rien dire. Enfin, on l'autorisa à quitter son lit pour réapprendre à marcher et rentrer chez lui. Il avait l'impression de devenir fou. Cette faiblesse ne lui ressemblait pas, lui si fort, musclé et impitoyable. Il aurait dû crever lors de cet accident, au lieu de se retrouver enfermé dans une carcasse défaillante avec une épouse qu'il avait trahie. Il espérait pousser Colette à bout. Pour qu'elle le quitte. Un jour il arrêta d'essayer.

– Je veux divorcer.

Colette venait de l'aider à se coucher. Elle posa une main sur son front, à la recherche d'une explication à sa demande farfelue.

– Tu n'es pas chaud pourtant…

– Bon sang ! Je suis sain d'esprit, et j'exige le divorce !

– Reparlons-en demain, veux-tu ?

Elle le planta là. Il ignorait qu'une fois en dehors de sa chambre elle s'effondrait, se sentait affreusement seule. Prise à son propre piège. Chaque jour, elle repensait à Adrian. À plusieurs reprises, elle eut envie de le retrouver, mais sa lâcheté prit le dessus. Elle avait tout gâché, et il l'avait bien dit, c'était trop tard, c'était fini.

Thomas n'évoqua plus le divorce pendant près d'un an. Il parvint à remarcher normalement, reprit son indépendance et ses activités, à l'exception de la danse. Sauf une fois. Elle le surprit à s'entraîner, et en eut le cœur brisé. Ses pas raides et gauches, son visage figé par la douleur. Le grand danseur avait à jamais disparu. Depuis quelques mois, il perdait de nouveau du poids, souffrait de migraines, de spasmes au ventre, de vertiges, et s'était mis à boire. Il négligeait ses rendez-vous avec le médecin et se bourrait d'antalgiques. Un soir, assis derrière son bureau, un verre de cognac à la main, il lui dit :

– Je veux divorcer. Si tu savais comme je rêve chaque jour de ne plus jamais voir ta sale tête, grinça-t-il, la voix pâteuse, le visage plus jaune que d'habitude.

– J'ai mis ma vie entre parenthèses pour toi, rétorqua aussitôt Colette, pour essayer de reconstruire notre couple, et toi qui disais m'aimer, tu as bien vite trouvé une excuse pour me détester ! J'ai *tout* fait pour toi, Thomas ! Tout ! Et si c'est ta façon de me remercier, eh bien, très bien ! Divorçons ! Ça me fera des vacances !

– Tu as tout fait pour moi, hein ? Si on inclut mentir à ce tout, alors oui, tu as *tout* fait pour moi ! Je n'en peux plus de lire la pitié dans ton regard chaque jour. Elle me dégoûte autant que ta dévotion feinte.

– Comment oses-tu ?

Il chancela, porta la main à son ventre avant de s'effondrer dans un cri. Les crampes le tenaient cloué au sol et l'empêchaient de parler. Paniquée, Colette appela les secours. Voir son mari se tordre, vomir et maudire le monde entier le temps qu'ils arrivent, sans pouvoir rien faire, fut une torture. Pendant des heures, assise dans le couloir de l'hôpital, elle pria. Tout dans cet endroit la crispait. Depuis les regards compatissants des médecins jusqu'aux gisants installés sur des lits à roulettes que l'on promenait sous son nez. Et puis cette atmosphère aseptisée, cette odeur d'ultra-propre qui couvrait à peine les premiers relents de la mort. Comment les médecins la supportaient-ils ?

La Faucheuse ne lui était pas étrangère. Sa sœur, puis son père. Tous deux cueillis en quelques secondes. Et maintenant Thomas, dans une interminable agonie. Après l'accident, elle avait passé des jours et des nuits entiers dans ce dédale de blanc nuancé de bleu et de vert pâle, sans fenêtres, moderne et laid, froid et impersonnel. Un dernier rendez-vous pour ceux qui y mouraient. Elle y avait croisé des vieillards aux yeux vitreux, au teint déjà cireux. Elle y avait aussi vu des enfants maigres, souriants et encore innocents. Des petits cancéreux. Puis des hommes et des femmes dans la force de l'âge, certains amochés, d'autres prêts à reprendre le cours de leur vie. Souvent, ce bal morbide se ponctuait d'une valse de blouses, dans un galop guidé par l'urgence de la vie et de la mort.

Elle parvint à joindre Giselle Hiriart, en voyage au Japon avec son compagnon. C'était sa plus ancienne amie et, même si elles se voyaient peu, le lien demeurait. Giselle était la seule à connaître la vérité à propos d'Adrian, de Thomas. La seule chose que Colette lui avait tue était la gifle de Thomas. Depuis son mariage, Colette avait pardonné à Giselle de ne pas lui avoir immédiatement parlé de la visite d'Adrian. Elle comprenait ses raisons. Avec le recul, elle ne regrettait rien. Sa carrière n'aurait probablement pas été la même si elle avait tout abandonné pour lui courir après.

Vers deux heures du matin, un médecin, le docteur Mortensen, l'invita à le rejoindre dans son bureau et lui donna son diagnostic, la fuyant de ses petits yeux enfoncés. Thomas avait une cirrhose. Son état était critique.

– Mais c'est impossible ! s'écria Colette, perdue. Pendant des années il buvait à peine un demi-verre aux réceptions ! Il ne fume pas, ni ne mange gras. J'avoue que depuis son accident c'est une autre histoire… Mais rien d'excessif !

– Je ne suis pas certain de comprendre non plus, madame Heusser. Il semblerait que votre mari ait toujours eu un foie fragile, ce qui expliquerait son manque de goût pour les excès… Je conduis des recherches sur les effets secondaires de certains médicaments sur le foie et…

– Vous voulez dire que ce sont les médicaments qui l'ont rendu malade ?

– Je me suis plongé dans le dossier de votre mari. Le médecin qui l'a pris en charge après son accident a cherché à l'aider à se rétablir au plus vite…

– Va-t-il s'en sortir ? demanda Colette, blême.

– Je vais faire tout ce qui est en mon pouvoir pour l'aider, mais son foie est en très mauvais état. Ses chances de survie sont minces. N'aviez-vous rien remarqué ?

Colette se recroquevilla sur elle-même.

– Il ne voulait plus que je l'approche. Il me fuyait. Je voyais qu'il n'allait pas bien depuis quelques mois, mais il m'évitait comme la peste.

– Il a manqué ses rendez-vous médicaux, le saviez-vous ?

– Oui. Lorsque j'ai essayé de lui en parler, il a été odieux…

– Je suis désolé. Nous allons le garder en observation. Essayez de vous reposer un peu et de repasser dans la matinée.

Colette se présenta à l'hôpital à huit heures le lendemain, le visage cerné et le cœur déchiré. Apparemment, il l'avait réclamée toute la nuit. Une infirmière la conduisit à sa chambre. Ses parents l'entouraient, ses sœurs aussi avaient fait le déplacement. Dans un silence pesant, tous s'enlacèrent, comme si l'issue de cette veillée était déjà actée. Cette réunion prenait des allures d'enterrement. Puis la mère de Thomas proposa de laisser un peu d'intimité au couple. Thomas battit des paupières. Ses yeux étaient jaunes, éteints.

– Pourquoi es-tu restée ? demanda-t-il d'une voix éraillée.

– Parce que je suis ta femme. Et parce que je t'aime.

– Tu n'es pas obligée de me mentir, tu sais…

– Je ne te mens pas ! Il a seulement fallu que je te voie dans le coma pour que je comprenne que tu comptais bien plus que je n'avais osé l'imaginer.

Thomas ne répondit pas. Colette vit ses yeux briller. Il se retenait de pleurer.

– Je voulais que tu recouvres ta liberté. Je ne me suis jamais pardonné de t'avoir frappée, de t'avoir trompée, de t'avoir fait vivre un enfer… Tu ne méritais rien de tout ça. J'ai été horrible. Et pourtant j'ai continué après l'accident, en espérant que tu partirais en me haïssant. Parce que je préférais ta haine à ton indifférence. Mais maintenant, je vais mourir et tu seras libre.

– Ne dis pas de bêtises !

– Je sais ce que j'ai. Je le sais depuis un moment déjà.

– Pourquoi n'as-tu rien fait ?

– Je n'avais pas envie. Le ballet était ma raison de vivre,

danser avec toi, mon paradis, et ton amour, une oasis chimérique. J'avais tout perdu.

– C'est faux… C'est tellement faux ! Bon sang, tu n'es qu'un idiot égoïste ! Tu as préféré te tuer plutôt que de m'affronter ! Tu…

– L'amour rend idiot, et lâche parfois. Je crois que tu en sais quelque chose toi aussi. Ton Autrichien ne sait toujours pas qu'il aurait pu être père, n'est-ce pas ?

Colette ne répondit rien, s'appliquant à démêler les liens que nouait son esprit. Il avait raison.

– Il faudrait que tu le lui dises. S'il t'aime autant que je t'aime, il te pardonnera. Et j'espère qu'un jour tu me pardonneras. Je suis infiniment désolé, pour tout. J'ai été cruel. Je t'ai fait payer double chacune de mes frustrations…

– Je t'ai déjà pardonné. Je ne suis pas restée que parce que je me sentais redevable, mais parce que ce que nous avons vécu ensemble, ne serait-ce que sur scène, est une raison nécessaire et suffisante pour se battre.

– J'ai été si heureux… Malgré les moments difficiles, j'ai été infiniment heureux.

– Et moi donc ! Je suis fière d'être ta femme.

Il fondit en larmes et chercha ses doigts du bout des siens. Colette prit sa main et baisa ses phalanges.

– On va se battre, d'accord ?

Thomas hocha la tête. Les jours passèrent, et son état se dégrada. Colette annula ses représentations et se tint à ses côtés, entourée de sa belle-famille, qui ignorait tout de leurs problèmes conjugaux.

Deux mois plus tard, le docteur Mortensen rendit son verdict. Il allait mourir. C'était une question de jours. Pour elle qui était témoin de sa souffrance au quotidien, cette nouvelle fut presque un soulagement. Jusqu'à ce qu'elle comprenne ce qu'elle impliquait. Petite, la mort l'avait toujours angoissée, mais elle avait réussi à enfouir ces sombres pensées derrière son hyperactivité. Là, elle n'avait pas d'autre choix que de s'y confronter. Si seulement elle croyait en Dieu… Imaginer sa conscience s'éteindre pour sombrer dans le néant, toute cette vie riche en émotions, en actions, en souvenirs, en rires et en larmes effacée par une vacuité éternelle, tel était le raisonnement le plus terrifiant jamais élaboré par son esprit. Thomas se tenait au bord de ce gouffre de nuits sans jour, prêt à plonger dans un trou noir. Une étoile sur le point de s'éteindre.

Pourquoi fallait-il qu'ils se quittent alors qu'ils venaient de se retrouver, d'atteindre l'amour sous les couches de rancœur, le bonheur au milieu de leurs malheurs ? C'était injuste. Elle se rendit dans sa chambre. Il y régnait cette odeur aseptisée qu'elle associerait désormais à la mort, teintée des relents d'un corps en déclin. Elle retint un haut-le-cœur. Thomas ressemblait déjà à un cadavre. Il était si faible. Elle serra ses doigts décharnés. Il la remercia pour tout, pour cette vie qu'il avait chérie, et lui demanda d'être heureuse, de continuer à danser. Puis il fit ses adieux à sa famille et à ses amis, avant de sombrer dans un coma dont il ne se réveilla pas.

Le monde de la danse était en deuil. Ses obsèques furent spectaculaires. Colette y enterra une partie de son cœur qu'elle ignorait lui avoir laissée. Les mois qui suivirent, on s'attela à lui rendre hommage sur scène. Après chaque représentation, Colette avait pour habitude de humer une rose blanche, d'y déposer un doux baiser et de la lancer au-devant de la scène. C'était sa manière de tenir sa promesse. Celle de ne jamais l'oublier, et de toujours penser à lui lorsqu'elle dansait.

45

Biarritz, 2006

Julie enroule le fil tire-bouchonné du téléphone fixe de Mme Heusser autour de son doigt. Bixente décroche aussitôt. Elle l'appelle pour le prévenir qu'elle a recroisé Abel et doit le revoir le soir même pour faire le point. Elle ne sait pas quoi dire. Encore moins quoi faire. Elle aime encore Abel, cette évidence l'a frappée quand elle l'a revu. Mais elle ne le désire plus comme au premier jour. Elle a juste envie de le garder auprès d'elle. Parce que c'est facile. Et rassurant.

– Je… je ne sais pas ce qu'on va se dire. Je ne sais pas non plus ce que ça va donner. Pour être honnête, je n'ai pas envie que ça s'arrête entre toi et moi.

– Moi non plus. Mais c'est une discussion que vous devez avoir. Tu m'avais prévenu. Je savais qu'un jour ce cas de figure se présenterait. J'espère égoïstement qu'il se terminera en ma faveur, mais… c'est ton choix. On se voit quand même demain ?

– Oui. Bien sûr. Merci, Bixente. Je t'embrasse !

– *Muxu.*

Elle raccroche, le cœur lourd. Soudain, son portable se met à vibrer. Elsa. La fiancée de Marc. Son souffle se bloque. Son esprit commence à imaginer le pire. Elle laisse plusieurs secondes défiler mais finit par ouvrir le SMS, la boule au ventre.

Marc s'est réveillé.

Elle fond en larmes. Colette passe une tête hors de son bureau et la voit, au milieu du couloir, effondrée. Elle s'approche lentement, lui demande, hésitante, ce qu'il se passe. Julie gémit que son meilleur ami est en vie. Colette s'agenouille à côté d'elle, lui prend une main dans la sienne et lui frotte le dos de l'autre. Une fois ses sanglots calmés, Colette s'écarte et l'observe en souriant.

– C'est une merveilleuse nouvelle.

Julie hoche doucement la tête, puis se frotte les yeux en gémissant que ce n'est pas tout. D'une voix hachée, elle avoue avoir revu Abel l'après-midi même. Colette écoute, ses doigts déformés serrés autour de ceux de Julie. Lorsque la jeune femme se tait, Colette se relève avec précaution et l'aide à faire de même. Julie la prend dans ses bras. L'étreinte est celle de deux personnes qui n'en ont plus l'habitude. D'une femme qui a perdu sa mère depuis longtemps, et d'une autre qui n'a jamais pu le devenir. Mme Heusser est la première à reculer. Elle lui conseille d'appeler Abel et de le prévenir pour Marc. Son ami est la priorité. Qu'elle prenne sa voiture et roule toute la nuit pour le voir si besoin.

– Si je ne suis pas rentrée d'ici là, je compte sur vous pour vous rendre à la Gare du Midi et rencontrer l'équipe du ballet Landrin. C'est important.

– Eh bien… Si ça vous permet de partir plus sereine, alors je m'y engage ! Quels sacrifices il ne faut pas faire ! dit-elle, les yeux brillants de malice.

– Je ne vous le fais pas dire ! rit Julie. Merci pour tout, madame Heusser.

– Colette. Appelez-moi Colette. D'autant que Heusser, ce

n'est que pour l'administratif. J'ai préféré garder mon nom de veuve pour éviter la paperasse. Au fond de mon cœur, je suis Colette Reiter, mais ça, peu de gens le savent.

Julie l'embrasse sur la joue et s'en va au pas de course. Deux heures plus tard, elle récupère Abel devant l'hôtel du Palais. Il a pu s'arranger pour l'accompagner à Paris. Il monte à l'avant. Le souvenir de leur rencontre s'impose à elle, les rôles étaient alors inversés, ils ne s'étaient encore ni aimés ni blessés. Leurs regards se croisent.

– Ça t'y fait penser, toi aussi ? demande-t-il.

Elle acquiesce.

– Oui. Je ne pourrai pas oublier.

– Moi non plus. Je prends le volant dès que tu te sens fatiguée, ok ?

Nouveau hochement de tête. Elle accélère.

– J'aimerais arriver aussi vite que possible.

– Tant que tu ne nous envoies pas dans le fossé ! la taquine-t-il.

Julie sourit. Comme avant. Être à ses côtés est très étrange. Comme une parenthèse rassurante. Pourtant, elle sait que la perspective d'une ultime explication plane au-dessus d'eux. La conclusion d'un chapitre. Le dernier, sans doute, de leur histoire. Abel prend les devants et propose de ne pas en reparler avant d'avoir vu Marc. Il fouille dans la boîte à gants, à la recherche d'un CD. Il insère *Absolution* de Muse dans le lecteur. Cet album, il le lui avait offert trois ans plus tôt. Quelques mois plus tard, Julie l'avait invité à leur concert. Tous deux sont plongés dans les mêmes souvenirs.

Il monte le son et laisse les instruments accompagner la voix envoûtante de Matthew Bellamy. Ses vocalises quasi mystiques meublent ce silence qu'ils redoutent. À la place, ils s'autorisent à esquinter les notes et la mélodie en fredonnant les refrains. Ils font comme s'ils n'avaient jamais lu les paroles, comme s'ils ignoraient que « Endlessly » ou « Falling Away With You » décrivaient un triste déjà-vu. Puis ils enchaînent sur leur album préféré de U2, qui est, sans grande originalité, le préféré de tout le monde. David Bowie prend la suite, les Symphonies de Dvořák le talonnent par inadvertance, vite remplacées par Linkin Park pour que Julie ne s'endorme pas, et enfin une révision des classiques avec Nirvana.

Après neuf heures de route, ils arrivent à Paris. Il est deux heures du matin et, le Val-de-Grâce n'acceptant aucune visite à cette heure-là, ils se rendent chez Elsa et Marc. La jeune femme leur ouvre aussitôt et se jette dans leurs bras. Elle n'arrive pas à dormir. Impossible avec tant de questions sans réponse.

– Comment va-t-il ? demande Julie en s'asseyant sur le canapé.

– Les premiers signes sont encourageants… Mais j'ai peur d'avoir rêvé…

– Que disent les médecins ?

– Ils sont plutôt confiants. Mais il y a eu d'autres faux espoirs, je crains que celui-là en soit un aussi !

– Et Marc, qu'est-ce qu'il a dit ?

– Il a demandé s'il était en vie, avant de parler de maudits missiles !

Julie étouffe son cri de joie et serre la main d'Elsa. C'est du Marc tout craché. Se pourrait-il qu'il soit bel et bien de retour ? Julie se surprend à espérer. Tous trois partagent quelques souvenirs heureux avant de se laisser gagner par la fatigue. Embarrassée, Elsa conduit Julie à la chambre d'amis. Abel se contente du canapé.

Le lendemain matin, ils se rendent au Val-de-Grâce dès l'ouverture. Dans les couloirs, Julie se retient de courir.

L'impatience et la peur se heurtent dans son esprit. À quoi s'attendre ? En entrant dans sa chambre, elle vacille. Abel l'attrape par la taille et la tient contre lui. Pâle, maigre, comme aspiré de l'intérieur, Marc est allongé sur le lit d'hôpital, encore branché à plusieurs endroits. Elle aurait dû rentrer beaucoup plus tôt. Le temps a filé depuis qu'elle s'est installée chez Colette. Comme elle s'en veut !

Ils s'installent aux côtés de Marc et patientent en silence. Julie aimerait se confier à lui, mais pas avec Abel et Elsa à côté, alors elle se contente de lui tenir la main. Le médecin passe et renouvelle son pronostic positif. L'espoir grandit. Soudain, une toux les sort de leurs songes.

– Soif…

– Marc ! s'écrie Julie en lui attrapant la main, tandis qu'Elsa court chercher un docteur qui la rassure.

Deux mois dans le coma ne se récupèrent pas en quelques heures. La journée passe, rythmée par ses siestes et quelques accès de lucidité éphémères. Abel doit prendre le train. Ses toutes nouvelles responsabilités l'appellent. Julie l'accompagne en voiture à la gare. Tous deux sont exténués. Il défait brusquement sa ceinture de sécurité, encadre son visage de ses mains et l'embrasse. La saveur de l'habitude envahit son corps, une habitude réconfortante, une sorte de couverture douillette dans laquelle on s'emmitoufle auprès du feu. C'est agréable mais… pas excitant du tout. Est-ce la fatigue ? La panique l'envahit et elle s'écarte. Il la regarde avec tristesse.

– Tu ne me désires plus, dit-il sobrement. Ne fais pas cette tête, ça fait longtemps que c'est le cas.

Elle ne sait pas quoi répondre. Il lui prend la main et l'attire contre lui.

– On aurait pu continuer comme ça longtemps, par habitude, mais notre amour a évolué, il est devenu routinier, facile.

Un lieu refuge. Je pense qu'il est temps d'arrêter. Avant de se faire encore plus de mal.

Elle acquiesce en silence. Elle n'arrive pas à parler. Sa gorge est bloquée par l'émotion. Pourtant elle a mille choses à lui dire, tant de questions qui demeurent en suspens ! Mais toutes les réponses du monde ne parviendraient pas à réparer l'irréparable. Elle sait qu'il a raison, et pourtant elle ressent comme un déchirement.

– J'y vais. Mieux vaut garder nos distances quelque temps. Bon courage avec Marc et… au revoir.

Il sort de la voiture. Julie observe sa silhouette robuste s'éloigner, sans un regard derrière lui. Elle a envie de lui courir après, de crier que ça ne peut pas s'arrêter aussi abruptement, qu'elle le veut pour toujours dans sa vie, qu'il est un pilier de son quotidien, qu'elle a envie de changer pour lui, d'être une meilleure personne, qu'elle l'aime quand même. À la place, elle frappe le volant en pestant. Elle est épuisée, a envie de pleurer, et pourtant, elle sait au fond d'elle-même que leur histoire s'est terminée depuis longtemps. Elle se sent soudain plus seule que jamais. Parce que cette fois, c'est fini pour de bon.

Machinalement, elle conduit jusqu'à l'appartement d'Elsa et Marc, où la jeune femme l'attend déjà. Marc s'est réveillé peu avant le départ de sa fiancée, c'est encourageant. Le sommeil la cueille aussitôt, sans rêves ni mauvaise surprise. À son réveil, malgré le sentiment de vide qui l'oppresse, elle se sent mieux. Quelques heures plus tard, les deux femmes rendent visite à Marc. Il reprend des forces.

– Pourquoi tu fais la gueule ? Parce que je suis de retour ? la taquine-t-il, toujours couché, mais alerte.

– T'es con ! dit-elle en l'embrassant sur le front. Tu m'as fichu une peur bleue, idiot. Si tu savais ! J'ai vraiment cru que tu allais mourir.

– Saint Pierre m'a recalé.

Ils rient tous les deux.

– Abel m'a quittée, lâche-t-elle soudain.

– Oh, merde… Je suis désolé.

– Ça devait arriver… C'est un peu frais, c'est tout. Et… zut, Bixente !

– Hein ?

– Désolée, j'en ai pour une minute !

Elle le laisse en plan, se rue hors de la chambre et court jusqu'à l'entrée du bâtiment. Bixente décroche à la première sonnerie. Ils sont censés se voir dans deux heures. Elle lui raconte tout, dans un désordre décousu, si bien qu'elle doit s'y prendre à plusieurs fois pour qu'il comprenne le message. D'abord heureux pour elle, il la rassure. Leur dîner peut être reprogrammé n'importe quand après son retour. Julie fixe leurs retrouvailles pour dans trois jours. Entendre sa voix la réconforte plus qu'elle ne l'imaginait. Elle a besoin de lui dans ces moments difficiles. Pas seulement pour oublier qu'Abel n'est plus là, mais parce qu'elle tient à Bixente. Il lui manque.

46

Vienne, 1961

Giselle Hiriart était venue le trouver un vendredi, à la sortie de son cabinet. Adrian ne l'avait pas reconnue tout de suite. Quinze ans avaient effacé son visage de sa mémoire. Jusqu'à ce qu'elle lui parle. Il se souvenait mieux des voix, des accents, des intonations. Cette fois, elle n'avait pas cherché à l'accuser, elle lui avait simplement demandé un peu de son temps. Il se doutait qu'elle venait pour lui raconter la tragédie qui avait frappé Colette. Ça l'avait beaucoup attristé, elle ne méritait pas d'être veuve à trente-cinq ans. Il devinait son chagrin, tout comme il savait qu'elle lui en voulait, qu'elle leur en voulait. Mais qu'y pouvait-il ? Il s'était battu pour elle à de nombreuses reprises, lui avait proposé des alternatives, imparfaites certes, mais qui les auraient réunis. Si elle l'avait vraiment voulu, ils seraient mariés à l'heure qu'il est. Peut-être ne l'avait-elle pas aimé autant qu'il l'avait aimée ? Peut-être était-il victime de la même illusion que Thomas ?

Son divorce l'avait usé, et il se réfugiait dans le travail. Claire et Sebastian étaient ses seuls rayons de soleil. Avec eux, il se sentait presque entier. Presque. Elle lui manquait terriblement.

Toutes ces années passées à entretenir une amitié épistolaire, à se voir plusieurs fois par an, à développer une relation amicale sous laquelle bouillonnait un magma de passion et d'amour lui avaient permis de combler une partie du vide qu'elle avait laissé dans son cœur. Il écouta le récit de Giselle. Elle lui avoua que Colette avait un lourd secret à porter, un secret qui le concernait, et qu'elle avait besoin de lui pour supporter un tel fardeau.

– Je suis fatigué d'essayer, répliqua-t-il. Je n'en peux plus de rentrer la tête basse.

Giselle hocha la tête. Visiblement, elle se doutait de sa réponse.

– Je souhaitais seulement vérifier que vous ne l'enverriez pas promener si elle revenait. Sa vie est un enfer depuis l'accident de Thomas. Elle mérite d'être heureuse, et d'être aimée par un homme qui lui sera fidèle. Un homme comme vous. Je me suis trompée sur vous, et j'en suis désolée. Mais pourriez-vous me promettre de l'écouter lorsqu'elle vous parlera ?

– Évidemment.

Quand il rentra chez lui, il se demanda si elle viendrait. Une vie entière avait passé depuis leur première aventure, leur restait-il encore des choses à vivre ensemble ?

Le temps s'écoula, la rentrée de septembre approchait et avec elle l'annonce de l'arrivée de l'étoile Colette Elissalde au Staatsoper de Vienne, dans le rôle-titre de *Raymonda*. Il hésita longuement avant de prendre des places. Finalement, il en acheta aussi pour Claire et Sebastian, comme si leur présence constituait un dernier rempart contre ses sentiments malmenés. Mais lorsqu'il la vit sur scène, il sut qu'il était perdu. Elle était tout simplement sublime de grâce et de talent. Elle paraissait voler au-dessus du sol, mais son sourire semblait forcé, ses yeux paraissaient ailleurs. Le ballet s'acheva trop vite. Au moment de saluer, elle porta une rose blanche à ses lèvres et la déposa devant elle, une main sur le cœur, le regard plein d'émotion. Son hommage à Thomas. Les applaudissements redoublèrent, et il fut touché malgré lui.

– Pourquoi a-t-elle fait ça ? demanda Claire, une fois dans le taxi.

Il s'était dépêché de partir, rattrapé par la panique.

– Pour son mari. Il est mort il y a sept mois.

– Elle devait l'aimer beaucoup alors.

– Plus qu'elle ne le croyait elle-même, marmonna-t-il avant de se murer dans le silence.

Le surlendemain, alors qu'il venait de déposer les enfants chez Frieda, il entendit sonner à sa porte. Il approcha son œil du judas. Colette. La loupe donnait à son visage une rondeur qu'elle avait perdue en mûrissant. Elle ressemblait à celle qu'il avait aperçue sur le rocher de l'Atalaye, dix-huit ans plus tôt. Il l'observa longtemps à la dérobée, son cou de cygne, son nez et ses joues parsemés de taches de rousseur, ses boucles auburn qui s'échappaient de son chignon et ses longs doigts qui cherchaient désespérément à les remettre en place. Elle sonna une seconde fois, les traits tirés par l'anxiété. Prenant une inspiration, il ouvrit. Les yeux de Colette s'agrandirent, surpris, brillants comme des saphirs. Elle eut soudain l'air frêle et ramassée, comme si le courage l'avait abandonnée en un battement de cils.

– Entre.

Elle s'exécuta. Son expression figée dans l'étonnement, elle donnait l'air d'un chat prêt à bondir au moindre bruit.

– Thé ou café ?

– Rien, merci.

– Ne veux-tu pas un peu d'eau au moins ? Il fait chaud.

Il l'invita à prendre place dans le canapé en cuir bordeaux

et partit leur servir deux verres sans attendre sa réponse. Lorsqu'il revint au salon, il la trouva absorbée dans la contemplation de l'une de ses maquettes. Il s'éclaircit la gorge. Colette s'éloigna en rougissant avant d'accepter l'eau qu'il lui tendait. Leurs doigts se frôlèrent, l'air se chargea d'électricité. Elle but quelques gorgées et reposa son verre. Ses mains tremblaient.

– Pourquoi es-tu là ?

– La première de *Raymonda* a eu lieu avant-hier au Staatsoper. Je vais rester à Vienne au moins un an. Je n'en peux plus de Copenhague.

– Je sais, je suis venu te voir.

– Oh…

– Les enfants sont venus avec moi.

– Ah…

– J'espère que tu as plus à me dire que de simples onomatopées ?

– Je suis venue avec ma valise de secrets… Il est temps de l'ouvrir. Je me rends compte que je n'avais pas le droit de te le cacher tout ce temps. Alors je te présente mes excuses.

– Et je les accepte. Quoi que tu aies à me dire, je te jure de ne pas me comporter en salopard, de ne pas tourner les talons et partir en claquant la porte. Est-ce que ça te rassure ?

– Je ne sais pas trop. Ce n'est pas évident de parler de ça, mais je n'ai plus rien à perdre aujourd'hui. Pendant l'Occupation, je suis tombée enceinte de toi. Ça a dû arriver peu de temps avant le bombardement. Quand je l'ai appris, tu étais déjà au chevet de ton père. Je ne savais pas si tu reviendrais un jour, et il me restait peu de temps. Comprends-moi, j'ai dû agir et me sauver. J'ai avorté et perdu tout espoir de devenir mère un jour, lista-t-elle à toute vitesse en fixant le tapis.

On entendait le balancier de l'horloge, les klaxons de la rue, étouffés par les vitres, les pigeons ramiers roucouler sur le balcon.

– Je suis tellement désolée, Adrian, tellement désolée. Je n'avais pas le choix ! Si je l'avais gardé, ils m'auraient exécutée à la Libération. Mais maintenant tu es père, et ma stérilité n'est plus un fardeau. Je suis dé…

Adrian l'interrompit en se levant brusquement et en la prenant dans ses bras. Il la serra fort contre lui.

– Tu n'as pas à t'excuser. C'est moi qui devrais être désolé. J'étais tellement inexpérimenté alors, j'ignorais que l'on pouvait se protéger. Et tu as dû affronter cette épreuve seule ? Oh, mon Dieu ! Tu aurais pu mourir ! Pourquoi n'étais-je pas là pour toi ? Pourquoi ne m'en as-tu pas parlé avant ?

– J'avais peur que tu me haïsses, avoua-t-elle à mi-voix, séchant ses larmes contre sa chemise.

– Comment aurais-je pu ?

– Parce que la majorité des hommes auraient réagi ainsi.

– Je suis désolé… Désolé que tu aies dû prendre cette décision seule. Mais je suis là maintenant, si tu veux de moi.

– Tu veux encore de moi après ce que j'ai fait ?

Il caressa son visage, balaya les mèches rebelles de son front et releva son menton pour mieux recouvrir ses lèvres des siennes. Ce baiser avait un goût d'iode et d'espoir.

– J'ai besoin de toi dans ma vie, à chaque heure de la journée et de la nuit, maintenant et pour l'éternité. Sans toi, l'avenir est morne, la vie n'a pas de saveur. Sans toi, rien n'a d'importance… Je m'en suis rendu compte alors que nous nous écrivions presque tous les jours.

– Tu ne vas plus essayer de t'enfuir maintenant ?

– Plus jamais. Je suis désolée, j'ai été terriblement égoïste, mais il y a eu tellement d'histoires de femmes jetées à la rue pour avoir avorté et… quand tu m'écrivais que tu aurais aimé savoir à quoi auraient pu ressembler nos enfants, je n'ai pas osé t'en parler. Je suis venue parce que j'espérais encore me faire pardonner et rattraper le temps perdu. Je n'aurais jamais dû douter de toi, jamais.

– Mon étoile… Il me faudra un peu de temps, à moi aussi.

– Laisse-moi une dernière chance, Adrian. Laisse-*nous* une chance. Je t'en supplie, je… Je ne veux pas croire que j'aie tout gâché…

– Oh, mon amour…

La proximité de leurs corps brûlants leur engourdissait l'esprit. Colette sentait son cœur bourdonner, son souffle s'envoler.

– Et… je t'aime encore, je crois.

– Tu crois seulement ? demanda-t-il avec un sourire espiègle, son pouce s'aventurant sur la courbe de ses lèvres.

Les yeux de Colette étincelèrent, et cette lumière malicieuse qu'il aimait tant à Biarritz fut de retour. Elle passa ses bras autour de lui.

– Ce que je crois, c'est que j'ai besoin d'un rappel. La mémoire ne te fait-elle pas défaut, à toi aussi ?

– Terriblement, murmura-t-il avant de sceller leur amour de sa bouche.

Dans un orage tonitruant, cette passion qu'ils avaient conservée sous clé pendant des années abattit d'un coup les murs, les frontières et les remparts, pour les submerger tout entiers. Les boutons sautèrent, les chaussures volèrent, les vêtements furent abandonnés sur le sol. Ils basculèrent sur le canapé et ne tardèrent pas à rouler sur le tapis. Leurs corps se débattaient pour ne plus jamais se décoller, cherchant par tous les moyens à ne devenir qu'un. Alors qu'ils reprenaient leur souffle, Colette vit dans son regard le reflet de leur amour.

– Je m'en souviens, maintenant, souffla-t-elle, en perdant ses doigts dans ses mèches blondes.

– Moi aussi, je m'en souviens. D'ailleurs, je crois que je n'avais pas oublié.

47

Biarritz, 2006

Colette contemple la porte d'entrée, l'estomac noué, les jambes tremblantes. Elle peut le faire. Elle en est capable. Au bout de sa laisse, Charlemagne l'observe avec de grands yeux interrogateurs. Elle jette un coup d'œil au miroir de l'entrée : son tailleur Chanel, acheté vingt ans plus tôt, est toujours aussi élégant. Il n'y a qu'elle que le temps a gâtée. S'attendent-ils à voir arriver une vieille dame à la mine triste ? Va-t-elle les décevoir ? Elle a envie de laisser tomber, mais a promis à Julie. Elle se répète qu'elle peut le faire. Vingt minutes à pied en longeant l'océan. Peut-elle encore observer cette immensité assassine sans flancher ? Un traumatisme parmi tant d'autres. Nouveau coup d'œil douloureux dans le miroir. Dire qu'elle a été si belle… Au moins a-t-elle encore un peu d'allure. Sur cette pensée, elle sort de la maison.

Charlemagne s'adapte à son pas, et tous deux descendent l'avenue de l'Impératrice. Comme un cheval flanqué d'œillères, elle garde les yeux rivés sur la route, devinant le bleu de l'océan à sa droite. Il lui rappelle ses plus beaux souvenirs comme ses pires, il lui a offert des rires avant de lui arracher des pleurs, et pourtant, elle ne parvient pas à lui pardonner de lui avoir tout pris. Lorsqu'elle lui tourne le dos, elle s'autorise enfin à lever les yeux pour détailler les bâtiments. Même à Biarritz, l'ancien côtoie le moderne. Adrian avait été horrifié de voir toutes ces magnifiques constructions de la Belle Époque remplacées par des immeubles hideux. Il haïssait ces partisans du béton, ces amoureux du Corbusier, cette uniformisation moderniste qui avait frappé l'architecture de l'après-guerre. Mon Dieu, qu'il avait raison, soupire-t-elle.

Enfin, la Gare du Midi, devenue une salle de spectacle dans les années 1990, se dresse devant elle. Cela fait tellement longtemps qu'elle n'a pas vu ce bâtiment Art nouveau en pierres jaunes, ses arcades et ses tours décorées. Comme devinant le lieu du rendez-vous, Charlemagne tire sur sa laisse, et Colette le suit à l'intérieur. Un homme au crâne dégarni vient à sa rencontre. Henry Landrin, créateur du ballet éponyme. Il lui dit être honoré de la recevoir, elle est gênée. Heureusement, le petit chien vole à son secours en faisant la fête à son interlocuteur, qui s'en amuse avant de la guider jusqu'à la salle de répétition, à l'étage. À peine la porte ouverte, des applaudissements et des acclamations résonnent. Surprise, elle se retrouve face à une vingtaine de jeunes danseurs qui l'accueillent avec autant de chaleur que d'enthousiasme.

Des bravos fusent et soudain, elle se souvient. Les images de ce merveilleux passé la percutent. Elle se revoit, sur scène, dans le rôle de Nikiya dans *La Bayadère* ou de Kitri dans *Don Quichotte*, virevoltant sur la musique de Tchaïkovski, Prokofiev ou Develdez. Les émotions la submergent, elle parvient avec peine à ravaler ses larmes derrière un sourire de façade. Lorsque le calme revient, Henry Landrin la présente, tandis que Charlemagne, libéré de sa laisse, se fraye un chemin parmi les mollets des danseurs, en quête de caresses.

– Merci, madame Colette Elissalde, de nous honorer de votre présence. Pour l'occasion, nos danseurs ont une petite surprise pour vous.

Elle s'assoit à ses côtés, et le pianiste entame les premières mesures de la *Symphonie numéro 5* de Gustav Mahler. La musique réveille en elle des sensations oubliées, comme l'envie de danser et celle de se relancer dans la création. Elle note les différences avec la chorégraphie qu'elle en avait faite, toutes des changements audacieux. Son cœur tambourine mais cette fois, elle ne s'en inquiète pas. Elle laisse ses larmes couler. C'est splendide. Cet art sublime a si longtemps été sa raison de vivre. Lorsque le morceau s'achève, elle applaudit à s'en meurtrir les mains. Henry Landrin se tourne vers elle.

– J'ai souhaité revisiter votre pièce, en l'entremêlant à des morceaux de *La Sylphide*, tant dans la musique que dans les pas. Il y a également quelques variations originales dont je désirais vous faire part.

– C'était remarquable, murmure-t-elle, bouleversée. Vous avez été remarquables, reprend-elle d'une voix plus forte en s'adressant aux danseurs, qu'elle félicite pour leur travail et leur grâce.

Elle prend un plaisir fou à bavarder avec la troupe, à être de nouveau dans une salle de répétition, à entendre vanter ses talents d'autrefois. Après une dernière caresse, Charlemagne et elle prennent congé. M. Landrin l'accompagne jusqu'à son bureau. Dans cette pièce ouverte sur le jardin public, elle s'approche de la fenêtre. Quatre-vingt-seize cercueils, dont celui de sa sœur. Le souvenir est toujours aussi vif.

– J'aime beaucoup la vue de ce bureau, c'est une chance de pouvoir travailler à Biarritz, commente M. Landrin.

– Malheureusement, elle me rappelle de bien tristes souvenirs… Et c'est si difficile, parfois, de tourner la page, lui avoue Colette en s'asseyant face à lui.

– J'en suis désolé. J'espère pouvoir vous aider à y construire de nouvelles expériences heureuses. Rentrons dans le vif du sujet, si vous voulez bien. Le festival Le Temps d'aimer la danse souhaite rendre hommage à votre œuvre pour l'édition de l'année 2007. En apprenant que vous viviez à Biarritz, j'y ai vu l'opportunité de cocréer un spectacle avec vous pour cette occasion. En parallèle, j'aimerais présenter une pièce nouvelle au mois de mai 2007, à la Gare du Midi, et je pensais annoncer notre collaboration au travers d'une révision des *Amants maudits* dont vous avez vu un extrait tout à l'heure.

– Mais je ne fais plus ça depuis longtemps.

– Je suis conscient de la chance formidable que nous avons eue de vous recevoir aujourd'hui, mais vous avez encore tant de choses à montrer ! Vos dernières chorégraphies ont été de véritables chefs-d'œuvre : *Illusions d'amour*, *Les Mariniers*… Vous êtes une immense artiste ! Cette compagnie est jeune et pleine d'enthousiasme, tous vous adulent, vous méritez de briller.

Cette phrase, Adrian la lui répétait. Un sourire triste plisse ses joues.

– J'ai déjà brillé. Je ne suis plus qu'une étoile en déclin qui attend de s'éteindre.

– Mais vous brillez encore, et vous continuerez, parce que les étoiles mettent des millions d'années à nous avouer qu'elles se sont éteintes.

– Je ne sais pas si…

– Regardez au moins ce que je vous ai préparé, l'interrompt-il. Prenez le temps de réfléchir, mais j'ai envie de croire que vous accepterez de créer ce spectacle avec moi, de venir former ces jeunes qui n'attendent que vos conseils.

Colette jette un œil à Charlemagne allongé sur ses pieds,

puis au jardin public. Qu'y a-t-il chez elle qui la retient enfermée depuis si longtemps ? Elle n'a plus que Julie, Bixente et Mme Gentil. Elle a choisi de ne plus avoir personne, *après*. S'attacher était devenu si dur. Mais renouer avec la danse ne lui demande que de se laisser aller à sa passion.

– Montrez-moi, dans ce cas.

48

Paris, 1964

Adrian et elle s'installèrent à Paris, dans un appartement du neuvième arrondissement, à quelques rues de l'Opéra. La vie était douce à ses côtés. Les premiers mois avaient parfois été un peu compliqués, il lui fallait trouver ses marques, s'adapter à un nouveau quotidien. Mais jamais elle n'avait été aussi heureuse. Elle s'entendait bien avec ses enfants, et tout particulièrement avec la jeune Claire, qui avait désormais l'âge de sa sœur à sa mort. Elle ne lui ressemblait pas du tout, mais contribuait à donner à son prénom une consonance moins douloureuse. Les affaires d'Adrian étaient florissantes, il se concentrait de plus en plus sur des chantiers sociaux, des écoles, des centres de loisirs, et parfois des rénovations. Son style évoluait vers une modernité élégante. Grand amateur d'Art nouveau, il répétait souvent qu'il regrettait de ne pas être né à la bonne époque. Heureusement, il trouvait avec certaines commandes privées le moyen de s'adonner à sa folie créatrice. Sortirent ainsi de terre des villas de millionnaires sur la Côte d'Azur ou encore un château néo-gothique en Turquie.

Enfin, elle allait danser à l'opéra Garnier. Elle y avait tant de souvenirs, et tant de rêves avortés. Après seize ans au théâtre royal de Copenhague, trois au Staatsoper de Vienne, elle s'apprêtait à terminer sa carrière en beauté. Dans deux ans, à l'âge de quarante ans, elle devrait quitter la scène, et cette perspective lui nouait le ventre. Si elle le pouvait, elle danserait jusqu'à ce que son corps la lâche. Elle trouverait un moyen de continuer, il le fallait. Elle avait fait tant de sacrifices pour y arriver.

La veille de son premier jour de répétition, un vent de panique l'envahit. Elle revécut ce moment où, à chaque mèche de cheveux coupée, arrachée, tondue, elle voyait son avenir lui échapper. Pour la première fois, elle raconta en détail à Adrian ce qui s'était passé. Il l'écouta avec effroi avant de l'étreindre pour chasser l'horreur de ce souvenir.

Le lendemain, rassérénée, elle foula le marbre avec émotion. On l'accueillit comme une reine. Enfin. Son premier rôle, la Sylphide, était celui de ses débuts en tant que première danseuse à Copenhague. Puis elle s'illustrerait dans *Le Lac des cygnes* lors d'un gala exceptionnel, suivi d'une dizaine de représentations, et clôturerait la saison avec *La Bayadère*. En parallèle, elle rencontra Maurice Béjart, qui lui proposa de danser pour lui sur *Le Sacre du printemps*. Elle accepta et travailla d'arrache-pied pour briller sur la scène du Grand Théâtre de Genève.

Cette initiation à la danse moderne lui plut tant qu'elle lui inspira des rêves qu'elle transforma en chorégraphies. Le soir, lorsqu'elle ne jouait pas, Colette montrait à Adrian ce qu'elle venait de créer. Danser pour lui, rien que pour lui, était son plus grand triomphe. Elle n'oublierait jamais ce qu'elle lisait dans ses yeux dans ces moments-là. De l'adoration pure. Il assistait à chacune de ses représentations.

Ses deux dernières années en tant qu'étoile à Garnier filèrent en un clin d'œil, et ce fut dans le rôle de Giselle que Colette fit ses adieux à la danse classique. Sur scène, elle déposa une dernière rose blanche en hommage à Thomas, et souffla un baiser à Adrian. Puis tous deux partirent pour un long voyage. D'abord le Japon, ensuite l'Australie, la Nouvelle-Zélande, le Brésil, l'Égypte, et ils terminèrent par la vieille Europe. En Écosse, ils choisirent une cérémonie sans valeur légale, intime et païenne, plutôt qu'un mariage officiel. Les mains liées par des rubans en tartan, les yeux pleins de la magie des Highlands, ils étaient heureux, tout simplement.

Retour à la réalité un an plus tard. Le tourbillon parisien et l'appel du labeur brisèrent l'enchantement de cette longue échappée. Colette dansa pour Maurice Béjart, Roland Petit et d'autres, tout en travaillant sur ses propres chorégraphies. En reprenant la direction du ballet de Lyon, elle mit en scène son premier spectacle, *Les Amants maudits*, sur les symphonies de Mahler, qui récolta un triomphe. Le premier de sa nouvelle carrière. Porté par son succès, Adrian s'attela à des projets d'écoles de danse, à Copenhague, Bordeaux, Vienne et Munich. Peu de temps après leur retour de vacances, la mère de Colette s'éteignit, fatiguée de vivre. Elle s'y attendait, mais n'en souffrit pas moins.

Le matin du quarante-cinquième anniversaire de Colette, Adrian la réveilla d'un baiser et lui apporta un plateau de petit déjeuner décoré d'une rose Pierre de Ronsard. Entre le jus d'orange et les tartines, une enveloppe scellée l'attendait. Incapable de patienter, elle l'ouvrit devant lui. Sous ses yeux, un acte notarié qu'elle fixa sans comprendre.

– Regarde l'adresse.

– 25, avenue de l'Impératrice, Biarritz…, lut-elle. Qu'est-ce que ça signifie ?

– Que tu es désormais l'heureuse propriétaire d'une maison à Biarritz. J'espère que tu m'y inviteras.

– Mais tu es fou !

– Joyeux anniversaire, mon étoile.

Elle poussa le plateau et attira Adrian vers elle. Elle mit fin à leur baiser et se perdit dans son regard vert. Quelques mèches blondes, striées d'argent, retombaient sur son front. Vieillir lui allait bien.

– Je t'aime, tu sais ? murmura-t-elle.

– Et tu m'aimeras encore plus lorsque tu auras fouillé dans la poche gauche de mon peignoir…

Colette y glissa aussitôt la main, et en sortit des photos montrant une villa néobasque au milieu d'un jardin envahi par les ronces donnant directement sur la falaise. La vue coupait le souffle. À l'intérieur, du papier peint à l'air défraîchi, des tapis immondes, et une décoration arrachée à l'avant-guerre. Elle y devinait l'odeur de la poussière. Mais l'ensemble avait un potentiel inouï.

– Dans la poche droite maintenant !

Suivant le même rituel, elle s'empara de nouveaux clichés. Cette fois, la pelouse avait été tondue, des rosiers bordaient la façade, les arbres près de la clôture avaient été taillés, et des massifs fleuris étaient installés à côté de l'entrée. Un muret en pierre bordait l'échappée vers l'océan, et un petit escalier descendait plus bas encore. Un véritable éden. L'intérieur n'avait plus rien à voir avec les images précédentes. Les murs avaient été peints en blanc, des meubles design et élégants avaient été installés. Chaque pièce avait son univers, son caractère. L'ensemble dégageait une singularité distinguée.

– Tu as tout fait restaurer ?

Il acquiesça d'un large sourire.

– Tu es bel et bien fou ! Quand y allons-nous ?

– Ce week-end ?

Quelques jours plus tard, ils roulèrent jusqu'à Biarritz, émus de retrouver cette ville dans laquelle ils avaient tant de souvenirs. Contrairement à lui, elle n'y était pas retournée depuis 1944. Et même si la ville avait beaucoup changé, Colette fut troublée de la redécouvrir presque comme dans ses souvenirs. Quant à *leur* maison, elle était tout simplement magnifique, et surtout immense. Un premier salon s'ouvrait sur l'océan, la côte et les Pyrénées, un second plongeait vers le jardin. Chacun avait un bureau. Leur chambre, au premier étage, donnait sur la cour et l'océan. Au second, trois chambres et trois salles de bains leur permettraient d'accueillir Sebastian et Claire, ainsi que leurs amis. Ils s'y sentaient si bien qu'ils décidèrent d'y vivre une semaine sur deux, quand leurs responsabilités respectives le permettraient, s'extasiant chaque jour sur cet après dont ils avaient autrefois rêvé.

49

Biarritz, 2006

Julie arrive à Biarritz quelques minutes avant son rendez-vous médical, l'estomac noué. Un médecin d'une soixantaine d'années, aux cheveux rares et blancs, l'ausculte, l'air affable. Elle retient son souffle. Son diagnostic risque de faire basculer sa vie. Et si elle ne pouvait plus voler ?

Elle se sait l'une des meilleures dans son domaine. Certains la surnomment la danseuse des airs. Elle pratiquait la voltige avec de petits hélicoptères sur son temps libre. Des compétences plutôt rares qui la rendent d'autant plus précieuse sur le terrain. Elle peut tout piloter. Elle décrypte chaque micro-variation dans le ronronnement du moteur et réagit en fonction. Son orchestre est son appareil, elle le maîtrise d'une main de virtuose. Voler, c'est ce qu'elle aime par-dessus tout. Si on le lui interdisait, elle se sentirait complètement perdue. Que pourrait-elle faire d'autre ? Elle n'y a jamais réfléchi. Être libraire, c'est amusant, mais il lui manque l'adrénaline, l'émotion unique du décollage, la vision du sol qui s'éloigne, le bercement de l'air, l'excitation du vide.

– Votre tympan est endommagé, mais commence déjà à

cicatriser. Effectuons quelques tests. Les acouphènes ne disparaîtront pas complètement, mais ils seront moins fréquents... Évitez les bruits forts, et portez des boules Quies le plus souvent possible.

Julie hoche la tête, un peu décontenancée. Elle qui s'attendait à l'irrévocabilité d'un diagnostic négatif en a oublié la perspective opposée. Que faire si elle guérit ? À la suite du test, le médecin conclut qu'elle a subi une perte auditive moyenne, et qu'un appareil intra profond pourrait l'aider à recouvrer la majeure partie de ses capacités. Elle y réfléchira. Elle n'a pas envie de se sentir diminuée à cause d'un fil qui dépasse de ses oreilles... C'est idiot, mais elle l'assume. Elle ne le fera que si elle n'a pas le choix. En attendant, l'avenir l'inquiète. Elle va devoir repartir. Aussitôt, une angoisse sourde l'envahit. Quelle alternative a-t-elle ?

Elle déambule dans Biarritz, le regard aveugle, plongée dans le monde chaotique de ses pensées. Aucune envie de rentrer directement et d'affronter Colette et ses questions. Aucune envie non plus d'évoquer Abel, encore moins sa santé. Parce que tout fout le camp et qu'elle court derrière un équilibre chancelant. Cette petite bulle de routine facile et légère est sur le point d'exploser, et elle aperçoit déjà les ténèbres qui l'avaient aspirée à son retour du Tchad et d'Afghanistan. Elle ne veut pas retourner sur le front. Elle est terrifiée. Là-bas, la solitude n'est plus confortable, elle la dévore, la ronge jusqu'à ce qu'il n'y ait plus que son enveloppe corporelle. Elle en a vu, des traumatisés, les morts-vivants de l'armée. Leurs âmes en peine hantent ses cauchemars.

Autour d'elle, un brouhaha agressif. Soudain, un martèlement répétitif la fait sursauter, sec et écrasant comme celui d'une mitrailleuse. Effrayée, elle fait un bond sur le côté. Les autres passants déambulent, imperturbables. Est-ce dans sa tête ? Tendue, elle prend appui sur le mur le plus proche. Sous ses yeux les pavés se déforment, les silhouettes devant elle oscillent, fantomatiques, les nuages ne sont plus qu'une fumée noire, le soleil l'écrase et chaque visage lui semble hostile. Elle est terrifiée. Le souffle court, elle se remet en marche. Pourquoi ne paniquent-ils pas ? Des bruits sourds, ceux d'objets qui s'écrasent, résonnent dans tout son corps. Elle presse le pas, chancelle jusqu'au virage. Des formes fluo, des monstres jaunes, des tas informes, des bras difformes. Ses yeux s'accommodent, et soudain elle voit clair. Le marteau-piqueur s'enfonce à nouveau dans le sol dans un fracas désagréable. La pelleteuse déverse des gravats qui résonnent en tombant. Des travaux. Elle passe son chemin.

À bout de forces, elle s'assoit à la terrasse du Royalty et commande une tisane, dans le vain espoir de trouver un quelconque apaisement. Ses mains tremblent, sa tête tambourine. Elle serre et desserre les doigts, se frappe les cuisses, tente de récupérer un semblant de contrôle. On la regarde. Qu'est-ce qu'ils lui veulent tous ? Ils ne savent rien, se prélassent dans un quotidien confortable, détournent le regard et rentrent dans leur carapace dès qu'il est question d'un malheur qui n'est pas le leur. Elle les envie. Sa tête est douloureuse. Son cœur veut s'enfuir. Ses jambes vibrent. Elle se relève – tant pis pour la tisane – et se met à courir. Elle doit y retourner. *Sa vue.* Elle doit se souvenir que la vie en vaut la peine. Pour la splendeur de cette terre, pour Marc, pour Colette, pour Abel, pour Bixente, pour les autres. Il faut qu'elle s'en souvienne.

50

Biarritz, 2006

Assise dans le salon de l'hôtel du Palais, Colette sirote son thé, bercée par le piano. L'endroit a peu changé depuis ce nouvel an 1944, seules les croix gammées ont disparu. Derrière elle, La Rotonde la nargue de souvenirs, de réminiscences d'une époque où elle ne s'égarait que le temps de retrouver son chemin dans les yeux d'Adrian. Lorsqu'ils se promenaient, ils inventaient une vie aux passants, imaginaient leur quotidien, leur histoire, spéculaient sur les raisons possibles de l'abandon d'un objet sur un banc, au coin d'une rue, observaient les fenêtres illuminées dans l'obscurité en se demandant qui vivait derrière, plissaient le front et la bouche devant un petit chien. Ils renouaient avec leur âme d'enfant.

Un jour, en passant devant une terrasse, ils avaient aperçu une vieille dame buvant seule un verre de rouge. Tirée à quatre épingles, elle était trop élégante pour ce petit bar de quartier, pour ce vin bon marché, pour cette clientèle débraillée. Elle portait des bagues à chaque doigt, de lourdes boucles d'oreilles et trois rangs de perles. Que faisait-elle là ? S'était-elle arrêtée parce que ses jambes ne la portaient pas plus loin que cette rue ?

Était-elle venue pour séduire ? Pour se montrer ? Pour observer les piétons flâner sur la place fleurie, les enfants jouer sur les balançoires et les toboggans ? Pour oublier un amant ? Noyer son cafard ? Ou pour trouver dans cette piquette la saveur de l'interdit ? Quels souvenirs revivait-elle à cette petite table ?

Aujourd'hui, c'est elle la vieille dame en tailleur assise seule à une table. C'est sa vie que les curieux cherchent à saisir, sa solitude que les plus désabusés jugent. Il y a cette femme entre deux âges, aux lèvres et aux pommettes gonflées au silicone, qui la fixe. Elle semble lasse, face à son interlocuteur en pleine tirade avec lui-même. Comme Thomas lorsqu'il s'écoutait parler. Avec Adrian, il n'y avait ni monologues, ni discours assommants. Seulement leurs rires et leur imagination.

Jusqu'à présent, elle pensait que sans Adrian elle ne parviendrait plus à créer, qu'en le perdant, elle avait égaré sa fantaisie. Pourtant, dans le bureau de M. Landrin, alors qu'il lui montrait ses propositions pour le retravail des *Amants maudits*, un essaim d'idées s'était mis à bourdonner dans sa tête. Incapable de le contenir, elle l'avait laissé s'échapper. Pendant plusieurs heures, ils ont travaillé, infatigables. De cette fusion de leurs esprits sont nés trois spectacles, ainsi que la promesse d'une collaboration unique, touchante et splendide. Elle en est encore tout étourdie, voguant entre un vague à l'âme et une excitation débridée. L'avenir fait donc encore partie de son vocabulaire. A-t-elle seulement envie d'un avenir sans Adrian ? Maintenant, oui. Car elle comprend aujourd'hui qu'il l'accompagne comme une ombre, qu'il est derrière chacun de ses pas, chacun de ses gestes. Que, tant qu'elle vivra, il sera toujours là, bien au chaud dans sa poitrine. Alors elle y retournera, demain, et les jours d'après.

Elle ferme les yeux quelques instants, se laisse porter par la musique comme par une houle calme et reposante, et pense à l'océan derrière elle. Elle ressent sa présence. Ici plus encore que dans sa maison où elle cherche à le fuir à tout prix. Elle a envie de se confronter à lui à nouveau, cet océan. De le regarder dans le blanc de l'écume et de lui poser ses questions. Mais ce sera pour un autre jour. Elle doit se reposer avant.

51

Biarritz, 1972

Claire et Sebastian assis à l'arrière, Adrian conduisait vers Hendaye, Colette à ses côtés. Il avait une nouvelle surprise pour eux. Comme à leur habitude, ils étaient venus passer le mois de juillet dans leur villa biarrote avec les enfants, en se réservant le suivant pour voyager tous les deux. Adrian se gara à côté du port, et ils récupérèrent la glacière et leurs sacs. Colette s'esclaffa devant les pitreries de Claire et Sebastian. L'éclat de son rire se mêla à la brise. Un parfum de félicité flottait autour d'eux. Adrian les conduisit vers le ponton.

– On va faire du bateau, c'est ça ? demanda l'adolescent de seize ans.

– Tu verras.

Après une série de bifurcations, ils s'arrêtèrent devant un voilier flambant neuf, légèrement plus long que ses voisins.

– C'est un douze mètres, italien. La crème de la crème.

Colette baissa les yeux et remarqua à l'arrière le nom du navire. *L'Étoile*. Incapable de prononcer le moindre mot, elle s'accrocha à son bras.

– Tu as acheté un bateau ! s'écria Sebastian.

– C'est un voilier, le reprit Claire du haut de ses vingt-trois ans, avec un sourire espiègle.

– Le dernier à bord a un gage !

Les deux jeunes gens se hâtèrent d'enlever leurs chaussures et sautèrent sur le pont. Adrian leur conseilla de faire attention, mais sa demande se perdit dans leurs manifestations de joie.

– La glacière, Sebastian ! cria Adrian.

L'adolescent revint au pas de course, la souleva et la déposa sur le voilier avant de disparaître dans la cabine.

– *L'Étoile…* Tant que tu ne me compares pas à une étoile de mer !

– Ingrate !

– Je ne savais même pas que tu faisais de la voile !

– J'ai profité de mon projet de centre de loisirs au Havre pour apprendre. Je me suis dit que si je n'étais pas trop mauvais, je te ferais la surprise en nous achetant un voilier. Et je suis plutôt bon, glissa-t-il, fier.

– Cachottier !

Ils embarquèrent à leur tour. Une fois sortis du port, elle l'aida à hisser la voile, l'écouta nommer chaque corde, chaque outil qui servait à la navigation, et ils voguèrent en direction de l'Espagne. Au fil des manœuvres, elle se sentait plus à l'aise, comprenant ce qu'il se passait, anticipant les besoins. Dès qu'il fallait virer de bord, Sebastian était le premier de l'autre côté. Claire, quant à elle, essayait désespérément de bronzer dans le calme, allongée sur le pont en bois verni. Son frère ne manquait jamais une occasion de l'embêter, et ses cris offensés faisaient pouffer Colette et Adrian.

La coque noire brillait au soleil, les voiles immaculées, bombées par le vent, entraînaient leur vaisseau vers le large. La brise les enveloppait, le sel enrobait leur peau, leurs yeux se plissaient derrière les lunettes, leurs muscles se tendaient pour tirer les bouts, leurs sourires s'agrandissaient. Après avoir embobiné et bloqué la drisse de la grand-voile, Colette se plaça à la proue, les deux mains enroulées autour des barrières, le nez offert aux embruns. L'océan à perte de vue. Des nuances de bleu, d'argent et de vert. Et derrière eux, la côte sinueuse du Pays basque espagnol, les sommets émoussés et irréguliers des Pyrénées. Elle se sentait vivante. Elle percevait l'âme de ses ancêtres corsaires vibrer en elle. Elle s'imaginait une longue-vue à la main, son œil unique rivé sur l'horizon, excitée par la perspective d'un nouveau combat. Certes, c'était un rêve hollywoodien, mais elle s'y croyait. Soudain, des bras lui enlacèrent la taille, aussitôt elle s'appuya contre le torse d'Adrian.

– Mais si vous êtes ici avec moi, qui pilote, mon capitaine ?

– Un jeune moussaillon, sous le regard suspicieux de sa sœur aînée.

– Allons bon… Ainsi donc nous vivons nos dernières heures…

– Alors je mourrai en te tenant dans mes bras !

– Tais-toi donc, frissonna Colette en se retournant dans son étreinte, les sourcils froncés.

– En tout cas, je suis impressionné, tu t'en sors très bien sur le bateau. Tu fais un parfait second.

– Je me réjouis déjà de nos futures navigations. Rien que tous les deux. Je n'avais encore jamais fait de voile. J'adore !

– Pirates à tribord ! s'époumona Sebastian depuis le gouvernail.

À ce cri, Adrian s'élança, suivi de peu par Colette qui le tenait par la ceinture, et hurla un tonitruant « À l'abordage ! ». Il saisit une fourchette sur la table et la brandit telle une arme devant son fils, déjà en position d'escrime, une cuillère en bois en guise de sabre. Derrière lui, Claire, hilare, tenait le gouvernail, son foulard noué en bandana. Un duel sans merci débuta, s'interrompit pour baisser les voiles et jeter l'ancre, et se termina par-dessus bord. En pleine mer, l'eau était plus fraîche que sur la côte. On n'en distinguait plus le fond, mais ils s'en moquaient, à cet instant ils étaient invincibles.

52

Biarritz, 2006

– Ça ne va pas, remarque Colette en apercevant Julie dans le salon sur océan, allongée sur le canapé, le regard tourné vers les flots.

– Je ne suis pas sourde, et pas près de le devenir apparemment. J'ai eu de la chance.

– Eh bien, puisque vous respirez encore, j'en déduis que vous avez eu de la chance, oui ! siffle la vieille femme. Enfin, Julie, être en bonne santé n'est pas un fléau. Relevez-vous, bon sang ! Et cessez donc de vous plaindre !

– Je ne veux pas qu'ils me renvoient là-bas…

– Je sais.

– J'ai l'impression d'être retombée dans mes cauchemars, de ne plus rien contrôler…

– Je m'en doute. Respirez. Lentement. Apprenez à avancer étape par étape. Croyez-moi, des problèmes, j'en ai affronté… Et on se remet de tout, même du pire. Parlez-moi plutôt de votre ami. Marc, je crois. Comment va-t-il ?

Julie hoche la tête, prend le temps de souffler et tente de repousser ses idées noires. Charlemagne pose le museau sur ses genoux. Elle lui caresse la tête. Étonnamment, leur présence l'apaise. Tous deux lui ont sauvé la vie. Tous deux donnent sans rien attendre en retour. Il y a une bonté folle derrière l'austérité de cette vieille femme et la tendresse de ce petit chien.

– Marc va guérir. C'est un miracle.

– Eh bien, fêtons ça !

À ces mots, Colette tourne les talons et Julie la suit, hypnotisée par le motif de sa jupe pied-de-poule.

– Vous êtes sortie.

– Non, je porte cette jupe trop serrée pour le plaisir de me rappeler que, malgré tous mes efforts, mon corps s'est épaissi.

– Ça ne se voit pas.

– Moi, je le sens.

– Vous détournez la conversation ! Vous avez rencontré le directeur du ballet Landrin, c'est ça ? s'enthousiasme Julie.

– Oui. J'ai eu le malheur de promettre à une jeune ingrate que je m'y rendrais.

Colette s'arrête dans son élan et Julie manque de lui rentrer dedans. Elle remarque chez sa logeuse une émotion inédite, une fébrilité inconnue. Plus elle la côtoie, plus la vieille dame la touche.

– Merci, Julie. Vous m'avez poussée à saisir une chance que j'aurais refusé de voir sans vous. Je vais écrire et produire une série de chorégraphies avec M. Landrin.

– C'est formidable, s'écrie Julie. Que je suis heureuse pour vous !

– Merci. Simplement merci.

– C'est plutôt cela que nous devrions fêter ! Dès que je rentre ! J'ai rendez-vous avec Bixente.

– Ah. Quelles sont les nouvelles ?

– Nous avons rompu, avec Abel.

– Très bien !

– Vous trouvez ? Moi, j'ai l'impression d'être passée sous un rouleau compresseur !

– C'est normal, mais vous aimerez à nouveau. Et un jour vous rencontrerez quelqu'un qui éclipsera tous les autres. Allez retrouver Bixente, et tâchez de vous changer les idées. Quelles que soient les difficultés, n'oubliez jamais que la vie en vaut la peine. Elle vous réserve les plus belles surprises. Et quand on a l'impression d'être au fond du gouffre, il suffit juste de patienter. Elle vous donne toujours envie d'y croire.

La bonne humeur de Colette est contagieuse. Julie se sent à nouveau en sécurité. La crise est passée. Et même si elle ne sait plus trop où elle en est, elle laisse les mots de Colette infuser en elle. Avancer étape par étape, prendre le temps de digérer les événements. Sa rupture avec Abel est un moindre mal face à un probable renvoi en mission à l'étranger. Elle reprend peu à peu confiance en elle. Si Colette l'a fait, elle aussi en est capable. Tant qu'elle ne repart pas là-bas. Pourvu que l'état-major l'entende…

Après une douche froide, Julie décide de passer au Bookstore voir Laurea. La rousse l'accueille d'un air inquiet, Julie s'empresse de la mettre au courant et de la rassurer. Laissant la boutique entre les mains de deux autres employés, Laurea prend sa pause et marche avec Julie, la mettant au fait de sa relation bourgeonnante avec le médecin. Elle est beaucoup plus attachée à lui qu'elle ne le pensait, et a tellement peur qu'il la rejette qu'elle préfère le quitter avant. Julie l'écoute, effarée, avant de l'en dissuader. S'enfuir n'est jamais la solution, elle le sait désormais. Ces mots résonnent curieusement à son oreille, elle a l'impression d'entendre Colette parler à sa place, et songe avec une certaine fierté qu'elle a fait siens ses conseils. Requinquée, elle regarde Laurea retourner à la librairie en songeant à son départ, à cette perspective qu'elle a passée sous silence. Plus que deux mois de répit avant la fin de son arrêt. Il n'y a pas de raison qu'elle soit déclarée inapte si son oreille continue de guérir. Elle s'accroche au présent, et rejoint Bixente. Après tout, gérer ses peurs, c'est aussi savoir les laisser parfois de côté, se rassure-t-elle.

– Tu as l'air ailleurs, lui glisse-t-il en lui resservant un verre de vin.

– Je suis complètement paumée. Je n'arrive pas à savoir ce que je ressens. Je ne vais pas être démobilisée, ça c'est sûr, et voler me manque. Le danger, beaucoup moins…

– C'est normal que tu sois perdue. Tu as failli mourir et perdre ton meilleur ami, tu as rompu et tu traînes avec le sosie de Brad Pitt… Il y a de quoi perdre le nord !

Elle sourit, avant de redevenir sérieuse.

– Je ne veux pas te blesser, mais je ne veux pas non plus te promettre quoi que ce soit, parce que je tiens à toi et…

Il la fait taire du bout de l'index. Julie sent la fraîcheur crémeuse de la mayonnaise lui recouvrir les lèvres. Les yeux du surfeur brillent d'un fou rire contenu. La conversation dérive vers des sujets plus légers, ils rient et boivent, se laissent emporter par l'euphorie d'un coucher de soleil bien arrosé au port des Pêcheurs. Autour d'eux, quelques vieux musiciens entonnent des chants basques au pied des crampottes. Leurs têtes ridées et burinées sont coiffées de bérets noirs, leurs bouches s'agrandissent au gré des harmonies. La mélodie semble jaillir des entrailles de la terre, encore vivante des siècles après, héritage d'une culture qui s'est battue pour perdurer. Ces mots inconnus, Julie en devine le sens. Il est ancré dans son âme, universel, immortel. Grisée par cet échantillon de beauté brute, elle se sent soudain affamée de vie et entraîne Bixente dans une danse traditionnelle, le mettant au défi de lui rappeler des pas qu'elle n'a plus pratiqués depuis vingt ans.

Un cercle de danseurs se forme, irrégulier et concentré, et, aux premières notes des *mutxikoak*, glisse vers la gauche dans un même pas. Le rythme rapide mélange ses mouvements, Julie sent ses pieds tricoter des motifs inconnus, et voit dans le regard de Bixente qu'elle est ridicule. Elle s'en moque. Un petit tour et ça repart, avec plus d'assurance cette fois. Les rires fusent autant que les encouragements, et quand enfin les derniers sauts viennent clôturer ce bal improvisé, tous deux flottent dans un monde lointain, aux frontières définies par les archipels de rochers et les Pyrénées, où l'accent est un chant à lui tout seul, où l'on déguste des fruits de mer face aux barques de pêcheurs arrachées à un siècle révolu, où le temps s'est arrêté pour vivre sans crainte du lendemain.

53

Munich, 1988

Absorbé par l'écran de télévision, Adrian fixait les flammes engloutir l'hôtel Stern à Francfort. Ses yeux rougissaient comme les braises. Son air hanté rappelait à Colette celui de Thomas, rongé par la maladie. Le désespoir avant l'abandon. Les causes de l'incendie étaient encore inconnues, et le présentateur énumérait les hypothèses : fuite de gaz, négligence, ou encore erreur de construction. Colette s'assit à ses côtés, l'entoura de ses bras et lui murmura des mots de réconfort, mais il ne cilla pas et resta bloqué dans cette position crispée toute la soirée. Il partit enfin se coucher sans un mot.

Le lendemain, le bilan tomba. Plus de quarante morts, une dizaine de disparus, ainsi qu'une trentaine de blessés. Adrian se rendit malgré tout à l'inauguration du théâtre que la mairie de Munich avait commandé à son cabinet. Il n'avait pas le choix. Dire qu'ils pensaient profiter de ce séjour pour visiter la ville bavaroise, avant de rejoindre l'Autriche pour leurs vacances. Cela lui paraissait si lointain désormais. Accrochée à son bras, Colette l'observa se frayer un chemin dans une foule de journalistes que l'incendie avait ameutés. « Que savez-vous de l'incendie qui a frappé l'hôtel Stern ? », « Ne devriez-vous pas repousser l'ouverture du théâtre pour en vérifier la sécurité ? », « Comment vous sentez-vous face à cette tragédie ? », « Pensez-vous que votre cabinet et vous avez une part de responsabilité dans cet accident ? ». Que des horreurs ! Des vilenies ! Des questions de fouineurs obscènes, nourris de sensationnalisme et dénués de tout intérêt pour la vérité.

– Vous ne savez rien ! Vous n'avez rien que des hypothèses bancales. Allez donc harceler des politiciens véreux plutôt que des honnêtes gens qui font leur travail, siffla Colette en leur signifiant de les laisser tranquilles du revers de la main.

Adrian la remercia, puis revêtit un masque de sérénité tout au long de la cérémonie d'ouverture et de la première. Quelques jours plus tard, alors que l'identité des victimes commençait à tomber, une enquête désigna la Fraction armée rouge comme responsable de l'attaque. La plus meurtrière du palmarès de cette organisation terroriste communiste. Devant l'absence de revendication, les enquêteurs durent toutefois mettre cette hypothèse à l'épreuve. Les seuls éléments incriminants résidaient dans l'identité des victimes, dont deux étaient connues pour figurer sur la liste rouge du groupe : le président d'un groupe industriel allemand et le directeur d'une entreprise autrichienne, Karl Reiter, le frère d'Adrian. Il avait su mener la petite manufacture familiale d'une main de maître, et son âme politique l'avait conduit à s'associer aux puissants. Adrian savait qu'il gravitait dans des cercles véreux, corrompus.

Ils annulèrent leurs vacances et rentrèrent au plus vite à Biarritz, loin des journalistes et de leurs questions de plus en plus intrusives et blessantes. « Étiez-vous au courant de la collusion de votre frère avec les pontes de l'industrie allemande ? », « Pensez-vous qu'ils aient choisi cet hôtel en guise de symbole ? », « Connaissiez-vous l'inclination politique de votre frère, la partagez-vous ? ». Adrian se renferma sur lui-même, et Colette se sentit impuissante face à sa douleur. Il venait de perdre son frère. Elle savait ce qu'il ressentait : même si leur relation était conflictuelle, il était très attaché à lui. Malgré le soutien sans faille de Colette et des enfants, rien n'y fit, quelque chose s'était brisé en lui. Il se sentait responsable de la mort de tous ces innocents, et il ne parvenait pas à se défaire de ce sentiment de culpabilité. Seul le temps le guérirait. C'est du moins ce qu'espérait Colette.

Les mois passèrent, et les secrets éclatèrent. Karl avait été un partisan du national-socialisme pendant la guerre, et ses convictions avaient perduré. Membre d'un groupuscule d'extrême droite, il avait utilisé son réseau, une sorte de virus hérité du fascisme implanté dans toute l'Allemagne de l'Ouest, pour soutenir sa réussite professionnelle. Il s'était empressé de couvrir ses arrières, mais pas assez bien pour les FAR. Ils l'avaient dans le viseur et guettaient l'occasion de combiner son assassinat à celui d'un autre symbole du capitalisme. Malheureusement, l'explosion, plus forte que prévu, avait provoqué l'effondrement de plusieurs étages et mis le feu au bâtiment. L'hôtel était quasi plein, et sur les quatre cents personnes présentes, soixante et une étaient mortes.

Le nom de Reiter fut traîné dans la boue, et par extension Adrian en pâtit. On le plaignait, mais on l'accusait silencieusement de complicité. L'effondrement graduel de l'URSS, suivi de la chute du mur de Berlin, éclipsa ce drame et Adrian en profita pour se retirer du métier. Lui qui avait tout fait pour s'inscrire dans l'histoire de l'architecture espérait désormais tomber dans l'oubli. Cette situation désolait Colette. Malgré leurs voyages, leurs aventures, les moments de bonheur qu'elle s'appliquait à lui donner, Adrian, parfois distant, comme prisonnier de sombres pensées, s'enfermait dans la solitude. Pendant des années, ils s'étaient nourris de leur proximité pour s'élever mutuellement, pour ne jamais s'arrêter, mais l'incendie avait tout changé. L'océan qu'ils avaient tant aimé parcourir à deux, il s'y aventurait désormais seul, parfois pendant plusieurs jours. Colette vivait chacun de ses départs comme un déchirement, mais s'en était fait une raison, car chaque fois qu'il rentrait, il la prenait dans ses bras et la faisait tournoyer au-dessus du sol, comme s'ils étaient à nouveau de jeunes adultes insouciants. À cet instant précis, tout redevenait comme avant.

54

Biarritz, 2006

Décidément, la cuisine n'est pas son domaine ! La dernière fois qu'elle a tenté de faire un gâteau, le chocolat a pris feu dans le micro-ondes. Sans parler de ses lasagnes qui se sont transformées en briques prêtes à l'emploi ! Malgré son manque de talent évident, un seul plat échappe à cette loi de Murphy culinaire. La piperade. Une spécialité basque que sa mère lui a apprise, enfant. Certes, cette recette n'a rien de technique, mais à son piètre niveau, c'est mieux que rien. Julie a pris place devant les fourneaux, pour remercier Colette. Assis à côté du plan de travail, Charlemagne observe chacun de ses gestes d'un air affamé, un filet de bave suspendu aux babines.

– Mais tu n'aimes pas les légumes, mon pauvre vieux ! s'exclame Julie, perturbée par son regard de chien battu.

Elle met la table dehors, côté cour, toujours côté cour, et part acheter une bouteille de vin blanc avec l'espoir que Colette s'autorise à le goûter. En rentrant, elle surprend la vieille dame devant le miroir de l'entrée. Qu'elle est élégante avec son chemisier et son pantalon de tailleur ! Tapie dans l'ombre, Julie la voit se tourner d'un côté, puis de l'autre, poser les mains de part et d'autre de son visage et tirer sur sa peau pour tendre ses traits, comme pour retrouver ceux de la jeune fille enfouie sous cette chair fatiguée. Son front se plisse douloureusement. Julie ressent sa déchirante impuissance. Elle avance de quelques pas et, révélée par la lumière, croise le regard de son hôtesse dans la glace.

Flagrant délit de vulnérabilité. Colette sourit tristement et détaille Julie à son tour. Elle est ravissante et ne s'en rend pas compte, ce qui ajoute encore à son charme. Elle est heureuse que Bixente, lui, l'ait vu. Colette s'est attachée à cette jeune femme. D'une certaine manière, Julie fait désormais partie de sa famille. Julie lui renvoie son sourire, et brandit une bouteille de vin comme un trophée.

– Vous en voudrez ? C'est le caviste de Saint-Charles qui me l'a recommandé.

– Avec plaisir.

– Super ! répond Julie, avant de se hâter vers la cuisine.

Colette la regarde partir, Charlemagne sur ses talons, et se dit que la maison sera bien vide sans elle. Quel âge ont les petits-enfants d'Adrian désormais ? Claire en a eu trois, et la femme de Sebastian attendait son premier la dernière fois qu'elle les a vus. Hugo, l'aîné de Claire, doit avoir vingt-six ans. Et la petite Jeanne, qui avait tout juste trois ans à l'époque… Comme elle a dû grandir ! Voudraient-ils encore d'elle si elle les recontactait ? Probablement pas. Cette partie de sa vie a disparu en même temps qu'Adrian. Elle jette un dernier coup d'œil au miroir et regrette de ne pas avoir un portrait qui vieillirait à sa place au grenier, puis rejoint Julie dans la cuisine.

Les deux femmes s'attablent à l'extérieur, sur une table en fer forgé à l'ombre des arbres, dans la cour de gravier. Ici, Colette se sent bien, elle a presque l'impression d'être à la campagne, loin de l'océan. Julie leur sert un verre et une généreuse portion de piperade accompagnée d'un riz légèrement trop cuit.

– Désolée, il est un peu collant.

La vieille dame goûte le plat et lance :

– La piperade est délicieuse ! Et le vin l'accompagne parfaitement. Quel talent !

– Vous plaisantez, c'est le seul plat que je sais faire !

– Ça en fait un de plus que moi. D'où cette très chère Mme Gentil.

Elles rient en trinquant.

– Comment ça va, avec Bixente ? Je vous ai vus badiner hier, dans le hall. Vous roucouliez comme deux perruches ! Et puis, vous avez découché quelques fois cette semaine, n'est-ce pas ?

Julie rougit.

– Rien ne vous échappe. Eh bien, oui, ça se passe bien.

– Mais ? Il y a un mais, je l'entends dans votre voix.

– Mais je pars bientôt.

– Certes, mais ça n'a pas l'air de le déranger, lui.

– C'est bien ce qui m'inquiète, j'ai l'impression qu'il ne réalise pas…

– Bien sûr que si ! Il est loin d'être idiot.

– Je le sais, oui… Mais nous n'allons nous voir que les week-ends, et je crains qu'il m'oublie si je ne suis pas assez là, que ça ne lui suffise pas et qu'il me remplace.

– La jalousie est un signe d'attachement, ma chère Julie ! Donc vous ne voulez pas le perdre. Vous avez déjà été abandonnée par quelqu'un ?

– Mon père…

– Ça laisse des traces. Je comprends mieux maintenant. Je pourrais me tromper, mais Bixente me fait l'effet d'un garçon bien, soucieux des sentiments des autres, il ne vous sera jamais infidèle, il en souffrirait trop.

Julie hoche la tête. La bouteille se vide peu à peu, au fil de leur conversation. Le ciel s'assombrit et l'air se rafraîchit.

– Pourriez-vous récupérer un gilet pour moi ? Je n'ai pas le courage de monter les escaliers, mes os sont un peu sensibles avec la chaleur et l'humidité. Les affaires d'hiver sont au fond de mon dressing.

Julie se lève aussitôt. Colette est si énergique, si vive que Julie en oublie parfois son âge. Elle a beau être en forme, son corps n'est plus celui d'une jeune fille. Dans la chambre, Julie s'arrête à nouveau pour admirer la photo de Colette, si gracieuse dans son tutu. Elle remarque pour la première fois les autres photos aux murs. Sur l'une d'entre elles, un bel homme blond et Colette en robe de soirée. Ils se regardent amoureusement. Sans doute Adrian. Un autre cliché de lui trône sur sa table de chevet. Pauvre Colette… Quelle horreur de survivre à son âme sœur.

Le dressing est immense, une vie entière y a été accumulée. Le passage des années au fil des modes. Au fond, Julie aperçoit un morceau de tulle bourgeonner entre deux étoffes satinées. Elle s'en saisit et dévoile un tutu nacré, sur lequel est accroché un bustier rebrodé et piqué de perles et de cristaux. Un sublime travail d'orfèvre ! Elle devait briller de mille feux sur scène, habillée ainsi. Julie replace l'ensemble là où elle l'a trouvé, et poursuit son exploration. Enfin, le tissu épais des manteaux et des vêtements d'hiver attire son œil. Parmi les vestes féminines, Julie en aperçoit certaines à la coupe masculine. A-t-elle gardé ses vêtements toutes ces années ? Du bout des doigts, elle les frôle, et sent son cœur battre plus fort sous l'effet de l'émotion. Elle repense à sa mère. Un sanglot sourd la gagne, elle s'appuie contre le mur. En retirant sa main, un cliquetis retentit et une porte bascule. Un placard secret !

À l'intérieur, des courriers scellés, des paquets intacts. Intriguée, Julie s'agenouille et saisit la première lettre de la liasse. Elle est datée du 20 janvier 2006. Celle d'avant, du 20 janvier 2005. Elles remontent jusqu'en 1993. À côté, une pile un peu chancelante de boîtes de tailles différentes, joliment emballées. Julie en saisit une, la retourne et déchiffre le nom de l'expéditrice. Claire Peltier. Qui est-ce ? Pourquoi envoie-t-elle un cadeau et une lettre chaque année à la même date ? Pourquoi Colette les range-t-elle sans les ouvrir ? De quoi se cache-t-elle ?

Julie repose le paquet et referme ce placard aux secrets. Elle attrape le premier gilet qui lui tombe sous la main, un joli cachemire beige, et descend au pas de course, avec l'étrange sentiment d'avoir vu ce qu'elle n'aurait pas dû voir.

55

Biarritz, 1991

La pluie battait contre les vitres, si fort que le peu qu'elle distinguait du jardin lui semblait hachuré, comme une esquisse au fusain réalisée dans la précipitation. Le ciel se confondait avec l'océan, gris et menaçant, déchiré par une écume sale, mousseuse. La tempête avalait tout. Pourvu qu'elle ne l'avale pas, lui. Tétanisée, elle n'osait pas cligner des yeux, encore moins bouger du canapé, de peur que le moindre de ses mouvements n'ait une répercussion indirecte sur la sécurité d'Adrian, comme un effet papillon à l'échelle du destin. C'était un cauchemar. Le pire qu'elle ait jamais connu, car il se jouait dans son esprit. Il naissait du danger que représentaient ces éléments déchaînés des contes populaires, des poèmes et des récits qui relataient l'angoisse des femmes de marins. Elle était si impuissante qu'elle ne pouvait qu'imaginer. Et c'était pire que tout.

Elle le voyait se battre avec ses voiles, s'accrocher au gouvernail, tirer les bouts sous un déluge glacé pour rester à flot, regagner la côte tant bien que mal, manquer de voir le rocher aiguisé qui se dressait sur son chemin, couler avec son voilier. Des mains invisibles, ces créatures des abysses qui se nourrissaient de matelots, l'attireraient vers les profondeurs, s'immisceraient dans ses poumons pour les immerger. Pas lui, suppliait-elle en silence. Pas lui.

Les heures s'écoulaient au rythme de la pluie, interminables. La nuit tomba, l'orage continua. Elle eut envie d'appeler Giselle ou les enfants, mais n'osa pas partager ses craintes. Ce que l'on tait n'existe pas. Adrian allait bien, il était en sécurité. C'est elle qui imaginait le pire. La vieillesse la rattrapait. Soixante-cinq ans, et elle devenait folle, n'était-ce pas malheureux. Ou bien merveilleux ? Oui, pourvu qu'elle soit folle, et qu'il passe bientôt la porte. Peut-être n'était-ce qu'un mauvais rêve ? Si seulement elle pouvait se réveiller et le serrer dans ses bras ! Elle avait besoin de lui.

Aux premières lueurs d'une seconde journée de grisaille et de bourrasques, Colette sombra dans les ténèbres. La veille, à la tombée de la nuit, elle avait pu joindre les pompiers au téléphone, qui lui avaient promis de faire de leur mieux. Mais avec ce vent, aucun hélicoptère ne pouvait s'envoler. Ils attendaient une accalmie. Ce matin, ils l'attendaient encore. Les météorologues s'étaient trompés en annonçant cette tempête avec vingt-quatre heures de retard. C'étaient eux, les responsables. Et cet idiot d'Adrian, pourquoi ne s'était-il pas dépêché en voyant ces nuages bas et noirs le menacer ? Pourquoi n'avait-il pas regagné la côte ? Où était-il, bon sang ?

Quand la pluie cessa enfin et que le soleil se fraya un chemin à travers les nuées, trois jours étaient passés. Colette s'assit sur l'herbe détrempée, au bord du muret qui surplombait la falaise, les pieds dans le vide, le regard rivé sur l'océan. Rien. Ils n'avaient rien trouvé. Ses larmes floutaient l'horizon, son cœur saignait à grosses gouttes, ce qu'elle ne voulait pas croire se précisait, Adrian était en danger quelque part. Il était vivant. Il devait être vivant. Les doigts recroquevillés contre son ventre,

Colette hoqueta, à bout de nerfs et de forces, puis elle hurla face à l'Atlantique, lui cracha tout ce qui bouillonnait en elle, avec l'espoir qu'Adrian entendrait sa plainte et lui reviendrait.

Puis elle perdit le fil du temps, et un jour, le téléphone sonna. Elle était avachie sur le canapé, à l'affût d'un mouvement parmi les ondulations de l'océan, l'esprit si nébuleux qu'on aurait pu la croire droguée à l'opium, en quête d'une anesthésie générale de la vie, d'une amnésie réparatrice. Redevenir un enfant à l'esprit innocent, quelle aubaine ! La souffrance faisait vieillir prématurément. Elle avait pris deux siècles en quelques jours. Elle ne voulait plus de cette réalité où Adrian n'était pas à ses côtés. Malgré tout, elle se traîna jusqu'à l'appareil et décrocha.

– Madame Colette Heusser ? Nous avons retrouvé le voilier de M. Reiter. Du moins une partie de la coque. C'était bien *L'Étoile* ?

– Oui… Adrian, où est-il ?

– Madame… Au vu de l'état de la coque… il est probable que votre… que M. Reiter soit…

Colette cria de douleur en raccrochant et s'effondra sur le tapis, encore consciente et priant pour ne plus l'être. C'était effroyable. Insupportable. La police lui rendit visite dans la foulée. Des recherches pour retrouver son corps étaient en cours mais, une semaine après la tempête, ses chances de survie étaient nulles. Puis on lui annonça que le bateau avait été retrouvé, brisé. Le lendemain, ses enfants Sebastian et Claire débarquèrent avec leurs familles respectives. Les petits-enfants. *Ses* petits-enfants. Sebastian lui ressemblait tellement au même âge. Sa présence lui était insupportable. Elle leur demanda de la laisser seule. Ils refusèrent et enfouirent leur propre chagrin dans le soin qu'ils prirent d'elle. Elle détesta chaque instant de leur présence. Ils envahirent sa solitude pendant plusieurs semaines. Elle restait prostrée devant la baie vitrée, guettant le retour d'Adrian. Puis un matin, elle comprit qu'il ne reviendrait pas, qu'elle devrait se contenter d'enterrer un cercueil vide. Il était mort.

Elle laissa Claire et Sebastian organiser la cérémonie, y traîna sa carcasse vide et dit adieu à un morceau de bois verni surplombé d'une photo en noir et blanc. Son corps, lui, flottait dans les abysses, à la merci des charognards marins. C'était injuste. Après, elle s'enferma chez elle, tira les rideaux et se coupa du reste du monde. Cet océan dans lequel elle l'avait cherché désespérément était devenu son pire ennemi. Plus jamais elle ne s'en approcherait.

56

Biarritz, 2006

Les Rolling Stones à fond, les vitres baissées, Bixente se gare comme d'habitude sur le parking de l'hôtel Regina, traverse l'avenue de l'Impératrice et marche jusqu'au vingt-cinq. Il déverrouille le portail et s'arrête un instant devant la porte. C'est plus dur que prévu. Il trouve cela étrange d'aller chez Colette pour y voir Julie. Il a l'impression de transgresser, de se rendre illégalement sur son lieu de travail. D'une certaine manière, c'est excitant. Enfin, il toque. Julie lui ouvre, étonnée de le voir.

– Salut ! Qu'est-ce que tu fais ici ? On est dimanche pourtant.

– Je sais. Je ne suis pas venu pour voir Colette, dit-il en l'attirant contre lui pour la saluer d'un baiser.

– Mince, j'ai loupé un de tes messages ? Je suis désolée, je…

– Je voulais te faire une surprise. Il fait beau, et les vagues sont parfaites pour un cours de surf !

Le visage de Julie s'éclaire, et elle l'embrasse à pleine bouche avant de l'entraîner à l'intérieur. Elle l'abandonne en bas des marches pour aller mettre son maillot, et lui propose d'aller tenir compagnie à Colette en attendant. Bixente trouve la maîtresse des lieux installée sur une chaise longue, dans la cour, les jambes au soleil, Charlemagne étendu à côté d'elle. Dès qu'il l'aperçoit, le petit chien se redresse en aboyant.

– Vous êtes venu voir Julie.

– Oui. Nous allons surfer aujourd'hui.

Une expression de dégoût déforme les traits de la vieille dame.

– Je ne vous propose pas de venir avec nous.

– Vous faites bien ! Si vous pouviez éviter de vous tordre le cou ou de vous noyer avec cette pauvre Julie, ça m'arrangerait…

– Promis ! L'océan est calme aujourd'hui.

Colette hoche la tête et détourne le regard. Bixente s'assoit sur la chaise à côté de la sienne.

– Vous voulez que j'aille vous chercher quelque chose ? Un livre, un magazine, le poste de radio, un café ?

– Non merci. Je n'ai besoin de rien.

– D'accord. Même pas au cas où vous vous ennuieriez ?

– Je ne m'ennuie pas, vous savez. Je n'en ai pas l'occasion. Je pense à Julie et à ses interrogations sur l'avenir, je souris de votre bonheur à tous les deux. Je regarde Charlemagne pédaler dans son sommeil, et je repense à ma vie. Quatre-vingts ans de souvenirs, ça occupe !

– Lequel est votre préféré ?

Les yeux de Colette se voilent, un sourire énigmatique la gagne. Elle effleure des doigts le pendentif autour de son cou. Un rubis serti de diamants, au bout d'une chaîne en or.

– J'en ai beaucoup. J'ai toujours pensé que les gens les plus malheureux sont ceux qui ont connu les plus grands bonheurs. Autrefois j'imaginais n'avoir jamais été aussi heureuse que pendant les premiers mois de l'année 1944, entre les bras d'un homme que je n'ai jamais cessé d'aimer depuis. J'avais tort. C'est lorsque nous nous sommes retrouvés, dix-sept ans plus tard, que tout a été plus beau, plus entier. Trente années de souvenirs merveilleux. Avant que vous n'arriviez, je revivais notre voyage à cheval en Mongolie, ce galop dans les steppes, nos cheveux décoiffés par le vent, nos sourires et nos cris de joie, ces paysages sublimes que nous découvrions, conquérants. Notre liberté.

Touché, Bixente hoche la tête.

– Je comprends que vous soyez occupée alors, dit-il après un temps. Je vous laisse avec vos jours heureux, et je m'en vais construire des souvenirs avec Julie. J'espère que je les contemplerai avec la même émotion que vous lorsque je serai un vieux monsieur.

– Je serai morte depuis longtemps quand ce sera le cas, alors n'en parlez pas, voulez-vous ? Tant que je vis, mes souvenirs vivent avec moi. C'est tout ce qui compte.

– Les partagerez-vous un jour pour que nous puissions les faire vivre, après ?

– Après quoi ? Après ma mort ? On verra ça quand elle me pendra au nez. Et si c'est pour bientôt, ce sera en partie à cause de vos mauvais soins !

Bixente s'esclaffe.

– Mince, et moi qui espérais hériter !

– Idiot ! Allez, bon vent ! Et soyez prudents ! ajoute Colette avec émotion.

Guidé par une impulsion, Bixente lui presse la main, lui embrasse le haut du front et s'en va. Colette est la grand-mère qu'il aurait aimé avoir. La sienne était acariâtre, obsédée par l'argent et le statut social. Il détestait aller chez elle, mais il n'avait pas le choix. On ne demandait pas leur avis aux enfants, encore moins d'exprimer leurs sentiments à l'égard de leur famille. C'était à cause d'elle qu'il avait dû suivre des études de médecine alors qu'il n'aspirait pas à cette vie. D'une certaine manière, il avait su en tirer le meilleur, et sans cette influence, il n'aurait rencontré ni Colette, ni Julie.

Il jette un coup d'œil à sa montre. Il craint constamment qu'elle ne lui échappe, qu'elle mette fin à leur histoire du jour au lendemain. Il sent en elle la femme blessée qui peut s'enfuir à tout moment pour éviter de souffrir. Alors il prend son temps, la met en confiance, lui laisse le choix, la guérit par le rire. Un jour, il aimerait lui présenter ses parents. Sa mère l'accueillera à bras ouverts. Quant à la réaction de son père, professeur de mathématiques à la retraite, elle l'amuse d'avance. Ce provocateur dans l'âme n'est pas un grand amateur de l'armée en tant qu'institution. Le rayonnement de la France à l'international lui importe peu, et il n'hésitera pas à mettre le sujet sur la table. Bixente ne parle jamais politique avec Julie, et il la soupçonne de ne pas apprécier plus que lui les débats de comptoir. De ses expériences sur le terrain, elle a surtout mentionné le quotidien difficile des populations locales, leurs droits bafoués dans un état de guerre permanent, et son sentiment d'impuissance générale, pour conclure chaque fois qu'ils avaient de la chance d'être nés en France, dans une famille qui avait les moyens de les élever.

Enfin elle descend, dans une robe bleue qui dévoile ses longues jambes, sa peau bronzée, son sourire étincelant. Il lui prend la main et la guide jusqu'à sa voiture, au-dessus de laquelle deux planches de surf sont solidement attachées. Ils roulent jusqu'à la plage d'Erretegia, à Bidart, et descendent les planches sur le sable. Bixente lui tend une combinaison d'été et lui montre comment se lever sur sa planche. Sportive, elle assimile assez vite les mouvements. Alors il l'emmène dans l'eau et lui fait prendre quelques vagues à la seule force de son corps.

Après une course jusqu'au rivage, ils ressortent trempés et récupèrent leurs surfs. Julie s'amuse d'en avoir un immense, en mousse et rose fluo, alors que celui de Bixente est petit et rigide. Dès les premiers essais, elle se lève avec facilité. L'équilibre, elle l'a naturellement.

– Tu es sûre que tu n'en as jamais fait ?

– Certaine. Avoue que je suis la meilleure élève que tu aies jamais eue !

– La moins modeste, c'est sûr ! Puisque tu trouves ça trop facile, on va ramer jusqu'au fond et prendre de vraies vagues, là tu feras moins la maligne.

Elle le suit, ravie. Comme prévu, elle enchaîne les chutes et se prend à s'énerver de ne plus y arriver, tandis que Bixente s'autorise quelques figures. Julie l'observe avec envie et admiration. Il est magnifique sur son surf. À côté de lui, elle a l'impression d'être un manchot pas très dégourdi. Ses bras la brûlent de ramer contre le courant et de devoir se hisser sur la planche chaque fois qu'elle est envoyée par-dessus bord. C'est-à-dire trop souvent à son goût. Il finit par prendre pitié d'elle et retourne à ses côtés pour la guider pas à pas. Grâce à ses conseils, elle parvient enfin à se mettre debout sur une « vraie vague ».

Exténués mais satisfaits de leur session, ils se sèchent avant de prendre la route vers Sare où, après deux kilomètres de randonnée, ils déjeunent dans une *benta*[1] donnant sur la Rhune. La fatigue, mêlée à la perfection de cette journée, les plonge dans un silence méditatif. Ils s'observent autant qu'ils regardent la vue tout en dévorant une omelette aux piments. Julie brise le silence au moment du gâteau basque.

1. Établissement traditionnel du Pays basque français et espagnol, destiné à la restauration et parfois aussi à l'hébergement des voyageurs.

– Tu savais que Laurea et ton ami partent à Bilbao le week-end prochain ?

– Oui. Je suis content pour eux. Il n'a pas eu beaucoup de chance en amour. Il était tellement terrifié qu'elle ne veuille pas de lui qu'il a failli tout arrêter !

– C'est fou ! Laurea aussi ! Elle était à deux doigts de renoncer. À croire qu'ils sont faits l'un pour l'autre.

– Oui. D'ailleurs, j'aimerais… Dis-moi si tu trouves que c'est trop tôt, mais j'aimerais que tu viennes déjeuner un dimanche chez mes parents. Ils habitent à Urrugne.

– Tu veux que je rencontre tes parents ?

– Oui. Je… j'ai envie que tu fasses partie de ma vie.

Elle prend un moment pour rassembler ses pensées. Bixente est pendu à ses lèvres.

– D'accord. Oui. J'aimerais beaucoup.

57

Biarritz, 2006

Dans cinq jours, elle rentre à Pau, à la base d'Uzein. Elle y retournera seule : Marc recommence à peine à marcher, sa rééducation prendra du temps. La veille, elle a remis sa démission à Laurea, lui promettant de revenir la voir souvent et lui souhaitant tout le bonheur du monde avec son médecin. Ce départ devient réel. Après son entretien à l'état-major, son test d'aptitude et les discussions autour de ses aspirations de carrière, tout est allé très vite. Si vite qu'elle parvient difficilement à réaliser ce qui l'attend. Désormais, tout afflue d'un seul coup. Il n'y a pourtant pas de grand inconnu : la ville est la même, la base ne change pas, seul son métier évolue. Instructrice. La voilà désormais chargée de la formation des futurs pilotes du 4e RHFS. Ce poste n'exclut pas de renouer avec le terrain, mais si tout se passe bien, l'étranger, c'est terminé pour elle. Heureusement.

Les émotions la rattrapent. Quitter Biarritz lui brise le cœur. Ces derniers mois ont été les plus intenses de sa vie, tant dans les moments de bonheur que dans ceux de désillusion. Elle ne veut pas quitter cette chambre à la vue si apaisante, ni Colette qu'elle aime avec la tendresse d'une petite-fille pour sa grand-mère, et surtout pas Bixente, dont elle tombe peu à peu amoureuse. Puis il y a Abel, qui travaille à moins d'un kilomètre de la maison de l'avenue de l'Impératrice. Elle l'a revu quelques fois. C'était difficile, mais pas infranchissable. Le deuil de leur relation se fait petit à petit.

Elle retrouve Colette pour déjeuner près du lac Marion. La vieille dame est très chic, comme à son habitude, et brille d'un éclat juvénile depuis qu'elle a renoué avec la danse. Julie aussi se sent plus confiante, elle craint moins l'avenir et n'a plus peur de l'inconnu. Elle a envie de voir ce que la vie lui réserve. C'est excitant. Charlemagne aboie, seul client à quatre pattes du restaurant, et elle le gratte entre les oreilles. Sa bouille de renard va lui manquer aussi.

– Alors ? Comment avance la préparation du plus grand spectacle de tous les temps ? demande-t-elle en s'attablant.

– Mais très bien, s'amuse Colette. Très, très bien même. La première est prévue à la Gare du Midi au printemps prochain. Vous reviendrez, j'espère ?

– Je vous le promets.

– Merci. Pendant des années j'ai évité toute sorte d'attachement, parce que j'avais peur de souffrir. Mais grâce à vous, je me sens vivante à nouveau. Vous comptez beaucoup pour moi, Julie. Et pour Charlemagne aussi.

– C'est réciproque, murmure la jeune femme, touchée.

– Vous me pardonnerez cet accès de sentimentalisme, ça me prend parfois. Vous avez tout déréglé !

– C'est ce que je me disais aussi.

Elles se fixent du regard, la bouche incurvée par une ombre de sourire.

– C'est l'anniversaire d'Adrian aujourd'hui. Il aurait eu quatre-vingt-quatre ans.

– Je suis désolée.

– C'était il y a quinze ans…

– Vous ne m'avez jamais dit ce qui lui était arrivé. Enfin, seulement si vous en avez envie…

– Cela fait longtemps que ça me démange de vous en parler. Le moment est venu de tout déballer. Tout a commencé avec l'attentat de la FAR, qui a provoqué l'incendie et l'effondrement partiel de son hôtel à Munich.

Elle s'interrompt avant de murmurer :

– Mon Dieu, que je l'aimais. Je l'aimais comme je vous souhaite d'aimer un jour. La vie nous a séparés avant de nous réunir à nouveau, mais je n'étais pas prête, j'étais aveuglée par la rancœur, la rage et les rêves de gloire. Je n'avais ni le temps ni la place d'aimer. J'ai préféré épouser un ami et partenaire de danse. Pourtant, je tenais à lui. C'était différent, plus chaotique. Nous nous sommes fait du mal, tellement de mal. Lorsqu'il est mort, j'étais encore jeune, et j'ai fini par retrouver Adrian. Le reconquérir a été à la fois un combat et une évidence. J'avais tant à lui prouver. Puis nous avons passé trente ans en accéléré. C'est lui qui m'a offert cette maison, et même si je ne peux plus regarder l'océan sans flancher, je n'ai jamais pu la quitter. Il y est partout. Sa présence est dans chaque détail, chaque objet, son empreinte est sur chaque meuble, chaque mur. Lorsque je m'assois à son bureau, les yeux fermés, je l'imagine à mes côtés. Vous devez me prendre pour une folle…

– Pas le moins du monde…

– Sa mort était inattendue, terrible. Il est mort en mer, englouti par les flots pendant une tempête. On n'a jamais retrouvé son corps… Depuis, je ne parviens plus à regarder l'océan, car à chaque fois je l'imagine sombrer, seul et terrifié, et…

– Je suis désolée… Vous n'êtes pas obligée de continuer si c'est trop difficile.

– Claire Peltier est la fille adoptive d'Adrian. Je l'aimais comme ma propre chair. Tout comme son fils, Sebastian. Mais je n'ai pas pu… Lorsqu'il est mort, je n'arrivais plus à les voir sans revivre nos moments à quatre. Pour survivre, je me suis renfermée sur moi-même, je me suis enterrée dans cette maison. Et je me suis éloignée d'eux.

– S'il y a une chose que j'ai apprise grâce à vous, c'est que les blessures les plus profondes peuvent être, sinon guéries, du moins apaisées par la parole. Alors merci de vous être confiée.

Colette attrape la main de Julie et la serre dans la sienne. Elle a le souffle court, les yeux rouges. Julie resserre son étreinte et lui murmure qu'elle a fait le bon choix, qu'elle a eu raison de s'accrocher à la vie. Charlemagne pose le museau sur les genoux de sa maîtresse, qui se calme peu à peu. Lorsque leurs regards se croisent et que Colette referme ses doigts autour des siens, Julie comprend qu'elle a laissé ses fantômes derrière elle. Autour d'elles, en fond musical, la voix enrouée de Louis Armstrong chante combien le monde est merveilleux. Et ce jour-là, elles y croient aussi.

Épilogue

Biarritz, 2007

Un tonnerre d'applaudissements soulève le public de la Gare du Midi, ému d'acclamer cette collaboration entre l'une des plus grandes danseuses de sa génération et un chorégraphe talentueux. Au bout du troisième salut, Henry Landrin entre en scène, tenant Colette Elissalde par le poignet. Les hourras reprennent et l'atteignent droit au cœur. Elle y porte la main et fixe ces lumières qui l'aveuglent, imaginant les visages souriants cachés dans la pénombre. Elle repense à la jeune fille qui rêvait de gloire et lui chuchote qu'elle a fait les bons choix, que, malgré toutes les peines, la vie est douce et pleine de surprises. À l'âge où les projets ne sont plus que de lointains souvenirs, avoir la possibilité de vibrer et de toucher les autres est une chance inouïe. Elle n'aurait jamais pensé revivre cela, l'adrénaline des applaudissements, la fierté de l'accomplissement, l'émotion enivrante du succès, et surtout du partage.

Dans les coulisses, on s'enlace, on s'embrasse, on se félicite, et on évoque déjà la prochaine, encore tremblant de l'émulation de celle-ci. M. Landrin donne le bras à Colette et se penche vers elle.

– J'ai un cadeau pour vous.

– Qu'y a-t-il de plus merveilleux que ce soir, Henry ?

Il la conduit vers un petit salon privé. Les yeux fatigués de Colette mettent un moment avant de distinguer les visages de ce comité d'accueil. Ils sont nombreux. Ils sont beaux. Sont-ils là pour elle ? Puis elle les voit. Bixente tenant la main de Julie accompagnée de son meilleur ami, Marc, et de sa femme, et… Non, elle doit rêver. Les années ont tiré leurs traits. Elle les a vus pour la dernière fois seize ans plus tôt, elle les a lâchement abandonnés, ces orphelins. Elle leur a tourné le dos, a refusé de répondre à leurs appels désespérés. C'était plus simple de couper les ponts, plus cruel aussi. Alors pourquoi sont-ils venus ? Ils ne la haïssent donc pas ? Autour de Claire et de Sebastian, des enfants et de jeunes adultes entre huit et vingt-sept ans. Ses petits-enfants. Tous sourient. Quant à elle, le souffle lui manque. Elle s'accroche de toutes ses forces au bras de M. Landrin.

– Surprise ! s'exclame Julie en s'approchant de Colette. C'était absolument magnifique ! Bravo !

Elle enlace la vieille dame, rejointe par Bixente, qui lui embrasse bruyamment les joues. Elle prend appui sur eux, les serre en retour, incapable de se décoller de cette étreinte inattendue, incapable de regarder derrière la barrière de leurs corps et de croiser les regards de ceux qu'elle a abandonnés. Mais ils s'éloignent et s'effacent devant Claire, qui avance lentement, les yeux brillants de larmes et d'années de silence. Son visage a vieilli, mais elle a conservé son élégance, comme sa mère.

– Colette, commence-t-elle, la voix rauque, avant de se racler la gorge pour continuer. Je suis heureuse de voir que tu vas mieux. Bravo pour ce soir.

– Mon Dieu, ma petite Claire… Que fais-tu là ?

– C'est une longue histoire. Julie et Bixente m'ont contactée. Ils t'aiment très fort, tu sais. Et c'était l'occasion de se revoir. J'aurais voulu... Pourquoi avoir pris toutes ces années ? Pourquoi nous avoir effacés de ta vie ? Nous l'aimions nous aussi. Il était notre père, il est leur grand-père...

– Je ne pouvais pas... Je n'y arrivais pas... Vous revoir, et surtout revoir Sebastian, c'était...

– Il est son portrait craché. Il ne l'a pas choisi, c'est comme ça. Il a très mal vécu que tu le rejettes ainsi. Ça a été difficile de le convaincre de venir ce soir. Mais nous sommes heureux de ton triomphe.

– Si vous saviez comme je m'en veux, mais quand votre père a disparu, quand j'ai compris qu'il était mort, j'ai eu l'impression qu'on m'arrachait le cœur et l'âme, que je n'étais plus qu'une enveloppe vide. À plusieurs reprises, j'ai failli le rejoindre... Même pour ça, j'ai échoué. J'ai recommencé à vivre en rencontrant Julie. Elle m'a fait comprendre qu'on ne pouvait pas fuir éternellement le passé, qu'il fallait l'affronter parfois, mais je n'en ai pas eu la force. Je la remercie d'avoir pris cette décision à ma place. Vous revoir est un choc, je ne m'y attendais pas. Mais je suis infiniment heureuse que vous soyez venus tous les deux... Et avec vos enfants.

– Tu étais comme une seconde mère pour nous...

– Et je vous aime comme ma propre chair. Je vous implore de me pardonner. J'ai reçu tes lettres et tes cadeaux, Claire, je n'ai jamais réussi à les ouvrir, mais ils étaient mon rendez-vous avec la vie, une parenthèse bénie qui me redonnait espoir. Merci de ne pas m'avoir abandonnée. Je suis désolée, pour tout.

Claire l'attire dans ses bras.

– J'ai trop rêvé de ce moment pour laisser l'amertume le gâcher, chuchote-t-elle à l'oreille de Colette. Je veux que tu reviennes dans nos vies, Colette. Je veux que tu fasses partie de notre quotidien, que tu fasses vivre la mémoire de papa auprès de mes enfants et de ceux de Sebastian. C'est ton devoir.

– Et je l'accepte avec joie… Oh, Claire…

– Ce sera plus long avec Sebastian, mais il t'aime, même si parfois aimer n'est pas suffisant.

– Je sais. Je ferai de mon mieux, je vous dois bien ça à tous les deux. Je t'en prie, laisse-moi voir les petits… Qu'ils sont beaux ! Oh, mon Dieu !

Les enfants de Claire avancent timidement vers elle ; seul Hugo semble se souvenir d'elle, il lui sourit sans retenue. Jeanne a dix-huit ans, Ulrich, vingt et un. Quant aux enfants de Sebastian, ils l'observent de loin, avec curiosité. Ils ne la connaissent pas. Ils sont sa page blanche. Colette s'approche d'eux sans jamais quitter Sebastian des yeux. Elle a l'impression de contempler la réincarnation d'Adrian. Elle lui prend la main.

– Merci d'être venu. Je suis si heureuse de te voir.

– Bonjour, Colette.

– Sebastian… Si tu savais comme je suis désolée…

– Pas maintenant, s'il te plaît.

– Très bien. Mais sache que j'aimerais essayer, Sebastian. J'aimerais te serrer dans mes bras aussi.

Il se contente d'accentuer la pression sur ses doigts. Ses yeux sont rouges, il lutte intérieurement, mais il ne flanchera pas, pas ce soir. Sa femme s'applique à détendre l'atmosphère en présentant à Colette Sarah, leur fille de quinze ans, et Johannes, leur garçon de huit ans.

– Papa dit que vous étiez une grande danseuse, murmure Sarah. J'aimerais le devenir, moi aussi.

– J'ai dansé sur presque toutes les scènes du monde. Tu veux en faire ton métier ?

– Oui, j'entre au programme d'étude de l'opéra Garnier en septembre prochain.

– Bravo ! Je viendrai te voir danser, c'est promis. Et n'oublie pas, si tu crois suffisamment en tes rêves, tu trouveras un moyen de les réaliser.

Colette récupère la laisse de Charlemagne et le petit groupe quitte la Gare du Midi pour un dîner à l'hôtel du Palais. Se laisser bercer par le courant est aussi surprenant qu'agréable, même si elle sent qu'il pourrait la submerger à tout moment. Son corps se plaint de ces longues heures de travail et de ce trop-plein d'émotion, mais elle refuse de le montrer. Julie ralentit le pas et passe son bras sous le sien. La jeune femme rayonne. Elle la voit presque tous les week-ends, elle et Bixente sont désormais fiancés. Ils lui ont même proposé d'être leur témoin. Colette a d'abord trouvé que ce n'était plus de son âge. Puis, devant l'insistance du couple, elle a cédé et accepté avec pudeur et bonheur.

Ils s'attablent face à l'océan, brillant comme de l'encre de Chine sous cette nuit de pleine lune. Colette lui tourne le dos. Les plats défilent, le vin délie les langues. L'amertume de Sebastian laisse peu à peu place à quelques sourires et pointes d'humour. Le débat s'alimente et les rires fusent. C'est une parenthèse enchantée qui précède des retrouvailles compliquées, Colette en est consciente, mais elle sait aussi que demain n'est pas encore écrit. Alors elle profite de chaque instant.

À la fin du repas, Julie se lève pour aller remercier le chef, en entraînant Bixente. Colette les observe s'éloigner avant de s'excuser à son tour. Elle préfère éviter que Charlemagne salisse les tapis impériaux d'une flaque royale.

Elle prend la direction de la terrasse et se laisse happer par la nuit. Le bruit du ressac sur le sable et celui du vent entre les façades ne lui font plus peur. Elle descend quelques marches vers cet endroit dérobé où elle a dansé pour la première fois avec Adrian. Quelques pas maladroits entre le swing et le charleston lui ont suffi pour tomber amoureuse. Ce premier baiser au goût d'interdit et d'éternité, elle ne l'oubliera jamais. Soudain, la jeune fille affamée de vie et la vieille dame fatiguée se font face, se détaillent et se questionnent en un dialogue intérieur, invisible. Charlemagne aboie dans la pénombre. Colette se tourne vers les flots en clair-obscur et scrute l'horizon percé d'une lune ronde et nette. Adrian y est encore. Il navigue dans les abysses, immortel Poséidon. Non, elle n'a plus peur de l'océan, car il est son royaume et qu'elle sait désormais que, malgré tout, la vie en vaut la peine.

*

– Qu'est-ce que tu fais ? demande Bixente en suivant Julie vers les cuisines.

– Je vais féliciter le chef. Enfin, le sous-chef.

– Ton ex.

– Accessoirement, dit-elle avant de faire volte-face et de rassurer son fiancé d'un baiser. Tu sais bien que c'est de l'histoire ancienne. Mais ça me ferait plaisir de lui dire que c'était délicieux.

– Oui, j'ai été pris de court, voilà tout, avoue-t-il. Colette est heureuse, n'est-ce pas ?

– Elle rayonne, ça me fait chaud au cœur. Tout va finir par s'arranger, j'en suis persuadée.

Un homme vient à leur rencontre. Julie reconnaît le spécialiste de l'audition, et ils s'arrêtent pour discuter avec lui. De longues minutes plus tard, ils descendent enfin au sous-sol, demandent à plusieurs reprises leur chemin, avant d'être conduits vers la cuisine réservée aux tables gastronomiques. Le service est fini depuis longtemps, les plans de travail ont déjà été nettoyés. Bixente part explorer les couloirs.

– Abel ? appelle Julie en fouillant la cuisine du regard.

Un vacarme de plats en inox tombant sur le sol lui parvient depuis une autre salle. Quelques instants plus tard, Abel apparaît, les cheveux en bataille. Julie hausse un sourcil et se mord les joues. Une femme blonde fait irruption à son tour, tout aussi échevelée.

– Julie ? s'étonne Abel. Qu'est-ce que tu fais là ?

– Je suis venue saluer le chef, mais visiblement, il a fini son service.

– Voici la cheffe Abadie. Elle s'occupe de la pâtisserie.

– Enchantée, répond Julie. C'était délicieux. Bravo à tous les deux.

Célia écarquille les yeux.

– Vous êtes *la* Julie ?

Elle acquiesce en souriant.

– Célia, enchantée. Je suis… nous sommes…

– Occupés ? essaye Julie.

– Aussi, répond Abel.

– Je suis heureuse pour toi, Abel, tu le mérites. Sincèrement !

– Merci beaucoup, murmure-t-il, rassuré. Et toi, comment vas-tu ?

En guise de réponse, elle lève la main gauche, sur laquelle scintille une bague sertie de diamants. Les yeux d'Abel s'agrandissent.

– Ah, tu l'as trouvé ! interrompt Bixente, en entrant dans la salle à son tour.

– Abel, voici mon fiancé, Bixente.

Le nouveau venu fronce les sourcils et s'approche d'Abel en se grattant la tête, comme pour essayer d'attraper un souvenir qui lui échappe. Puis soudain, son visage s'éclaire et il pointe le cuisinier du doigt.

– Mais je me souviens ! On s'est déjà rencontrés !

Abel l'observe d'un air confus.

– Si ! Il pleuvait des cordes, et tu m'as déposé en haut de l'avenue de l'Impératrice, chez Mme Heusser.

– Comment ça ? intervient Julie, perdue.

Le cuisinier pâlit et tente de rattacher son vague souvenir du gars détrempé en blouse médicale à la vision de l'homme en costume-cravate face à lui. Quelle situation étrange ! Bixente lui tend la main, il la serre machinalement.

– Ah, vous voilà ! s'exclame Colette en entrant à son tour dans les cuisines. Nous n'allons pas tarder à partir et… Oh !

Son regard se pose sur Bixente et Abel. Un coup d'œil à Julie lui suffit pour comprendre.

– Abel, n'est-ce pas ?

Il hoche la tête, l'air encore plus dérouté qu'avant. Colette le salue, se présente, le félicite de la qualité du repas, et rejoint Julie. Elle lui presse l'épaule et lui embrasse la joue.

– Merci pour ce soir, murmure-t-elle. Je recommence à vivre, grâce à vous. Et vous, vous rayonnez.

Julie rougit. Face à elle, Bixente vient d'engager la conversation avec Célia et Abel. Comment fait-il pour toujours s'en sortir dans les situations sociales les plus étranges ?

– Vous avez fait le bon choix, reprend Colette.

– Quoi ?

– Je suis heureuse que vous n'ayez pas commis la même erreur que moi. Vous auriez pu abandonner mille fois et renoncer à Bixente, mais vous avez choisi d'essayer, coûte que coûte. Je suis fière de vous. Parfois il faut se laisser porter par le courant, cesser de se retourner le cerveau, lâcher prise.

L'imprévu a du bon. Et notre instinct a souvent une longueur d'avance sur notre raison. Je ne l'ai compris qu'un peu tard. Et encore, grâce à Dieu, j'ai eu droit à une seconde chance. Ni la peur ni la fierté ne valent de tourner le dos au bonheur. Mais ça, vous le savez déjà.

Remerciements

Ce livre est né sur la Vélodyssée, cette piste cyclable qui longe l'Atlantique. Pédaler aide à la créativité, je peux en témoigner. Être bien entourée aussi. Merci à Aurore et à Marguerite de m'avoir encouragée et supportée pendant ces kilomètres de déballage d'idées. Ce livre ne serait sûrement pas le même sans vous.

Merci à tous mes amis, ce livre est avant tout pour vous ! Merci pour votre bienveillance et vos encouragements, je vous aime.

Merci à Maëlle de continuer à croire en moi, de me lancer de nouveaux défis, et d'avoir été très présente pendant toute l'écriture de ce livre.

Merci à M. Pons, qui m'a fait visiter les cuisines de l'hôtel du Palais et qui a répondu à toutes mes questions. Grâce à lui, j'ai pu restituer le lieu de travail d'Abel du mieux que je le pouvais. J'ai aussi gardé l'identité du chef de l'époque, M. Jean-Marie Gautier, car je trouvais important de conserver cet aspect historique dans mon récit.

Ceux qui connaissent le ballet Malandain verront en M. Henry Landrin une inspiration directe de M. Thierry Malandain, chorégraphe de renom et créateur du Malandain

Ballet Biarritz. Comme l'indique son nom même, ce ballet est intimement lié à Biarritz. S'agissant d'un sujet contemporain, et au vu de l'importance dans l'histoire de M. Landrin/Malandain, j'ai préféré changer le nom. Mais je le remercie tant pour la qualité de ses spectacles que pour l'inspiration qu'il m'a offerte.

Merci à Mme Etchenique pour sa visite de la Gare du Midi et pour m'avoir confié les secrets des coulisses du ballet Malandain.

Merci au Bookstore de Biarritz d'avoir inspiré mes rêves de jeune fille, et, des années plus tard, ceux de mes personnages.

Pour les curieux, la villa de Colette n'existe pas, il n'y a pas de 25, avenue de l'Impératrice, mais le numéro 23 m'a beaucoup inspirée pour l'emplacement.

Merci à ma mère d'être ma première relectrice. Merci de croire en moi.

DE LA MÊME AUTRICE

Aux Éditions Albin Michel

LE PARFUM DES EMBRUNS, 2022